目次

登場人物

里見悟郎《さとみごろう》　主筋《しゅうすじ》との諍《いさか》いで刃傷沙汰《にんじょうざた》を起こすが、長谷川平蔵に救われ、火付盗賊改《ひつけとうぞくあらため》方書誌役同心《かたしょしやくどうしん》に就く。神道無念流《しんとうむねん》の遣《つか》い手《て》で免許皆伝。いるかいないのかわからない存在ゆえに「空蟬同心《うつせみ》」と呼ばれている。

里見彦九郎《ひこくろう》　悟郎の父。奥祐筆《おくゆうひつ》組頭を務める三百石の旗本。

里見香苗《かなえ》　悟郎の亡くなった妻。

下柳太兵衛《しもやなぎたへえ》　御書院番頭を務める三千五百石の旗本。

下柳由佳《ゆか》　太兵衛の娘。悟郎の元許嫁《いいなづけ》。剣の遣い手。

前田文作《まえだぶんさく》　火付盗賊改方で、悟郎と同役。六十近い老人。

北畠政之助《きたばたけまさのすけ》　火付盗賊改方与力《よりき》。

岡崎弥平《おかざきやへい》　火付盗賊改方同心。

菅野一郎太《かんのいちろうた》　火付盗賊改方同心。

昌吉《しょうきち》　平蔵の密偵《みってい》。

安吾《あんご》　戦国時代、真田家に仕えた忍びの者の末裔《まつえい》。

お純《じゅん》　悟郎が通う白銀町《しろがねちょう》の「ほうせんか」という飯屋の女主人。

松平定信《まつだいらさだのぶ》　越中守。老中筆頭。

長谷川平蔵宣以《はせがわへいぞうのぶため》　火付盗賊改方の長官《ちょうかん》。悟郎の父・彦九郎とは旧知の仲。

# 第一話　私娼《ししょう》狩り

## 一

身体《からだ》中《じゅう》に黴《かび》が生えそうな湿《しめ》っぽい雨が、一昨日《おととい》の夜から降りつづいている。いつになく早い梅雨《つゆ》入りだった。

「まったく気持ちが滅入《めい》りますね。嫌な季節だ」

火付盗賊改《ひつけとうぞくあらため》　方書誌役同心《かたしょしやくどうしん》、前田文作《まえだぶんさく》は重く垂《た》れさがった雲行きを見ながら、やりきれないように言った。

「この季節の雨がないと田植えが進みませんしね。それも困ります」

おなじ書誌役同心の里見悟郎《さとみごろう》が応える。

「おっしゃるとおりなんですがね。でも、愚痴《ぐち》っていると、そのあいだだけでも鬱陶《うっとう》しい気分がほぐれます」

「そういうことでしたらいくらでも愚痴ってください。聞き役なら引き受けます」

梧郎が言うと、

「ありがたいことですが、愚痴を聞いてもらう暇《いとま》はなさそうですよ」

前田は顎《あご》を突き出して庭の松の木をうながした。そこには干《ひ》からびた木の実のようなものが吊《つ》り下がっている。

「気がつきませんでした。枝が邪魔《じゃま》になって……それにしてもあれはなんでしょう。干物のように見えますが」

「干し柿でしょう」

梧郎は立っていって、松の枝からそれを取りはずしてきた。前田の言ったとおり干し柿だった。すっかり固くなっていて、指で叩《たた》くとコンコン音がする。

「どこかに置きわすれてあったんでしょうかね。とても食えた代物《しろもの》ではない」

言いながら、梧郎は頭をさげた。

「ちょいと出かけます」

前田は黙ってうなずいた。

この人だけは、梧郎が火付盗賊改方長官《ちょうかん》の長谷川平蔵《はせがわへいぞう》からの指示を受け、ひそかに働いていることを知っている。

傘を差して神楽坂《かぐらざか》に出た。人通りはいつもの半分もない。通りの店々は鬱陶しい空模様が伝染《うつ》ったように、くすんだ顔つきを見せていた。

辻《つじ》を曲がって横寺町《よこてらまち》に入り、長源寺《ちょうげんじ》の門前にきた。いちばん奥の目立たない腰掛《こしかけ》茶屋《ぢゃや》の縁台《えんだい》に平蔵の後ろ姿があった。その背中がどことなく肩の荷をおろして見える。

そのはずで、いまから十日前、火盗改《かとうあらた》メを悩ませつづけた盗賊、八頭《やつがしら》の儀右衛門《ぎえもん》の一党が一網打尽《いちもうだじん》になった。

盗みに入ると家人を皆殺しにし、屋敷には火を放って逃亡するという残忍《ざんにん》きわまりない盗賊集団だけに、火盗改メも探索に必死だった。

いくら厳重な警戒網を敷いても、この半年、儀右衛門らは火盗改メをあざ笑うように、いくつも犯行をくり返していたのである。大江戸を恐怖におとしいれたその盗賊集団が、ようやく逮捕された。

平蔵の背中に乗っている安堵《あんど》はそれだった。

「遅くなりました」

言ってから、梧郎は「あっ！」となった。

平蔵がうまそうにぜんざいを食べているのである。それもフウフウ息を吹きかけてから口に運んでいる。かなり熱いのだろう。

梧郎は背中合わせの縁台にすわると、

「この時節に熱いぜんざいとは、ちょっとずれていませんか。おなじ食うなら冷やしぜんざいにするとか……」

言ったとたん、

「梅雨の季節に腹を冷やすのは万病《まんびょう》のもとだ。よく覚えておけ」

すかさず平蔵からしっぺ返しがきた。

「みたらし団子《だんご》は卒業ですか」

このところ平蔵はみたらし団子に凝《こ》っていて、ここにくればいつもそれを食っている。梧郎が言ったのはそのことだった。

「わしはこの店の親父《おやじ》に、ぜんざいや甘酒も用意しろと言ったらしい」

「その話なら、聞いた気がします」

「やっぱりそうか。わしはすっかり忘れていたのだが、今日親父から、せっかく用意したのに、さっぱりぜんざいは売れませんと嫌みを言われてな。食わざるを得なくなった。しかし、食ってみるとこれはこれでなかなかうまい」

「当分は病みつきですか」

「そうなりそうだな」

平蔵は目を細めてぜんざいを口に運んでいる。梧郎を呼びつけたことなど忘れている感じだった。

「ところで干し柿ですが、またなにか厄介ごとでも起きましたか」

「最近の色町の様子はどうだ？」

質問がとんでもないところに飛んでいった。

「急になんですか。言っときますがおれは品行方正《ひんこうほうせい》な人間で、色町などには出かけません」

「面白みのない男だな」

「あなたの若いころと比べないでください」

平蔵には、銕三郎《てつさぶろう》を名乗っていた若い頃、手のつけられない荒くれもので、「本所《ほんじょ》の鋏」と呼ばれて恐れられたという伝説がある。

「若いときは、多少とも羽目を外すくらいがいいのだ。若いのに品行方正という人間は大成《たいせい》せん」

「心しておきます。ところでそのお歳《とし》でも、まだ色町の動向が気になりますか」

「色町がどうのではなく、定信公《さだのぶこう》の禁令《きんれい》に関してちょいと気になることがあってな」

これまでにも書いたが、田沼意次《たぬまおきつぐ》による重商政策《じゅうしょうせいさく》の歪《ひず》みを修正するために、松《まつ》平《だいら》定信は寛政《かんせい》の改革と呼ばれる大改革を断行した。

まず庶民の生活の安定と、過熱した商業経済の冷却を考えた。つまり金銭が幅を利かせる世の中をあらためようとしたのである。

こうして打ち出されたのが、農業の立て直し、物価の引き下げ、金融の引き締め策などであった。棄捐令《きえんれい》もそのひとつである。

同時に定信は奢侈《しゃし》の抑制《よくせい》にも手をつけた。華美《かび》な服装、贅沢《ぜいたく》な家具や道具や飾物などを規制の対象とした。冗費《じょうひ》を抑《おさ》え、庶民の生活安定を優先させようとしたのである。

この規制は享楽《きょうらく》の抑制にまで及んだ。売淫《ばいいん》は風紀を紊《みだ》すとして、遊女を公娼《こうしょう》と私《し》娼《しょう》に分け、公娼は吉原《よしわら》など幕府が公認した場所に囲い込み、私娼を厳しく取り締まった。私娼禁止令がこれである。

まず、遊女《おんな》をおいて男を遊ばせる岡場所《おかばしょ》が取り締まりの対象となった。

出合茶屋や水茶屋、船宿などにも、岡場所まがいのところは数多くあるが、座敷を貸しているだけだという逃げ道があったから、岡場所だけが狙い撃ちされた。

「いったいなにが気になるのですか」

平蔵がぜんざいを食いおわるのを待って、梧郎は聞いた。

「岡場所の動向だ」

「かなり厳しく取り締まりがすすめられているようですが、この手の禁止令は昔から守られたためしがない。お上《かみ》では町奉行所《ぶぎょうしょ》を動員させれば、なんとかなると思っているようですが、禁じられれば法の裏をかこうという輩《やから》があらわれる。禁令の出ている岡場所に行ってごらんなさい。表向きは廃業を装ってはいるが、夜になるとこっそり客を遊ばせている。それが実態です」

「品行方正だとかなんとか言って、よく知っているではないか」

「こんなことは常識ですよ。奉行所の与力《よりき》や同心だって、熱心に取り締まっているように見せて、裏では袖《そで》の下を受け取り、違法行為を見逃している」

「たしかに役人の道義は地に墜《お》ちている」

「それに私娼たちだって、禁令を守っていれば食っていけないでしょう。だいたい禁令そのものにも無理がある」

「ご政道の批判か？」

「思ったままを言ったまでです」

「そこでだ。北町《きたまち》奉行所に柿沼曽太郎《かきぬまそうたろう》という同心がいる。知っているか」

「知りませんが、なるほど、それで干し柿ですか」

梧郎は思わず噴《ふ》き出してしまった。

「なにがおかしい？」

「柿沼を教えるのに干し柿を使うなんて、もうひとつ捻《ひね》りが足りません」

「合図は要を得て良しとする。捻りなど問題外だ。それより干し柿を探すのにどれほど苦労したと思うのだ」

「お察しします。で、その柿沼曽太郎がどうかしましたか」

「私娼の摘発《てきはつ》に、ことのほか熱心な男でな」

「いい話ではありませんか。禁令に目をつぶって、ふところを肥やしている役人が多いなかで……褒《ほ》めてやらなきゃ」

「たしかにそうなのだが、どうも引っかかるのだ」

「どう引っかかるのです？」

「しばらく柿沼にくっついてみろ。答えはひとりでに出るはずだ」

「どうしておれが、その同心にくっつかなきゃならないんです？」

「それも張ってれば分かる。もちろん嫌なら強《し》いてとは言わん」

「言い出したら引っ込めないあなただということは百も承知です。で、どこに行けばその男に逢《あ》えますか」

「持ち場は本所から深川《ふかがわ》らしい。行けば簡単につかまるだろう」

二

腰掛茶屋を出るとき雨は止《や》んでいた。雨傘を手に里見梧郎は両国橋《りょうごくばし》を越えた。

簡単につかまるだろうと長谷川平蔵は言ったが、ひとくちに本所、深川といっても、北は源森川《げんもりがわ》から南は江戸湾《えどわん》に面した洲崎《すさき》あたりまでと、その範囲はかなり広い。

探すのに苦労するだろうと覚悟を決め、両国橋を渡りきったところにある飯屋で、まずは腹ごしらえをした。

飯屋を出て、さてどうしたものかと考えた。漫然《まんぜん》と探すのも能《のう》がない。自身番屋で消息を聞くのが早道だろう。同心なら一日になんどかは番屋に顔を見せるはずである。

探す番屋は両国橋を越えてすぐの、駒留橋《こまどめばし》のさきの藤代町《ふじしろちょう》にあった。

玉砂利《たまじゃり》を踏んで内部《なか》に入ると、奥でだべっていた家主《やぬし》が顔だけをこちらに向けて、愛想《あいそ》のない声を送ってきた。

「なにかご用ですか」

「柿沼同心に逢いたいのだが、どこへ行けば逢えるかな」

梧郎が言うと、家主の顔に軽蔑《けいべつ》の色が浮かんだ。

「そんなこと……ここでは分かりませんよ」

いちおう上《あ》がり框《かまち》まで膝《ひざ》でずってきたが、返事はにべもなかった。

「彼の持ち場は本所、深川あたりだと聞いた。だったら毎日ここには顔を見せるんだろう」

ふだん自身番屋にいるのは家主に番人、店番《たなばん》とあと書役《かきやく》だ。

町奉行所の与力や同心は定期的に顔を出して、連絡を受けたり仕事の補佐をしたりする。だから当然番屋には顔を見せる。それが仕事なのだ。

ところが家主からもどってきた返事は、

「めったに顔を見ることはありませんね」

机に向かっていた書役も、所在なげに壁にもたれて茶を飲んでいた番人も店番も、つられて顔をうなずかせた。

「同心が顔を見せない？　信じられない話だな」

「あの人は自分勝手にやっておられます。私たちの協力は当てにされてないし、私たちを助けてやろうなんて気持ちは、これっぽっちも持ち合わせておられません」

「するとどこへ行けば逢えるか、ここではまったく分からないわけか」

「分かりません」

家主は木で鼻をくくったように答えた。その言葉つきに、柿沼への嫌悪《けんお》が露骨《ろこつ》に出た。

「やれやれ、同心一人に逢うのに苦労するとは、想像もしなかった」

「あの人はいま、私娼狩りに熱心ですから、そこいらあたりの岡場所を探してごらんなさい。運がよければ見つかるでしょう」

梧郎は取りつく島もなく、背を向けて番屋を出た。

駒留橋を渡り返して尾上町《おのえちょう》へ向かった。そのさきには竪川《たてかわ》が大川《おおかわ》にそそぎ込んでいる。

梧郎は一ツ目之橋《ひとつめのはし》を渡った。いったんやんでいた雨がまた降り出してきた。

右手には御船蔵《おふなぐら》の塀が長く延び、左手は武家屋敷である。屋敷に囲まれるようにして八幡宮御旅所《はちまんぐうおたびしょ》があった。その門前に岡場所がある。

そこから目と鼻のさきにある御船蔵前町《おふなぐらまえまち》はあたけとも呼ばれ、ここも岡場所としてよく知られていた。

深川、本所といえば遊所が多い。おそらく江戸の中心から大川を越えたこちら側には、なんとなく隠れ里といった雰囲気《ふんいき》があって、それが遊所を栄えさせる原因になったのかもしれない。

大川づたいに永代橋《えいたいばし》を過ぎて馬場通《ばばどお》りに入れば、永代寺門前仲町《えいたいじもんぜんなかちょう》や永代寺門前山《もんぜんやま》本町《もとちょう》、永代寺門前東仲町《もんぜんひがしなかちょう》、三十三間堂町《さんじゅうさんげんどうちょう》、越中島町《えっちゅうじまちょう》など岡場所は目白押しである。

真言宗《しんごんしゅう》永代寺《えいたいじ》は富岡八幡宮《とみおかはちまんぐう》の別当《べっとう》で、その賑《にぎ》わいは半端ではない。

ただ、一見したところ、昼間の顔はいつもとは変わらないように見えるが、この町をよく知る人には、どことなく活気が薄く、遊び女が衰えた素顔を化粧でおおい隠しているような印象を持つことだろう。

傘を片手にそうした岡場所をひとめぐりして、梧郎は竪川にもどった。二ツ目之橋《ふたつめのはし》の近くにも、松井町《まついちょう》二丁目や常盤町《ときわちょう》三丁目などの岡場所がある。

だが、このあたりの娼家はどこも戸を立てて、まるで死んだ町を見るようである。

かつては夜になるとどの娼家にもあふれるほどの灯《ひ》がともり、引手婆《ひきてばばあ》が辻に立って客を呼ぶ声がかしましかった。その活気はどこかに消えている。

廓内《くるわうち》には当然、客相手の料理屋や居酒屋がある。それもいまは半分の店が戸を閉めている。

ゆっくり町を歩きながら、死んだように見せかけたこの町が、じつはしぶとく生き残っていることを梧郎は知っていた。

夜になるとかつての華やかさはないにしても、ひっそりと娼家に灯が入る。やくざ風の男たちが目立たないように通りに立ち、客を勧誘《かんゆう》する。

追放されたはずの私娼たちは秘密裡《ひみつり》にどこかにかくまわれていて、呼ばれると、そのときだけやってくる。

生き残った料理屋や居酒屋は、目立たぬように心がけながら、儲《もう》けることには抜け目がない。

顔つきは変わっても、中身はほとんど変わっていないのだ。

吉原に遊び場所を残したといっても、庶民にとって高くつく遊びはしたくともできない。手頃な小遣《こづか》いで遊べる岡場所の需要は消えずにある。

求めるものがいるかぎり、こういう商売は消滅することはないのだ。

気がつくと松井町二丁目の裏通りにきていた。雨のせいもあってか、あたりはかなり薄暗くなっている。

通りには三軒、軒を並べた娼家があった。どの娼家も、息を殺して禁令が止むのを待っているように思えた。

そのとき、辻の向こうからこちらへ、傘もささずにやってくる男のすがたが見えた。六尺を超す大柄な男で、顎のとがった我の強そうな面構《つらがま》えをしている。恰好から奉行所の役人と知れた。

この男が柿沼曽太郎らしいと、梧郎の直感が教えた。

柿沼は三軒並んだ娼家のいちばん奥、「松葉屋《まつばや》」と木札を打ちつけた家の表で足を止めた。戸に手をかけたが、内《うち》から締まりがしてあるようで、押しても引いても開かない。

柿沼は勝手知ったる様子で横手の路地に入った。そこにちいさな潜《くぐ》り戸がある。手をかけたがここも締まりがしてある。

それを見て柿沼はいきなり足をあげ、戸障子を蹴《け》り破った。潜り戸は内側に吹っ飛んで、ぽっかりと口を開ける。

柿沼は身をひるがえすようにしてそこに飛び込んだ。

家のなかで人の争う声と、なにかが倒れる音とそして女の悲鳴がした。

やがて柿沼が戸口にすがたを見せた。その手が縛《しば》りあげた女二人の縄尻《なわじり》をつかんでいる。

縛られているのは色の黒い大柄な女と、狐のようにつりあがった目つきの瘦《や》せた女であった。女はどちらもふてくされたように、あらぬ方に目を向けている。

四十過ぎの男がすがるように柿沼を追ってきた。これが松葉屋の亭主らしい。

「柿沼さま、なにとぞお目こぼしを願えませんか」

亭主は必死な目で哀願した。

「そうはいかんな。知らぬならとにかく、こうして目にとまった以上、同心として見て見ぬふりはできねえ」

「そこをなんとか」

「この時刻なら、妓《おんな》を客待ちさせているだろうと読んだんだが、まさに思ったとおりだった」

「そのものたちは客待ちの妓ではありません。私どもの血筋のもので、家事などを手伝わせるのに呼び寄せたのです」

禁令など守る気のない亭主にとって、遊女を連れて行かれたのではこのさきの商売にさしさわる。懇願《こんがん》する態度も必死だった。

「ほほう、そうかい」

嘲笑《ちょうしょう》を顔に乗せると、柿沼は縛った女の手をつかみあげた。

「どちらの手も、勝手仕事とは縁のない手だな。ちっとも荒れちゃいねえ。男と寝ることが得意ですと白状している手だぜ」

「以後、お達しはかならず守ります。ですから今日のところは……」

そう言うと、亭主は鼻紙《はながみ》につつんだものを、素早く柿沼の袂《たもと》に滑り込ませた。文字通り袖の下である。

柿沼はあえて金包みを押し返そうとはしなかった。そのくせ足もとにすがりつく亭主を足蹴《あしげ》にしたのである。

「いくら泣こうがわめこうが、容赦はしねえよ。文句があるなら、禁令を出した越《えっ》中《ちゅう》さまに言いな」

女二人を引きずるようにして、柿沼は歩き出した。

すぐ隣は「相良屋《さがらや》」、そしてその隣が「大槻屋《おおつきや》」。ともに娼家である。

「相良屋、大槻屋、おまえたちも妓を隠しちゃいねえだろうな」

柿沼は大声で呼ばわった。

ほとんど同時に両方の表戸が開いて、転がるようにそれぞれの店の亭主があらわれた。

「とんでもございません。禁令に逆らうような大それたことは……」

「柿沼さまにご迷惑をかけるようなことは、神さまに誓って……」

口々に言うと、素早く金を包んだ鼻紙を、柿沼のふところに滑り込ませる。

「神妙でよろしい」

金を受け取るのがあたりまえのように、柿沼は平然としている。

「これからもまだお見まわりですか」

相良屋が聞く。

「なあに、今日はこの二人で成果は十分だ。雨も降ってることだしな。あとは『信《し》貴《ぎ》』で一杯やって、八丁堀《はっちょうぼり》に帰《けえ》って早寝だな」

そう言い残して柿沼は辻の奥へと消えていった。

(なんのことはない。そこいらのたかり同心と同類ではないか)

一部始終《いちぶしじゅう》を見ていた梧郎は、唾《つば》でも吐きかけたい気持ちになった。

柿沼のことを平蔵は、私娼の摘発に熱心な同心だと言った。

だがいま目にした柿沼は、平気で袖の下を受け取るところなど、そこらにごろごろいる不逞《ふてい》の同心となんら変わりはないのだ。いや、それより悪質かもしれない。

松葉屋からは袖の下を受け取りながら、それに応じるどころか、遊女は引き立てたうえ、亭主を足蹴にまでしている。最初から聞く耳を持たないのなら、金は突っ返すべきだろう。

（どうも許せない男だな）

禁令を守ることでは熱心な男のようだが、同時に役人としての志《こころざし》に欠けるところがある。これまで梧郎が出くわしたどの人間とも、柿沼は違っていた。

（それにしても、なぜ長官《おかしら》はおれに柿沼の監視を命じたのだろう）

梧郎は迷った。

ちゃんとした思惑がないかぎり命令を出す人ではない。それなりの考えがあってのことだろうと思うが、梧郎には見当がつかなかった。

（乗りかかった舟だ。とにかく今日一日は、柿沼に張りついてみよう）

梧郎は覚悟を決めた。雨はすこし強くなっていたが、傘は畳んだ。尾行に傘は禁物である。

松井町二丁目から常盤町三丁目をめぐり歩いて、そのあと柿沼が向かったのは、南《みなみ》六間堀町《ろっけんぼりちょう》の信貴という小料理屋であった。

「飯を食わせてくれ。そのあとすこし休ませてもらう」

そう言って柿沼は勝手にどんどんと座敷にあがっていく。女中頭らしい中年の女があわてて追った。それを見送っていた女将《おかみ》と番頭らしい男が、露骨に嫌な顔を見合わせる。

柿沼はこの店では、招かれざる客のようであった。

口ぶりから、しばらく店に居座る気配なので、梧郎は狭い辻を挟んで向かい合う居酒屋の暖簾《のれん》を分けた。

ゆっくりと酒を飲み、うまくない料理を刻《とき》をかけて腹に入れた。

やがて陽《ひ》が落ち、それでなくとも薄暗かった町中に、一気に闇が落ちてきた。

信貴の女中が軒行燈《のきあんどん》に灯を入れた。五つ（午後八時）を過ぎても柿沼は店から出てこなかった。

三

柿沼曽太郎が動いたのは、五つ半（午後九時）を過ぎたころであった。

大きな体軀《たいく》を揺するようにして信貴から出てくると、六間堀の堀端を北に向かって歩いていく。

おや、と梧郎は思った。

柿沼は相良屋の亭主に聞かれて、飯を食ったあとは八丁堀に帰って早寝だと言ったのである。八丁堀なら方向が逆だった。

北森下町《きたもりしたちょう》のあたりで、堀は二股《ふたまた》に分かれている。右手への流れは五間堀《ごけんぼり》である。五間堀と六間堀の呼び名の由来は、堀幅からきている。

柿沼は五間堀の道を右に曲がると、弥勒寺橋《みろくじばし》まできてそれを越えた。このまま行けば松井町二丁目に出る。柿沼がそこへ向かっているのはもはや明白であった。

どうやら帰って寝ると言ったのは、相良屋や大槻屋を油断させるためだったようだ。彼らは今夜の手入れはないと安心して、客を呼び込んで遊ばせる。そこへ踏み込む。柿沼の魂胆はそれらしい。

案の定、柿沼は相良屋の店のまえにきて立ち止まった。しばらく内部《なか》の様子をうかがっていたが、やにわに表戸を引き開けると、一気に店内へと踏み込んだ。

あわてふためいて相良屋の亭主が飛び出してきた。顔色を変えている。

「ちょっと二階を調べさせてもらうぜ」

土足のまま框に足をかける柿沼に、亭主はすがりついた。

「今夜はもう仕事はおしまいじゃなかったのですか」

「そのつもりだったが、気が変わった」

騙《だま》されたと知って、相良屋の青ざめた顔に血の気《け》がのぼった。腹立ちをぐっと堪《こら》えている。

「そこを退《の》いてもらおうか」

柿沼は亭主を払いのけようとした。

「待ってください。二階には誰もおりません！」

「いるかいないか、行ってみりゃ分かることだ」

「誰もおりません。行くだけ無駄というものです」

「嘘《うそ》をつけ。誰もいないのに、どうして上から明かりが漏れてくる？」

「明かりを消し忘れたんで」

「そのいいわけは通用しねえぜ相良屋よ。わざわざつけた明かりを絞って暗くし、岡場所の二階でやってることといや、ひとつしかなかろうが」

「…………」

「居るんだろ、遊び客が……」

「こうなると隠しても仕方ありません。ご想像のとおりです」

「妓をおいて客と遊ばせるのは禁令違反だ。それを知ったうえでの法度《はっと》破りだから罪は重いぜ」

「罪はあっしが身をもって引き受けます。だからしばらくご猶予《ゆうよ》願えませんか。お客に迷惑はかけたくありません」

「いちいち泣き言を聞いていちゃ、おれのお役目は務まらねえよ」

柿沼の返事はにべもなかった。

「お渡ししたものが、気に入りませんでしたか？」

「受け取った金のことか？」

「少なすぎましたかな」

「言っとくがな、あれはそっちから勝手に押しつけたもんだ。勝手にくれたものなら、こっちに手心を加える筋合いはねえわけだ」

「汚ねえ！」

「汚ねえだと？　するとなにかい、おまえはこのおれを清廉潔白《せいれんけっぱく》で、仏さまのような男とでも思っていたのかい」

「…………」

「おまえたちがおれのことを、餌《えさ》を求め、涎《よだれ》をたらして町をさまよい歩く野良犬だと、陰で噂《うわさ》してるのは知ってるぜ」

「…………」

「その野良犬を信じたとしたら、そっちのうかつさを恥じるべきじゃねえのかい」

柿沼は言い、すがりつく相良屋を払いのけようとした。相良屋は動かなかった。

「分かったよ。こっちもさ、真っ裸でもつれ合ってる二人のところへ踏みこむなんて野暮《やぼ》はしたくねえ。ここはおまえの顔を立ててやろう」

そして柿沼は二階に向かい、

「北町のものだ。しばらく待ってやるから、着物を着てから二人いっしょにおりてきな」

そのまま框に腰掛けると煙草《たばこ》入《い》れを取りだし、葉煙草を煙管《きせる》の火皿《ひざら》に詰め込んだ。

一服吸いおわったとき、二階でしめやかな足音がした。

思いがけない事態に動転《どうてん》した若い客をまえに、捨て鉢な態度の遊女が柿沼をにらみつけるようにして、階段をおりてきた。

「二人ともおれといっしょにくるんだ」

煙管をしまって柿沼が立ちあがった。

「さっきもいいましたが、こうなった責任はあっしが取らせてもらいます。客にも妓にも罪はない。嫌がる妓にむりやり客を取らせたのはあっしですから」

相良屋はなおも言った。

「きさまにもきてもらうさ。禁令破りを証拠づけるには、それをやらせたものと、客と妓がそろってなきゃな。どれが欠けても、言い抜けられりゃこっちの分《ぶ》が悪くなる。とにかく観念して三人ともついてきな」

三人を引っ立てて、柿沼は小降りになった雨のなかに出てきた。

その次第を梧郎は軒下に身をひそめてうかがっていたが、柿沼が出てくる気配に、あわてて隣家との隙間《すきま》に身体を押し込んだ。

その目のまえを引き立てられた三人が通り過ぎ、柿沼が通り過ぎていった。

そのときである。辻の向こうからこちらに駆けつけてくる男のすがたが見えた。柿沼に負けないくらい大柄な人物だった。

「お待ちください、柿沼さま。初音《はつね》の宗兵衛《そうべえ》でございます」

男は言った。

初音の宗兵衛とは松井町から常盤町《ときわちょう》一帯を仕切っている香具師《やし》であることは、梧郎も聞き知っている。

そういえば柿沼が相良屋へ入るのと入れ違いに、飛びだしてきたやくざ風の若者がいた。彼が宗兵衛を呼びに走ったのだろう。

「ごたいそうに名乗ってくれなくとも、よく存じあげてるよ」

柿沼は唾を吐くようにして言う。

「それは光栄です。そこでお願いですが、そこのお客さまと妓とを解き放してやっていただけませんか」

「できねえ相談だな」

「ところで今夜のこと、筆頭与力の久岡長之助《ひさおかちょうのすけ》さまはご存じでしょうか」

「知らんだろうな。すくなくともおれの口からは話していない」

「こういう強引なやり口を、久岡さまはどう判断されるでしょう」

「きさまらと裏でつるんでいる筆頭与力など、どう思っていようとおれには関わりのないことだ」

「この三人を引き立てられても、留め置くかどうかの判断は筆頭与力がなされるのでしょう。北町のことは久岡さまが、すべてお奉行の鹿野《かの》さまから一任されておいでと聞いています」

「そんなことはおれの知ったことじゃねえ。おれは自分に与えられた役目に忠実に従うだけだ」

柿沼は問答無用とばかりに、三人をつれて宗兵衛の脇《わき》をすり抜けようとした。

「もうすこし私の話を聞いてもらえませんか、柿沼さま」

「きさまから聞かねばならない話など、なんにもねえはずだ」

「いくらお包みすれば、この三人を解き放ちいただけますか」

「金で片づけようって魂胆か」

「私はそれ以外に、話をつける手段を持ち合わせておりませんので」

「いくら出す?」

「これくらいでいかがでしょう?」

初音の宗兵衛は片手をまえに突き出した。

「五百両か」

「ご冗談を。五両でどうかと……」

「そっちこそ、冗談は止めてくれ。たった五両の端金《はしたがね》では片目もつぶれねえ」

「私は思うのです。その三人を引き立てられても、きっと久岡さまの判断ですぐお解き放ちになる。だったら無駄は止めて、五両で手を打った方が得策ではないかと……」

「さあ、無駄かどうか、結果を見るまでは分からんな」

「そこまでお聞き分けがないとは……仕方がありません。好きにしていただきましょう」

宗兵衛は投げ出したように言うと、引き立てられていく三人に声をかけた。

「もうしわけないが、ほんのすこしの辛抱だ。明日の朝にはみんな自由の身だ。これは私が保証するよ」

どういう成算があるのか、自信たっぷりの宗兵衛の言い方だった。

それを無視したように、柿沼は三人をつれて辻からすがたを消した。

初音の宗兵衛もいつの間にか見えなくなっている。梧郎はやっとの思いで、家と家との隙間から滑り出た。

幕府が制定した禁令により、いま、春をひさぐ行為は禁じられていた。

それを取り締まるのは町奉行所の仕事である。そう考えると柿沼の態度は役人としてなんら咎《とが》められるものではない。

ところがその遣《や》り口がなんともえげつない。権力を嵩《かさ》に平気で暴力をふるうし、嘘もつく。金にも汚《きたな》い。その金だって受け取りはするが、払った方の要望はいっさい無視である。

金をもらったのだから、手心を加えてやれと言うつもりはないが、応える気がなければ、金を突き返せばいいのである。

約一日見張っていて、梧郎は柿沼という男に好感を持つことはできなかった。むしろ残ったのは嫌悪感だけである。

（いったい長官《おかしら》は、なにが目的でおれをこの男に張りつかせたのか）

そこのところがいっこうに見えてこないのだ。

明くる朝、梧郎は早々に火盗改メの役宅を抜け出した。

梅雨は中休みらしく、どんよりと曇ってはいるが雨は落ちていない。傘は持たないことにして、やってきたのは深川だった。

はっきり言って、柿沼曽太郎という男とは、昨日一日で関わるのは止めにしたかった。

だが、長谷川平蔵が彼の監視を言いつけたということは、そこに隠れた意味があるはずである。意味もなく命令を出す人ではない。

そう考えて、気は進まぬながら梧郎は大川を越えたのだった。

無駄を承知で、梧郎は藤代町の自身番屋に足を運んだ。無愛想な家主の顔を見たくはなかったが、手がかりを得るとすればここしかない。

幸いなことに巡回中の若い同心がいて、家主から報告を受けていた。

「ちょっと聞きたいんだが……」

梧郎は誰へとなく声をかけた。

「また、あんたですか」

家主はうんざりした声を出した。

「柿沼同心は今日どこにいるか、知っちゃいないかね」

その問いに答えたのは若い同心だった。

「柿沼さんならこのあたりにはいませんよ。あ、失礼しました。私は北町奉行所の同心で倉田葉之進《くらたようのしん》と言います」

　立ちあがってていねいに頭をさげた。同心にはめずらしく礼儀正しい男のようであった。

「ごていねいに恐れ入る。おれは川藤夢之助《かわとうゆめのすけ》という浪人ものだ」

　あわてて梧郎は応えた。川藤夢之助は彼がよく使う偽名である。

「柿沼さんに、どんなご用ですか」

「昨日逢うには逢ったんだが、ひとつ聞きもらしたことがあってな」

「どこにいらっしゃるかは分かりませんが、猿江町《さるえちょう》のあたりを探してみられたらどうですか。今朝方筆頭与力の久岡さまから、持ち場を竪川から南、大横川《おおよこがわ》から東にかぎると申し渡しを受けられたそうですから」

　竪川の南、大横川の東といえば、十万坪や六万坪などと呼ばれる地があることでも分かるように、広大な空地《あきち》が広がる一帯である。岡場所など見たくともない。

　筆頭与力は柿沼を、岡場所とは無縁な場所に囲い込んだようだ。

　柿沼のやり方に肩を持つ気はないが、久岡とかいう筆頭与力の仕打ちにも解せないところがある。

「持ち場を制限されたとは、なにか失態でも起こしたのかね」

「私が聞いたところでは、お酒を飲みにきていた客を、よく調べもせずに私娼を抱いたとして、番屋に引き立て取り調べをした。結局、事実無根と分かってその客は解き放ちになったのですが、筆頭与力はたいそう立腹されたそうで……」

「なるほど。それにしてもなにを証拠に事実無根だと？」

「一切を見ていた人がいて、捕まった客は酒を飲んでいただけだと証言されたからだそうです」

おれも目撃者の一人だが、明らかに捕まった男は遊女と遊んでいた。口に出かけたその言葉を、梧郎はとにかく飲み込んだ。

それにしても、そんなでたらめを筆頭与力に証言したのは、どこの誰だろう。そう考えているうち、その男の顔が梧郎の心に浮かんできた。

「じゃあ、あんたの言葉どおり、猿江町あたりを探してみるよ」

梧郎はそう言って番屋を出た。

# 四

里見梧郎が向かったのは、御籾蔵《おもみぐら》のさきにある深川元町《ふかがわもとまち》だった。そこに「初音」という料理茶屋がある。初音の宗兵衛が女房にやらせている店だった。

宗兵衛に逢いたいというと、目つきの悪い腕っ節《ぷし》の強そうな男があらわれて、むりやり表に引きずりだされた。

「どこの牛の骨か馬の骨か分からねえ野郎に、親分はお逢いにならねえよ」

声を凄《すご》ませて言った。

「禁令に背《そむ》いて妓を抱いた男を、酒の客だと宗兵衛は偽証した。それを黙っておいてやると言えば、牛の骨でも逢おうというんじゃないのかね」

凄んでいた男がちょっと怯《ひる》んだところへ、梧郎はおっ被《かぶ》せた。

「間もなく月番が南町に変わる。それを待って、北町が香具師とつるんで不正を働いたと訴えて出る手もあるんだがな」

さっきまでの威勢はどこへやら、「ちょっと待て」と言い残して、男は店裏にすがたを消した。

入れ替わるように今度はやたら腰の低い男があらわれて、敷石伝いに中庭へと導いた。小振りだが金をかけたと分かる中庭を抜けると、粋《いき》な造りの離れ家が見え、見覚えのある男が庭先に立って出迎えた。

「若いのがご無礼を働きましたようで、もうしわけありません。まあ、どうぞこちらへ」

十畳ほどの部屋に招き入れた。いかにも金のかかっていそうな部屋に、高価そうな顔をした家具や陶器が鎮座《ちんざ》している。

案内してきた男が手早く茶を淹《い》れ、梧郎と宗兵衛のまえに置くとそそくさと姿を消した。

二人っきりになったところで、宗兵衛は口を切った。

「相良屋の客が解き放ちになったことで、なにか異論がおありのようで」

「客だけでなく、相良屋の亭主も客を取っていた妓も、いっしょにあんたがもらい受けてやったんだろ。違うかね」

「どうしてそう思われます？」

「昨夜《ゆうべ》あんたが柿沼同心に吐いた啖呵《たんか》、すっかり聞かせてもらったよ」

「参りましたな、あれを聞かれていましたか。たしかに昨夜遅く、日付が変わろうかというころに、筆頭与力久岡さまをお訪ねしまして、解き放ちをお願いしました。しかし、このことはどうぞご内密に……」

　宗兵衛は素早く紙に包んだものを、梧郎の膝元に置いた。中身は小判が二、三枚のようである。話をつけるには金。そういうやり方が体臭のように身についた自然な仕草だった。

「三人が引き立てられたのは昨夜遅くだ。筆頭与力に取り調べる余裕はなかったはずだ。ろくに調べもせず釈放とは、なんとも釈然《しゃくぜん》としないな」

　梧郎は膝元の金包みには目もくれず、話を進めた。

「柿沼同心はかねてから強引な遣り口で顰蹙《ひんしゅく》を買っています。そのことは久岡さまもよくご存じで、日ごろから心を痛めておられました」

「久岡というのは、勝手に差配が下せるほどの実力者なのかね」

「お奉行の鹿野紘之丞《げんのじょう》さまは、筆頭与力の久岡長之助さまに、北町の仕事はすべて委《ゆだ》ねておられます。だから柿沼同心には、さっそく熱いお灸《きゅう》をすえられたと聞いていいますが……」

「柿沼というのは、それほどの嫌われものかね」

「そりゃあもう……みんなは陰で野良犬同心などと呼んでいます。それも餌を漁《あさ》って歩く野良犬なら可愛《かわい》いのですが、あの人は違う。お役人にさしあげる心付けはまあ常識ですが、あの人は平然と袖の下を要求される。それも金額が気に入らないと、あらぬ口実をつけて商売が立ち行かないように妨害してくる。袖の下をもっと増やせとの無言の催促かもしれませんが、ものには限度というものがあります。餌は食わせなきゃならないわ、食い物が気に入らないと嚙《か》みついてくるわ、どうにも手のつけられない野良犬です」

むき出しの憎悪が宗兵衛の顔色に出た。

「しかし、妓をおいて客を取らせることは禁じられている。禁じられているのを取り締まる柿沼同心のやり方を、筆頭与力が咎めるとしたら、そっちの方の筋が通らないんじゃないのか」

「問題はやり方です。やり方が汚ければ奉行所も困るでしょう」

「なるほど。じゃあ最後にもうひとつ聞かせてくれ。さっきあんたは、昨夜遅く、それも日付が変わるころに筆頭与力のところへ、逮捕の不当を訴え出たと言ったな。こう言っちゃなんだが、たかが香具師の訪問だ。それに嫌な顔もせずに応じたとしたら、あんたと筆頭与力の間柄は並のものではないと思うのだが、どうだね」

さすがに宗兵衛は返す言葉に詰まって、目を白黒させた。

その返事は待たず、梧郎は金包みをふところにして立ちあがった。

「せっかくの気持ちだから、無駄にせずもらっておく」

深川元町をあとにして、梧郎は六間堀伝いに竪川に出、河岸道《かしみち》を東に下り三ツ目之《みつめの》橋《はし》を越えた。三ツ目通りを右折すれば入江町《いりえちょう》はすぐである。

入江町二丁目にも岡場所がある。娼家は鐘撞堂《かねつきどう》と隣り合うようにして並んでいた。梧郎がここにきたのは、柿沼の新しい持ち場から、いちばん近い遊所はここだったからである。

筆頭与力が指示した持ち場からは外れるが、おそらく柿沼は命令なんか気にもしていないだろう。きっとこの近くにいるはずだと見当をつけて、梧郎はてきとうに歩きだした。

彼は考えていた。

柿沼がやっていることは、色町の取り締まりを命ぜられた同心としては正当な行為である。それをなぜ筆頭与力から叱責されなければならないのか。しかも処罰として限られた持ち場は、色町など見たくともない、だだっ広い空地が広がる場所である。

これではまるで仕事をするなと言っているようなものだ。

それにしてもおかしいのは久岡長之助という筆頭与力である。彼はやる気のない奉行に代わって、北町の実権を独り占めしているようだ。その彼が、法を守るのに熱心な柿沼を疎ましく思っている。

柿沼という同心もどこかで桁《けた》を外れているが、久岡という筆頭与力もなんとなく胡《う》散臭《さんくさ》い。

（もしかして、誰かが久岡の後押しをしているのではないか）

そう考えると、平蔵が柿沼を見張らせようとした目的も分かる気がする。平蔵は陰で北町を動かしている者の正体を知りたかったのではないだろうか。

そんなことを考えめぐらせながら、三笠町《みかさちょう》のあたりまできたときである。「鈴屋《すずや》」という小料理屋の窓が開いて、男が身を乗りだすようにして空を見た。

「この段なら、今日一日天気は持つようだ」

言ったのは柿沼だった。

あわてて梧郎はすぐ横の菓子舗《かしほ》の軒下に身を隠した。

「ひと眠りするから、陽が落ちたら起こしてくれ」

声といっしょに窓が閉まった。

五

いったん役宅にもどった里見梧郎は、陽が落ちるころを見はからって、ふたたび三笠町に向かった。鈴屋が見える位置に立って、柿沼曽太郎があらわれるのを待った。

五つ（午後八時）の鐘が聞こえて間もなく、柿沼は鈴屋を出てきた。

南割下水《みなみわりげすい》に沿った道を大横川へと向かっていく。梧郎はあとについた。

久しぶりに月が出ている。厚い雲を被って薄ぼんやりとした月だが、梅雨で滅入った気分をホッとさせる薄明かりだった。

長崎町《ながさきちょう》を右に曲がり、柿沼は鐘撞堂にきた。その横に娼家が数軒並んでいる。禁令が出るまでならこのあたり、戸は開け放ち遊女を見世《みせ》に座らせて、どこか淫靡《いんび》な華やかさを発散していたものだ。

そんな風情《ふぜい》はいまは見たくともない。

柿沼はその一軒一軒の表に立ち、内部《なか》の様子をうかがってから、「春元《はるもと》」と看板を出した店の表に立った。しめやかに戸をたたいた。

「ここを開けてくれねえか。遊ばせてほしいんだ」

すこし間をおいてもう一度たたこうとしたとき、戸は内側からわずかに開いた。

「どうぞお入りください」

男の声がもどってきた。

柿沼はわずかな戸の隙間に手をかけると、一気に引き開けた。

「どうぞお入りくださいか。ここで客を遊ばせていますという、なによりの証拠だな」

客だと思ったのが柿沼だと知って、男は青くなった。瘦せて背の高い中年の男である。

「か、柿沼さま……」

春元の亭主らしいその男は絶句した。

「客は二階か」

言うもそこそこに、柿沼は階段に足をかけた。その袂に亭主はすがりついた。

「お客なんぞ、取っておりません」

「じゃあ、なぜ戸を開けた？」

「声がしましたので、知らん顔もできないと思い、それで……」

「往生際《おうじょうぎわ》が悪いぞ。こっちにゃすべてお見通しだ。隠したって調べりゃすぐに分かることだぜ」

袂を振り切って階段をあがろうとする柿沼に、

「参りましたよ、柿沼さま。どうぞお好きになさってください。ただ、お客さまには迷惑がかからないようにお願いします。店の信用に関わりますので」

開き直ったように亭主が言った。

「淫売宿にも信用ってものがあったとは知らなかった。まあいいだろう。お楽しみの最中に踏み込むことだけは我慢してやろう。身支度を調えておりてくるように二人に言いな」

柿沼は框に腰かけると煙草入れを取りだした。亭主は柿沼の言葉を伝えに二階へあ

がったが、

「すぐまいります」

おりてくると、あきらめきった顔で報告した。

梧郎は軒下に身をひそめて、やりとりの始終に耳を向けていたが、すこし大胆になって、春元の表戸に身を寄せ、わずかな隙間から内部をのぞき込んだ。

柿沼は階段の降り口に腰をおろして、煙草をくゆらせている。その横には仏頂面で春元の亭主が突っ立っていた。

二階で人の気配が動いた。柿沼は煙管をしまって立ちあがった。

だが、おりてきたのは二十代半ばの男一人だけであった。突然の踏み込みに動転したのだろう、唇を細かく震わせ、階段を踏む足もとも頼りなげである。

「妓はどうした?」

聞かれて若者は首を振った。

「言いつけには従えないというのか?」

若者はうなずいた。

「そこで待ってろ。逃げようなんて不心得を起こすんじゃねえぞ」

言い捨てると客をそこに待たせ、柿沼は音を立てて階段を駆けあがった。ものの半分ほどきたあたりで、ふいに階上に寝間着すがたの遊女が立った。まだ十五になるかならないかの娘である。

「私はおりません」

凜《りん》とした声で言った。

「私は捕まるわけにはいかないのです」

年の割には物言いがしっかりしている。

「そっちがなんと言おうと、こっちはお役目柄捕まえないわけにはいかねえんだ」

「家には病気のお父ちゃんがいます。私が捕まるとお父ちゃんの世話をするものがいなくなるのです」

「そりゃ、誰にだって事情はあるさ。だからって見逃すわけにはいかねえ」

「お父ちゃんには滋養《じよう》になるものを食べさせなくてはなりません。それにお医者さんに診《み》てもらうのにお金がかかります。それで私はこうして稼いでいるのです」

「泣き落としできたか」

「こうして身体を売るよりほかに、私には稼ぐ道がありません」

「春をひさぐことが禁じられているのは知ってるな。まして春の売り手が年端《としは》のいかない娘ときちゃ、これは見逃すわけにゃいかねえ」

「ご定法《じょうほう》のことは知ってます。でもそれを守ってたら、私もお父ちゃんも生きてはいけないんです。人が生きていく道をふさいでるとしたら、それはご定法の方が間違っています」

娘はきっぱりと言った。階段の上と中ほどとでのやりとりである。

「言いたいことがあるなら番屋で聞いてやろう。とにかくおりてこい」

「おりません！」

さすがに柿沼の我慢も限界を超えたらしい。ドタドタ音を立てて階段をのぼりきると、むんずと娘の手をつかんで引きずりおろそうとした。

抵抗して娘は、激しい勢いでそれをふりほどいた。

引っ立てようとする柿沼と、抵抗する娘と、階上でしばらくもみ合っていたが、そのうち「あっ！」と叫び声を残して、娘は階段を転げ落ちてきた。

土間に叩きつけられて、娘はそのまま動かなくなる。

「手を焼かせやがって」

柿沼は階段を駆けおりてくると、動かなくなった娘をのぞきこんだ。

「ちぇっ、気を失ってやがる」

言い捨てると、呆然《ぼうぜん》と突っ立っている客の若者と春元の亭主に言った。

「とにかく二人だけでも番屋にきてもらおうか」

「さくらをこのままにはしておけません」

亭主は抵抗を見せた。娘はさくらというらしい。

「だからって、気がつくまでのんびり待ってるわけにはいかねえ。かついでいくのも大変だしな。ほうっておけ。そのうちに目が覚める」

気を失った娘を置き去りに、柿沼は二人を連れて春元を出ようとした。

梧郎は黙って見ていられなくなった。戸口から飛び込むと、

「待ちな。この娘を医者に診せるのがさきじゃないのか」

「どこのどなたか知らねえが、お節介《せっかい》はなしにしてもらいてえ。これはお上の仕事なんでな」

「お上の仕事だからって、気を失った人間を置き去りにしていい法はないだろう。それにあれだけの勢いで転げ落ちたんだ。打ちどころが悪いと命取りにもなりかねな

い」

「命を落とせば、それがこの娘の寿命だったってことだ」

柿沼は平然と言った。

「なんという言いぐさだ。それでもおまえは人間か！」

知らずに語気が荒くなった。

「人間のつもりだがね。それほどこの娘のことが心配なら、あんたが医者まで運んでやってくれ」

「それは突き落としたおまえの責任だろう」

「あいにくおれには禁令を破ったやつを、取り調べるという役目がある。人の命がどうのこうのなんて甘ったれたことは、後の後の、さらに後まわしの話だ」

人間のこころを持たないこんな男と、不毛のやりとりをつづけてもきりがないと、梧郎は思った。こんなことでぐずぐずしているより、気を失っている娘を早く医者につれて行くのが先決である。

「もういい！　おれが医者につれていく！」

「面倒をかける。医者での要用《いりよう》は北町まで取りにきてくれ。柿沼と言えば分かる。ついでに貴公の名前を聞いておこうか」

「川藤夢之助だ」

「では川藤どの、あとはよろしく頼む」

平然と言いすてて、柿沼は春元の亭主と客を引っ立て表に出た。

そのとき春元の亭主はこちらを振り返ると、

「奥に捨吉《すてきち》という小僧がいます。医者に運ぶ手伝いをあれにさせてください」

梧郎に言った。娼家の主《あるじ》の方が、まだ人のこころを持っていた。

娘はぴくりとも動かない。梧郎はかがみこみ、心ノ臓《しんのぞう》のあたりに耳をつけて鼓動をたしかめた。脈は乱れ、脈拍も弱くなっている。

「捨吉、そこにいるか？」

梧郎が呼ぶと、店の奥から十七、八の小僧が恐る恐る顔をのぞかせた。

「この近くに医者はいるか」

「松倉町《まつくらちょう》に照庵《しょうあん》という先生がいます」

「ようしそこに連れていこう。とにかく急いで荷車を調達してきてくれ」

捨吉が探してきた荷車に娘を乗せ、梧郎は大横川べりの道を急いだ。

「この娘、さくらというらしいが、どこに住まいがあるんだ？」

「上大島町《かみおおしまちょう》の裏店《うらだな》に住んでいると聞いてます」

北割下水を西にとれば松倉町はすぐだった。

医院はもう戸を下ろしていたが、梧郎は容赦なく叩きつづけた。

黙っているわけにもいかなくなったのだろう、慈姑頭《くわいあたま》が不機嫌そうな顔つきであらわれた。

「急病人だ。治療を頼む」

梧郎が言うと、慈姑頭は荷車の上の娘の手首を取り、まぶたをめくり、胸に耳を当てていたが、

「こりゃあ医者じゃなくて、坊主の出番だな」

「しっかり診てやってくれ」

「診るもなにも、この娘はもう死んでるよ」

吐いて捨てるように言った。

梧郎は仕方なく荷車を曳《ひ》いて、竪川を渡り小名木川《おなぎがわ》に出ると、そのまま川沿いを東にとって、上大島町に向かった。

さくらの住居は四畳半と三畳二間の狭い家だった。奥に敷かれた布団に、猿のように萎《しな》びた四十男が横たわっていた。これがさくらの父親らしい。

さくらの遺体は長屋の連中が荷車から降ろし、布団を敷いて三畳の間に寝かせた。

「さくらちゃんがこんなことになっちゃったけど、気を落とすんじゃないよ彦造《ひこぞう》さん」

狐のように目のつりあがった長屋の女が言った。

彦造と呼ばれたさくらの父親は、目をうつろにしてうなずき返した。まだ状況がよく理解できていないようだった。

「この人たちが、さくらちゃんをここまで運んできてくれたんだ。彦造さんからもよくお礼を言うんだよ」

狐目の女に言われ、

「これはこれは、どなたか存じませんが、ご親切にどうも」

彦造は布団に起きあがると、すわり直してこちらに頭をさげた。

「娘さんは階段を踏み外して転げ落ちたんだ。ちょうどおれたちがそばにいたので医者に運んだんだが、間に合わなかった」

梧郎は親の気持ちをことさら傷つけないようにやんわりと話した。

「それはまあお手数《てかず》をかけました。娘がこんなことになっちまったのも、言ってみれば親のあっしへの報いです。娘に人の道にはずれたことをさせておいて、自分だけ平気な顔で生きている。そんなあっしに神さまが鉄槌《てっつい》を下されたんでしょう」

苦しげに咳《せ》き込みながらそう言うと、彦造ははじめて涙を流した。

慰める言葉が見あたらず、

「力を落とすんじゃないぞ」

慰めにもならないひとことを言って、梧郎は逃げるように長屋を出た。出がけにそっとさくらの布団の下に、初音の宗兵衛から受け取った金をしのばせた。

扇橋《おうぎばし》を越えたところで、新高橋《しんたかばし》を渡っていく捨吉と別れた。別れぎわに捨吉は不安げに聞いた。

「連れていかれた旦那さんは、どうなるんでしょう」

「なあに、明日の朝にはもどってくるさ。心配するな」

相良屋の例から見て、春元の亭主もそうなるだろうと思って梧郎は言った。

明くる朝、火盗改メの役宅に出勤したが、なんとも尻が落ちつかない。

柿沼曽太郎に逢わなければという気持ちが梧郎を急《せ》き立てている。

結局、さくらを助けてやれなかった。だが、一人の娘を無為《むい》に死に至らしめ、しかもそのことにまったく反省の色もない相手に、ひとこと言わずにはおられない心境だった。

昼飯をとりに役宅を出ると、梧郎はその足で深川に向かった。

両国橋を渡り、竪川の河岸道を二ツ目之橋近くまできたとき、

「川藤どの」

と、背後から呼びとめられた。振り向くと知らない顔の男が立っている。のっぺりした顔立ちの、狡《こす》っ辛《から》そうな感じの男だった。

「おれは川藤だが……あなたは？」

偽名を知っている男に不審《ふしん》を持ち、梧郎はしげしげと相手を見た。

「北町奉行所の筆頭与力、久岡長之助と申す」

相手は名乗った。

それで分かった。川藤夢之助の名は、藤代町の番屋で逢った若い同心から聞いたのだろう。

この男が、香具師の宗兵衛が口にした筆頭与力かと、梧郎はあらためて久岡を見直した。なるほど利に聡《さと》そうな空気を身につけている。

「その筆頭与力どのが、おれになんの用かな？」

梧郎は歩き出しながら聞いた。

「昨夜、入江町の春元で怪我した娘を、貴公が医者に運ばれたと聞いたのだが」

「たしかに運んだのはおれだ。それがなにか？」

「娘が怪我をした現場に、立ち会われたのかな」

「怪我したのではなく娘は死んだんだ」

「知っている。じつに気の毒をした。ところでその娘、わが方の同心に突き落とされたという噂がある。もし現場に居合わせたのなら、そのへんの事実をご承知かと思ってな」

「それなら本人から直接聞けばいいじゃないか」

「その本人だが八丁堀の役宅にはおらぬ。もちろんいるさきに見当はついているが、あなたを見かけたんで、そっちから聞くのが早道かと……」

「現場におれはいた。だからことの子細《しさい》はこの目で見ている」

「で、わが方の同心が突き落としたというのは本当か」

「本当なら、どうだというんだ？」

「とりあえずその同心、柿沼曽太郎というのだが、本当なら厳重に処分を考えなければならないのでな」

　娘を突き落としたという証拠をつかんで、柿沼を本格的に懲罰《ちょうばつ》にかけようという魂胆らしい。そう思ったとき、微妙に梧郎のこころの動きが変わった。

「筆頭与力の意気込みを削《そ》ぐようで悪いが、娘は自分で足を滑らせて落ちたんだ。柿沼とかいう同心は手も触れていない」

「ほんとうにそうか」

　久岡はがっかりした顔を見せた。

「同心が手をかけていないと分かれば喜ぶかと思ったが、なんだか部下が不祥事を起こしてくれるのを、期待しているような顔つきだな」

「とんでもない。柿沼がなにもしていないと知ってホッとしている」

「どう見てもホッとしている顔には見えないが」

　梧郎に追い打ちをかけられて動揺した久岡は、

「話はよく分かった。手間を取らせて悪かったな。ごめん」

頭はさげず言葉だけを残して、竪川沿いの道を引き返していった。

それを見送りながら、梧郎は自分に肚《はら》が立ってきた。ちょっとした気持ちの変化で柿沼をかばってしまったが、それがいまでは後悔になっている。

たしかに柿沼はさくらに直接手を下さなかったかもしれない。しかし、おりるのを拒否する娘を、強引に引きずりおろそうとした。その結果、転落を招いたとしたら、柿沼に多分の責任がある。

にもかかわらず、柿沼は非を認めないどころか、転落した娘に一片の思いやりも見せなかった。それほど非情な男をかばったことが、梧郎の胸のうちにわだかまっていた。

六

入江町へやってきたものの、里見梧郎にはどこへ行けば柿沼曽太郎をつかまえられるか、さっぱり見当がつかなかった。

気がつくと春元のまえまできていた。要するに昨夜の事件の現場に舞いもどったかたちである。

そのときである。

「川藤さま。川藤さまではございませんか」

偽名を呼ばれるのは今朝からこれで二度目であった。

見ると小柄な町人が揉《も》み手をして立っている。

「川藤だが」

「やっぱりそうでしたか。柿沼さまから聞いた人相にそっくりで……」

「柿沼の居場所を知っているのか」

「へえ、うちでお待ちです。入江町に行けばこういう人相の男がくるはずだ。見つけたらここに連れてこいとおっしゃって……」

柿沼も梧郎の到来《とうらい》を予想していたらしい。

「案内してもらおう」

うなずいて男が連れていったのは、茅場町《かやばちょう》三丁目にある鼻を打ちそうな小さな蕎麦《そば》屋《や》だった。男はこの店の親父らしい。

奥の、おそらく親父が住居にしているらしい三畳に、柿沼はあぐらをかいて酒を飲んでいた。

「昨夜《ゆうべ》はご苦労をかけた。借りたものはきちんと精算しておこうと、ここの親父に頼んで見張ってもらってたんだ」

「借りたものってなんだ？」

梧郎は土間に突っ立ったままで聞いた。

「昨夜の娘の医者代だ」

「そのまえに、娘の安否《あんぴ》は聞かないのか」

「死んだそうだな」

「死んだと知ってるなら、弔《とむら》いの言葉があってしかるべきだろう」

梧郎はムッときて言った。

「おれが殺したのならな」

「殺したもおなじだろう。すぐ医者のところに運んでいれば、娘は助かったかもしれない」

「おれには同心として、先立つ仕事があった」

「岡場所の亭主と客を引っ立てることか」

「そうだ」

「引っ立てたって、すぐ解き放ちになると聞いている。そんな意味のない仕事より、人の命の方がうんと大切だろうが」

「誰に聞いたか知らんが、その通りだ。だがな、たとえ無駄と分かっていても、おれは同心だ。やるべきことはきちんとやる」

「おれはここへきさまと議論しにきたのではない。できればその口から、娘への詫《わ》びが聞きたかった」

「だったら無駄足だったな。娘の死に、おれは関わりがない。関わりのないものに詫びの言葉を期待しても無理だ」

人ごとのように言うと、柿沼は畳から立ちあがった。

「とにかく医者代だ。いくら払えばいい？」

「医者のところに運んだときは、すでに死んでいた。だから医者代は払っていない。たとえ払ったとしても、おまえのような情《じょう》の欠片《かけら》もない人間からもらうわけにはいかん」

「そうか。おかげで余計な出費をしなくてすむ。ありがたいことだ」

その言い方が梧郎の神経に障《さわ》った。

「そんな心がけじゃ、きさま、いい死に方はできないぞ」

「いい死に方などしたいとは思っちゃいないさ」

柿沼は梧郎を押しのけるようにして、渋障子《しぶしょうじ》の出入口へと向かった。

「親父、おれはこれから富岡八幡宮あたりをひとまわりしてくる」

板場にいる親父に声をかけた。

「ひとまわりしてくるって、謹慎の身じゃねえんですか」

親父が言うのへ、

「謹慎なんて上の偉い方々が勝手に決めたことだ。そんなの守ってちゃろくな仕事はできん。とにかく昼のうちに狙いをつけておいて、夜になって踏み込む。久岡はあのあたりにおれを近づけまいとしている。つまりそれだけあそこは禁令破りが盛んだという証拠だ。今夜あたりおおいに派手に妓たちを縛りあげて、久岡の心胆《しんたん》を寒からしめてやるよ」

身体を揺するようにして柿沼は障子の向こうに消えた。

「まあ、そんなところに突っ立ってないで、どうぞこちらへ。お茶でもさしあげます」

板場から出てくると、蕎麦屋の親父は飯台のひとつへ梧郎を招いた。

「呼びつけときながらあんな憎まれ口を叩いて。本性はいい人なんですがね」

梧郎のまえに湯呑みをおくと親父は言った。

「あの嫌われものに、味方がいたとは驚きだな」

梧郎は正直驚いて親父を見た。どこから推《お》し量《はか》っても、柿沼という男に人から好かれそうな要素は見あたらなかった。

「あの人のことは小せえときから知ってるんです」

親父はぼそりと言った。

「父親ってのが立ちまわり下手《べた》な貧乏同心でしてね。あの人はいつも腹を空《す》かせていました。だから見かけてはよく食わせてやりましたよ。長じるにしたがって無法者の仲間入りをしては、好き勝手をやってましたが、人を傷つけたり、泣かせたりするようなことはしなかった。どこかでわきまえを持っていたんでしょう。無法を働いたのは、どうやら同心を継ぐのが嫌で、そんなことで父親に愛想をつかさせようと考えていたようです。そのうちに父親が死んで……母親はとっくに亡くなっていましたから、天涯孤独。二十歳になってましたから、否応《いやおう》なく同心を継がざるを得なくなって……」

「苦労はしてるんだな。だが、それがいい方向で身についていない」

「見かけによらず照れ屋なんです。ここに出入りするようになってからでも、昔面倒をかけたことは覚えているはずなのに、そんな気持ちはおくびにも出さない。ただ頻繁に出入りすることで、あの人なりに感謝をあらわしてくれてるんでしょうがね」

「…………」

「こんなことがありました。あの人が十八のときだったと思います。こんにゃく島《じま》におそでという同い年の娘がいましてね。あの人はその娘《こ》を好きになっちまった」

こんにゃく島とは越前堀《えちぜんぼり》沿いの霊岸橋際埋立地《れいがんばしぎわうめたてち》のことである。

「こちらが武士、向こうが町人では好きになってもいっしょにはなれない。それが同心を継ぐことを嫌がった、ほんとの理由かもしれません」

「…………」

「ところでおそでの家というのが貧しくって、とうとう身売りしなきゃならなくなった。女衒《ぜげん》につれられてどこかの岡場所に売られていったようです。それを知ったときのあの人の落ちこみようときたら、そばで見てられないほどでしたよ。それでもいつかおそでが帰ってくると信じて待っていたようですが、彼女はとうとう帰ってこなかった。岡場所の暮らしに馴染《なじ》めず、身体をこわして死んじまったそうです」

そうだったのかと梧郎はうなずいた。

柿沼の執拗《しつよう》な私娼狩りは、そのときの恨みが根底にあるのだろう。

自分が愛した女を奪っていった岡場所。その存在に彼は憎悪しか感じなかった。そして私娼廃止の禁令をきっかけに、憎悪が目を覚ました。

そう思うと柿沼の行動にも、一抹《いちまつ》の同情すべきところはある。

「つれもどされるのが分かっていて、あの人、性懲《しょうこ》りもなく岡場所から妓をつれ出すでしょう。あれは救ってやれなかったおそでさんへ、あの人なりの贖罪《しょくざい》の気持ちの代行じゃねえかと、あっしは見ているんですが……」

「………」

「昨夜、階段から落ちて死んだ娘さんがいたそうですね。あの人、そのことをずいぶん気にかけてました。そのくせにあなたと話すときは、あんなにつれない言い方を

「……ああいう言い方しかできない人なんです。悪く思わないでやってください」

親父は必死で柿沼をかばった。親父にそう言わせるだけのいいところを、彼なりに持っているのだろう。

蕎麦屋を出ると足を富ヶ岡八幡宮へ向けた。柿沼と逢って、もうすこし腹を割って話がしてみたくなったのだ。

大横川伝いに久永町《ひさながちょう》二丁目に出て、木置場を左手に見ながら西に向かうと、亀久《かめひさ》橋《ばし》があり、さらに永居橋《ながいばし》を渡ると三十三間堂につきあたる。

そこまでくると富岡八幡宮はもう近くだった。

富岡八幡宮は広大な敷地を持つ水路に恵まれた神社である。水に関わる商売人を中心に栄え、近くには商家、料理茶屋、妓楼などがひしめきあっている。

おなじ境内に別当の真言宗永代寺を持つことはすでに述べた。

馬場通りには人があふれていた。柿沼を探しつつ人波のなかを泳ぐようにやってきた梧郎は、八幡宮の門前にきてふと足を止めた。

そこから左手に蓬萊橋《ほうらいばし》がある。そのあたりに人だかりができていた。

吸い寄せられるように梧郎はそっちに歩いた。だが、人の頭が邪魔をして前方が見通せない。

「なにかあるのか?」

そばにいた商家の奉公人風の男に訊《たず》ねた。

「お侍同士の斬り合いらしいですよ。それも一人を五人がかりで……」

嫌な予感がした。

野次馬を押しのけるようにして、梧郎はまえに出た。

柿沼曽太郎が、大身の旗本の家臣《かしん》とおぼしき五人に取り囲まれている。相手も、柿沼も、すでに刀を抜きつれていた。

梧郎の身体がひとりでに動いた。

「待て待て、一人を五人で襲うとは卑怯ではないか!」

大声で呼ばわると、柿沼のところに走り寄った。

思いもかけない邪魔者の出現に、

「よけいな邪魔立てをするでない!」

叫んだのは、下駄のように角張った顎の侍であった。ざっと見て、あとは雑魚《ざこ》だが、この男がいちばん腕が立ちそうだった。

「この男、ちょっと存じよりでな。放っておけんのだ」

梧郎は言うと同時に、河内守国助《かわちのかみくにすけ》を引き抜いた。

「助かった。相手が五人では勝ち目がないとあきらめていたところだ」

柿沼は身構えたままで梧郎に言った。

「こいつら、どういう連中だ?」

「分からん。聞いても言わんだろう」

「だろうな。しかし、向こうは本気だぞ。あの下駄のような顎の男からは、殺気がガンガン伝わってくる」

「助太刀してくれる気なら頼みがある。下駄顎をおれに任せて、あとの四人を引き受けてくれんか」

「そうしたいというなら止めはせんが、気をつけろ。あの下駄顎はかなり遣える」

梧郎は柿沼に声をかけると、履いていた草履《ぞうり》を脱いだ。

柿沼はうなずくと、右手に刀をだらりと提《さ》げた無防備な恰好で、下駄顎のまえにすすみ出た。

「おい!」

残りの四人を刃先で威圧しながら、梧郎は思わず叫んだ。

「ちゃんと構えろ。それじゃまるで自分から斬られに行くようなものだ」

だが、その声がとどかなかったのか、柿沼の構えは変わらない。

一方下駄顎は、八双《はっそう》に構えた刀に気迫をこめて、じりじりと歩をすすめてくる。

柿沼は無手勝《むてかつ》流《りゅう》としか言いようのない隙だらけの構えである。

二人の間隔は三尺ほどに迫った。腕をのばせば十分下駄顎の刀がとどく距離である。

梧郎は見ていられなくなった。

猛烈な勢いで四人のあいだに踏み込むと、相手を蹴散らしておいてから、柿沼の方に駆け寄ろうとした。

だが、遅かった。

柿沼は身体をはねるようにして下駄顎のふところに飛び込むと、提げていた刀をすくうようにして、その左腕を斬りあげたのである。

下駄顎に油断があった。無防備に迫ってくる柿沼を見て、そこになにか作戦があるのではと用心した。その迷いが意外な結果をもたらした。

気がつくと下駄顎は肘《ひじ》からさき、皮一枚を残して見事に斬られていた。

もちろん下駄顎も柿沼の肩口を鋭く斬りさげている。ただ、腕を斬られたのが一瞬早かったから、その勢いは減じた。

とはいえ下駄顎の気迫の一刀である。傷は深くはないが、止めどなく流れでる血は衣服の袖口を赤黒く染め、そのしずくが土に黒っぽい模様を作った。

下駄顎が斬られたのを見て、残りの四人は浮き足立った。傷ついた仲間を抱えあげると、あとも見ずにその場から逃げ去ったのである。

あまりにもあっけない結末に、野次馬はぶつぶつ言いながら散っていった。

あとに梧郎と柿沼だけが残された。肩の傷口を着物の裾《すそ》を裂いた布で縛ってやりながら、

「まったく無茶をする男だな。ふつうなら命はなかったぞ」

呆《あき》れ顔になって言った。

「なあに、最初から死ぬのを覚悟で、あいつの腕だけを狙ったんだ。と、言ってもこっちがさきにくたばっちゃ意味がない。先制をかけりゃ、向こうの攻撃力は弱くなる。万が一にも死ぬことはないと読んだんだが、筋書きどおりにことは運んだ」

柿沼は無邪気な笑顔を浮かべて言った。

なるほど、最初から計算ずくで、柿沼は相手の腕だけを狙ったのだ。腕を斬られた相手は間違いなく医者にかかる。そこから身元への手がかりがつかめる。

それが柿沼の意図らしい。そのために無防備にみせて相手の油断を誘い、狙いを腕一本にしぼったのだ。

端倪《たんげい》すべからざる男だと、梧郎はあらためて柿沼を見直す思いだった。

「とにかく送っていってやろう。そのまえに医者を探さなきゃな」

「八丁堀に帰りゃ、怪我を診るのが茶飯事《さはんじ》だって医者は掃《は》いて捨てるほどいる」

「そうかもしれん。ところで立てるか？」

「肩を斬られたんだ。歩くのに支障はない」

強がりを言って立とうとした柿沼だったが、とたんに激しいめまいに襲われて、その場にしゃがみ込んでしまった。

「ちょっと出血がひどいからな。よし、おれの肩につかまれ」

梧郎は柿沼を抱え起こすと、その身体をしっかりと肩で支えた。

その恰好で二人は、永代寺門前町裏の通りを永代橋へと向かった。

「襲った連中に心当たりはないのか？」

柿沼に歩調を合わせて歩きながら、梧郎は聞いた。

「知らない連中だ。ただ、こうなることは予想していた。そのために伏せておいた罠《わな》に、やつらはやっとかかりやがったんだ」

「罠だと？」

「岡場所や私娼の復活を企む久岡長之助を、陰で操《あやつ》ってるやつらを引きずり出してやろうと思ってな」

「北町の筆頭与力を操っているものがいたのか」

梧郎はあまり柿沼にしゃべらせたくはなかったが、やはりここだけは聞いておかねばと思った。

「松平定信が私娼禁止令を出した。それをひっくり返そうとしているやつがいる。定信の失政を喜ぶやつらだ。そいつが北町奉行を動かそうとした。だが、関わりを恐れた奉行は、それを筆頭与力の久岡に丸投げしたってわけだ。久岡というのは出世欲の塊《かたまり》みたいな男だから、喜んでこれを引き受けた」

「…………」

「久岡を操る仕掛人の狙いは松平定信の失脚だ。彼が出した禁令が、守られるどころか、公然と無視されている。そういう状況を作れば定信への不信はいやがうえにも高まる」

「その仕掛人をあぶり出してやろうと、ことさら私娼狩りに精を出したってわけか」

「まあ、そうだ」

「さっき襲ったやつらが、その仕掛人の手のものだと見ていいわけだな」

「まちがいねえだろう」

裏道を選《よ》って歩いたので、ほとんど人の好奇の目に触れることなく、二人は永代橋にきた。

橋のうえには多くの人が流れていた。

まだ日暮れには間がありそうなのだが、梅雨空独特の分厚い雲が空をおおい、黄昏《たそがれ》を思わせる薄暗さがあたりを包み込んでいる。

足もとで大川の水音がいつになくやかましく聞こえた。

「世話になった。ここからさきはおれ一人で行く」

柿沼が立ち止まって言った。

「遠慮するな。橋を渡れば八丁堀はそう遠くない」

梧郎が返すと、

「ここからはかなり人目がある。ふだん威張っている同心が、肩を借りて歩いてるところを見られちゃ物笑いの種だ」

「そんなこと、気にすることはなかろう」

「おれにも見栄というものがある。それに同心が弱味を見せたら、誰も言うことを聞かなくなる」

「つまらんことにこだわるんだな」

梧郎は笑いながら肩から柿沼の手を放した。

ちょうど通りかかった空駕籠《からかご》の人足に、無理を頼んで息杖《いきづえ》をゆずり受け、それを柿沼に持たせた。

「すまなかった。いずれ礼はさせてもらう」

柿沼はことわらずに杖を手にすると、そろりそろりと歩き出した。

「期待せずに待っている」

その背中に言い、しばらく柿沼の後ろ姿を見送っていた。

その目に、七、八間ほどさきの橋桁脇《はしげたわき》にかがみ込んでいる、四人ほどの町人が映った。なにか相談ごとでもしているのだろうと、気にもかけずに梧郎はもときた道へ足を向けかえた。

柿沼もその男たちの存在には気づいていた。だが、ほとんど気にも留めずそのまえを通り過ぎようとした。

そのとき四人のなかの一人が、立ちあがると聞いた。

「北町同心の柿沼さまですね」

「そうだ」

答えたとき残った二人が、真ん中にいる男を抱えるようにして立ちあがった。

抱えられている男はかなりの年配に見えた。しかもどこか具合が悪いのか、自分の足で立つことさえ無理と見える。

「彦造さん、目をつぶってあいつの胸に飛び込むんだぜ」

まえに立った男が背中で年寄りに言うと、

「北町の旦那、さくらちゃんの敵討《かたき》ちだ。覚悟して討たれてやっておくんなさい」

柿沼に向かって声を張りあげた。

二人の男に支えられた彦造は、胸のまえで包丁を握り、よろめきながらも柿沼のふところに突進してきた。

「春元で階段から落ちて死んだ娘の親父か？」

柿沼は聞いた。

「そうだ、さくらちゃんの怨み、思い知りやがれ！」

彦造に代わって脇を支えていた男が叫んだ。

「そうか。あの娘には気の毒をした」

そう言うと柿沼は、いきなり胸を開くようにして、彦造のまえに突き出した。まるで刺してくださいといわんばかりである。

彦造は目をつぶったまま、その胸めがけて突っ込んでいった。だが、包丁は脇腹をすこし抉《えぐ》っただけだった。

「そんなへっぴり腰じゃ娘の仇《あだ》は討てねえ。恨みを晴らしたきゃ心ノ臓をひと突きにな。こうするんだ」

言うやいなや柿沼は彦造の手をつかむと、包丁ごとずぶりと自分の心ノ臓に突き立てたのである。

「これで気持ちはすんだか」

包丁をにぎったまま、凍りついたように動けなくなっている彦造を見て、柿沼は乾いた声で笑った。

梧郎が異変に気づいたのは、永代橋を渡り返したときだった。

突然、大きなざわめきが起き、女の悲鳴が耳をつんざいた。

急いできびすを返すと、梧郎は永代橋を駆けもどった。

橋のなかほどに柿沼が血まみれになって倒れていた。

なにが起きたのか。梧郎はとっさに判断がつかなかった。

そのとき柿沼が絞りだすような声をあげた。

「馬鹿野郎。そんなところに突っ立ってねえで、さっさと消えちまえ。ぐずぐずしてると橋番が飛んでくるぜ。町人が同心を殺したとなりゃ、こいつはただではすまねえ」

その声に、固まったまま突っ立っていた四人の男は、はじかれたように野次馬の輪のなかへと逃げ込んだ。

そのなかに、両脇を抱えられた彦造のすがたがあるのを、梧郎は見落とさなかった。

おそらく長屋のものが手を貸して、娘の仇討ちをさせてやったのだろう。

「大丈夫か？　しっかりしろ！」

梧郎は柿沼を抱え起こした。

「ああ、あんたか」

かなり朦朧《もうろう》とした意識のなかで柿沼は言った。

「わざと討たれてやったのか？」

いくら手助けがあったにしろ、立つことがやっとという彦造が、柿沼を刺せるはずがない。

「そんなこたあどうでもいいんだ。ただ、おれのような男には、これがもっともふさわしい死に方だろうさ。こうなったことをちっとも後悔してねえよ」

苦しそうな息づかいといっしょに柿沼は言ったが、すぐに、

「ああ、目のまえが真っ暗になってきやがった。そろそろお迎えだな。そうなるまえに、あんたに頼みたいことがある。腕を斬ってやった侍がどこの家中の人間か……そいつを……頼む」

そこまでがやっとだった。梧郎の腕のなかへぐったりと倒れ込み、柿沼は二度とものを言わなくなった。

# 七

江戸川沿いの道を、里見梧郎は桜木町《さくらぎちょう》へと急いでいた。

まだ、六つ半（午後七時）にもなっていないと思うのだが、まわりの風景はすっかり闇のなかに沈み込んでいる。

梧郎はなにものかが、北町の筆頭与力久岡長之助の後押しをしているらしいと考えていた。柿沼曽太郎の言葉がそれを裏付けた。

彼は、北町の筆頭与力久岡を、陰で操っているやつらを表に引きずり出すために、過激なほどの私娼狩りをやったと言ったのである。

これで北町の背後に、よからぬことを企む元凶《げんきょう》のいることが明らかになった。柿沼は、その元凶は、私娼禁止令を有名無実《ゆうめいむじつ》にすることで、松平定信の失脚を狙っているという。

このあたりの事情に気づいて、長谷川平蔵は梧郎を柿沼に張りつかせたのだろう。

幸いなことに、その元凶を知る手がかりを柿沼は残した。彼に片腕を斬られた刺客《しかく》である。それがどこの誰かを調べれば、元凶にたどりつける。

「猿屋《さるや》」がそこに見えてきた。ちょうど昌吉《しょうきち》が店じまいをしているところだった。

昌吉は火盗改メの密偵《みってい》である。これまでもなんどか梧郎は力を貸してもらっていた。おなじく忍びあがりの密偵安吾《あんご》もこの店を手伝っている。

昌吉は嬉《うれ》しそうに梧郎を迎えた。

「どうやら仕事のようですね」

「厄介を頼みにきたんだ」

「その顔色を見りゃあ分かります。聞きましょうか、その厄介ってやつを。ちょうど腕が夜鳴きをしていたところです」

「肘からさきを斬られて、重傷を負った家臣がいる旗本を探し出してほしいんだ」

「その旗本ってのがどこか、見当はつかないんですか」

「大身の旗本らしいという以外はな」

「それだけの手がかりで探しだすのは骨ですね。で、斬られたのはいつなんです?」

骨ですねと言いながら、昌吉はすこしも困った顔を見せずに聞いた。

「今日だ」

するとべつの声が背中から飛んできた。

「それなら医者の動きから探り出せるかもしれませんね」

声の主《ぬし》は安吾だった。それに昌吉がうなずいた。

「そのとおりだ。腕を斬られて重傷を負ったなら、かならず医者が呼ばれる。そのあたりを調べればなんとかなりそうだな」

「やってくれるか」

「やりましょう。ところで里見さまの様子から見て、相手は怪我人が出たことを公《おおやけ》にはしたくないようですね」

「そうなんだ。向こうは陰謀が表に出るのを恐れて、ある男の口をふさごうとした。そして逆襲に遭ったんだ」

「相手がことを隠そうとしているとしたら、こいつは簡単にはいかねえかもしれねえ。でも、まあやれるだけやってみます。なあに安吾さんに手伝ってもらえば、なんとかなるでしょう」

昌吉は勝算のありそうな言い方をした。

その自信はまんざら強がりでもなかったようで、たった一日で二人は旗本の正体を探り当ててきた。

あくる日の夜、経過を知りたいとやってきた梧郎に、ちょうど帰り着いたばかりで、遅い晩飯を食っていた二人が、

「分かりましたよ」

ほとんど同時に声をかけてきた。

「腕に重傷を負ったのは、大目付《おおめつけ》堀田常陸守《ほったひたちのかみ》の家臣で、大崎敬四郎《おおさきけいしろう》と分かりました」

胸を張るようにして安吾が言った。

「たったの一日でよく突き止めたな」

梧郎は感心した。

「うまくいくときとはそういうもんです。昼飯を食いに入った飯屋で、中間《ちゅうげん》らしいのが二人、ぶつぶつこぼしているのを耳にしたんです。よく聞くと、昨夜賭場《とば》に出かけるつもりでいたのが駄目になって、それが不満らしい。しかも理由は家臣の一人が大怪我をしたからだというじゃありませんか。これはと思って中間を尾《つ》けたんです。すると桜田御門《さくらだごもん》の手前にある堀田の屋敷に入って行った。しばらく様子をうかがっていると、案の定医者がやってきて……」

昌吉が一気にそこまでしゃべり、あとは安吾が引き取った。

「医者は文斎《ぶんさい》という御典医《ごてんい》で、つかまえて事情を聞くのに苦労しませんでした」

「その大崎とかいう侍、左手の肘から先をほぼ斬り落とされかけていたと言いますから、もう間違いはねえでしょう」

と、昌吉。

聞きおわって梧郎は思わず腕組みをした。

どうやら北町の背後で糸を引いているのは、堀田常陸守という大目付らしい。

大目付といえば、大名や旗本の不行跡《ふぎょうせき》や不法行為を摘発《てきはつ》したり、公儀《こうぎ》への忠節度を監視したりするのが仕事である。

最近では仕事の内容も多様をきわめているらしいが、その大目付が私娼や岡場所の禁令に関わりがあるとは思えない。

ところがその禁令つぶしを奉行所の筆頭与力がやっていて、それを大目付が後押ししているようなのだ。

（いったいなにが目的で大目付は動いているのだ？）

柿沼はその狙いを、松平定信の失脚だと言った。はたして大目付堀田常陸守が、定信に対して遺恨でも持っているのだろうか。

頭のなかには厚い霧がかかっていて、容易に思考はそのさきへすすまない。

その梧郎の困惑顔を、昌吉と安吾は面白そうに見ていたが、

「苦労すると思っていた怪我人探しが、簡単にすんでしまいましたのでね。ついでにちょっと調べてみたことがあるのです」

昌吉が梧郎をうかがうようにして言った。

「いったいなにをだ？」

「堀田常陸守のことですよ。どういう人物か知りたいと思いましてね」

「で、なにか分かったか？」

「日本橋《にほんばし》の呉服商『鶴屋《つるや》』が、堀田家に出入りしているのを突き止めましてね。その番頭が甘いものに目がないと聞き込んで、うまく誘い出したのです。結果、とんでもないことが分かりました。いまから三年まえ、堀田を大目付に推戴《すいたい》したのが、当時老中だった田所山城守《たどころやましろのかみ》……」

「田所山城守だと？」

昌吉の話を半ばでさえぎって、梧郎は思わず驚きの声をあげた。

田所山城守とは、かつて松平定信の失脚を謀《はか》り、断絶した近藤《こんどう》家の旧家臣らと組んで騒ぎを起こしたが、失敗して老中職を辞した人である。

その不遇を逆転しようとして、今度は若年寄《わかどしより》の小堀大和守《こぼりやまとのかみ》を老中職に就《つ》けて、自らの老中復活への布石にしようと画策《かくさく》したが、これまた失敗し、いまはすっかりおとなしくなったはずの人物であった。

「それがまたぞろ動き出しているのか？」

梧郎は吐き捨てるように言った。

「動きだしているかどうかまでは、調べがつきませんでした。ただ分かったのは、堀田は田所山城守に恩誼《おんぎ》があるということでして……」

「それでなんとなく筋道が見えてきた。礼を言う」

梧郎は深々と二人に頭をさげると猿屋を出た。


翌朝、役宅の中庭の松に、青く小さな実をつけた枝が吊り下げてあった。しかもその枝には黒い布切れが巻きつけてある。

久しぶりに雲が切れ、わずかに差し込む日の光の下で、揺れる枝の様子は楽しげに見えた。

「おや、今朝もまた妙なものが吊り下がっていますね」

書誌役の部屋に差し込む日差しを、眩《まぶ》しげに見上げていた前田文作同心が目に留めて言った。

「あの青い実は柿ですね。このまえは黴の生えた干し柿。今度は若い青柿。なにかの辻占《つじうら》でしょうか。それにしても巻きつけた黒い布は、なにを意味しているのやら?」

「辻占だとしても、なんともおかしな辻占ですね。じゃあひとつ辻占の意味をたしかめてきましょう」

そう言い残して梧郎は部屋から出ていった。

長源寺の腰掛茶屋に平蔵のすがたがあった。フウフウ言いながら熱いぜんざいを食べている。

「おやおや今日もまたぜんざいですか。うまいとなるとおなじものばっかり……まるで子供ですね」

梧郎は先制攻撃をかけた。いつもはかならず言い負けておわる。その仕返しのつもりだった。

「何歳になっても、人間というものは子供のような邪心《じゃしん》のない心根を忘れてはいかん」

きちんとお返しが飛んできた。

「ところで干し柿を能がないと嗤《わら》ったおまえが、青柿とはどういうことだ。干し柿は探すのにずいぶん苦労をしたが、青柿なら簡単に手に入る。手抜きをしておいて干し柿が嗤えるのか？」

梧郎は黙っていた。昨夜の今朝だ。合図の品に工夫を凝らしている間などない。それを言おうと思ったが、言えば倍になって返ってくるのは見えている。

「そこで青柿にくっついていた黒い布だが、もしあれが喪章なら、柿沼曽太郎という同心の身によくないことでも起きたということか」

「柿沼は死にました」

「死んだ？　それはまた……」

よほど意外だったらしく、平蔵は絶句した。

「もしかして殺されたのか？」

「いえ、正確に言えば自決」

「自決をしそうな男とは見えなんだが、よほどの事情があったようだな」

「それについてはいずれ……それより長官《おかしら》、おれを柿沼に張りつかせた理由はいったいなんだったのですか」

「おまえのことだ。言わずとも見当がついているだろう」

「およそのことは……ただ長官の口からお聞きしたいと……」

食いおわったぜんざいの鉢を縁台におくと、お茶の入った湯呑みを取りあげ、平蔵はぼそりと話し出した。

「幕府が公布した私娼禁止令の徹底に、熱心でなければならない町奉行所の腰が退《ひ》けている。ことに今月が月番の北町だ。取りしまるどころか逆に岡場所の温存に手を貸しているところがある。しかも奉行は脇に退き、筆頭与力の久岡長之助という男がすべてを切りまわしていると聞く」

「…………」

「ところが久岡のやり方とは正反対《せいはんたい》の行動を取っている同心がいる。柿沼曽太郎だ。彼は私娼狩りにことのほか熱心だ。法を守る意志があってのことならいいのだが、どうもそういう殊勝な男ではないらしい。だとすると彼の行動には裏がある」

「その裏を、おれに探らせようとしたのですね」

「まあ、そうだ」

「柿沼は筆頭与力の背後に黒い手があると考えたようで、それをあぶり出すべく、露骨な私娼狩りをやっていた。そして彼の執念は見事に元凶を探り当てました。いえ、正しく言えば手がかりを残した。それをもとに正体を探り当てたのは昌吉と安吾でした」

「そうか。あの二人はよく働く。それで元凶の正体は？」

平蔵は性急にその先を求めた。

「大目付の堀田常陸守でした」

「大目付だと？　なぜ大目付が私娼の禁令に待ったをかけようとする？」

「おれもそこのところで引っかかりました。ところで長官、北町奉行の鹿野紘之丞ですが、大目付から目をつけられそうな人物でしょうか」

「鹿野という御仁《ごじん》は、やたら女性問題で騒ぎを引き起こす人らしい。大目付に弱味を握られていたとしても、おかしくはないだろうな」

「それでつながりました」

梧郎は温《ぬる》くなったお茶を飲み干すと、縁台にすわりなおした。

いつの間にか日差しが消え、空は厚い雲を垂らした梅雨空にもどっている。

「ご存じかと思いますが、堀田常陸守を大目付に推戴したのは、老中時代の田所山城守だとか……」

「そのことなら存じておる」

「ここからはおれの推理ですから、そのつもりでお聞きください。松平定信公の失脚を謀って失敗し、老中を辞した田所山城守は、おなじ失敗を二度くり返し、それがかなりこたえたらしく、いまはおとなしくしているように見えますが、定信公への怨みは心の底に残って消えないようです。そして彼が目をつけたのが私娼禁止令。人間誰もが自然に持つ欲望に、壁を立てようとする禁止令がうまくいくはずがない。そう読んだ山城守は禁令をなし崩しにしてやろうと考えた。もし禁令が有名無実になれば定信公の大きな失点になる。それが定信公の失脚につながるかもしれない」

「そうか、陰に田所山城守がいたか。そこまでは気がつかなかった。それにしてもやることがみみっちい」

平蔵は空になった湯呑みを音を立てて縁台に置いた。

「山城守は昔かけてやった恩誼《おんぎ》をちらつかせて、大目付の堀田常陸守を動かし、町奉行所に圧力をかけさせたのでしょう。常陸守は北町奉行鹿野紘之丞の女性問題を握っていたから、協力させるのに苦労はなかった」

「しかし常陸守と山城守に、目立った行き来はないように見えるが……」

「表には出ないよう注意しているのでしょう。そうすれば万が一北町が失敗しても、自分たちに火の粉《こ》が降りかかる心配はない。ただ、北町はなんとかなったが、南町を動かす材料がない。だから北が月番のあいだに成果をあげようと常陸守は焦り、柿沼同心を襲わせて墓穴を掘ったんです」

「なるほど、大目付を動かして、田所山城守は黒子《くろこ》に徹したか。二度の失敗で山城守もずいぶん悪賢くなったものだ。しかし、大鼠《おおねずみ》が一匹、物陰に隠れているとなると、こいつは厄介だな。表に出てくれないかぎり、首根っこは押さえられぬ」

「出てこなければ、出てくるように仕向けるしかないでしょう」

「なにか手立てがありそうな言い方だな」

「八頭の儀右衛門という盗賊は、いまどうしています?」

「なんだ藪《やぶ》から棒に。儀右衛門なら小伝馬《こてんま》に収監《しゅうかん》されておる」

「そいつが使えるかも知れません。ちょっとお耳を」

梧郎は平蔵の耳もとへなにごとかささやきかけると、

「ここは長官《おかしら》に頑張っていただくしか、鼠をおびき出す道はありません」

「火付盗賊改方の長官《ちょうかん》を、自分の掌《たなごころ》でもてあそぶとは、おまえも成り上がったものだ。しかしまあ、今度のことはわしから言い出したことだ。このさい黙って聞き入れるしかあるまい」

八

長谷川平蔵は若年寄京極《きょうごく》備前守《びぜんのかみ》に呼びだされた。備前守は火付盗賊改方を統括している。

ふだんは平蔵のやり方にめったに口を出さない人だけに、呼びつけられるというのは異常事態だった。

しかも招かれたのが奥まった一室で、人払いがされている。いつにない扱いも気になった。

「八頭の儀右衛門という盗賊は捕まったはずだったな」

いきなり備前守は聞いてきた。

「はい。彼は間もなく獄門台にのぼるでしょう」

平蔵は即座に答えたが、

「なぜ、そのようなご質問を？」

と、問い返した。

「じつは昨夜、さるお屋敷に投げ文があったそうだ。その差出人がなんと八頭の儀右衛門だったとか……」

「儀右衛門本人であるはずがありません。なにものかが彼の名を騙《かた》っているのでしょう」

「もしそうなら、儀右衛門の名を騙る人物に心当たりはないか」

どうやら備前守が自分を呼びつけたのは、そのことを聞き出すためだったらしいと、平蔵は腑《ふ》に落ちた。八頭の儀右衛門の仲間の消息なら、火盗改メに聞くのが手っ取り早い。

「八頭の儀右衛門とその手下たちは、ほとんど一網《いちもう》打尽《だじん》にしましたが、二、三取り逃がしたものがいるにはいます。名前は分かっていますが、所在が分からない。どうもお役には立てそうにありません」

「ふむ」

備前守は困ったように大きな吐息をついた。

「その投げ文には、どのようなことが書かれてあったのでしょう?」

「重要な秘密をつかんでいる。世間にあからさまにされたくなければ千両用意しろ。聞かなければ屋敷を灰にすると……」

「千両とはふっかけましたな。で、投げ文を受け取られた主《ぬし》は、どこのどなたでしょうか」

「それは言えぬ。名を伏せることがたっての要望なのでな」

「その方に、脅迫を受ける覚えはあるのでしょうか」

「それはいっさいないそうだ」

「脅迫される覚えがないのなら、投げ文など無視されるのがよろしいかと」

「そうもいかんだろう。こちらに覚えがなくとも、相手が弱味をつかんでいると信じていれば、無視すると屋敷に火をつけかねん」

「相手のお名前を聞かせていただけるなら、火盗改メが責任を持って警護にあたってもよろしいかと……」

「それが……」

備前守は腕組みをすると、また大きな吐息をついた。

平蔵にはピンとくるものがあった。

「脅迫されているのがどこのどなたか、まさか京極さまも知らされておられないのでは……？」

「じつは……そのまさかなのだ。それがしに話を持ち込んできたのは、その脅迫には直接関わりのない御仁なのだが、聞いても脅迫を受けているのはどこの誰か、明らかにはされなかった」

「すると脅迫状にも目を通してはおられない？」

「そうだ」

「ということは、京極さまも、火付盗賊改方もまったく信用されていないということです。こういう仕事は信頼関係のないところには成りたちません。はっきりおことわりになればよろしいかと……」

「それが……」

備前守は気弱に目をそらせた。

目を向けたさきに手入れのとどいた庭がある。いつの間にか降り出した雨が、庭先の枇杷《びわ》の葉を濡らしていた。

ついさきほど風に乗って五つ（午後八時）の鐘の音が聞こえた。雨は小やみになったが、夜陰《やいん》はますます暗さの厚みを増して、広い庭を埋めつくしている。

そこは汐見坂《しおみざか》にある元老中の田所山城守の屋敷である。庭の奥に設《しつら》えられた豪奢《ごうしゃ》な離れ家で、二人の男が対座していた。

床柱《とこばしら》を背にすわるのが田所山城守、向かい合う熊のように厳《いか》つい身体つきの男が、大目付の堀田常陸守であった。

「例の話はどうなった？」

急き込むようにして山城守が聞いた。

「八頭の儀右衛門なる盗賊は小伝馬の牢《ろう》にいて、獄門にかけられる日を待つ身だとか……」

　やんわりと常陸守が答えた。

「するとあの投げ文の差出人は？」

「儀右衛門の一党で捕まえ損ねたのが二、三人いる。そのなかの誰かが儀右衛門の名を騙っているのではないか。それが火付盗賊改方長官、長谷川平蔵の返事だったそうで」

「捕まえ損ねた連中の行方《ゆくえ》はどうなんだ？」

「名前は分かっているが、行方はとんと知れないそうで……」

「それではわざわざ長谷川平蔵を呼びつけた意味がないではないか。まさかこちらの正体に気づかれてはいないだろうな」

「ご心配なく。備前守にも脅迫されているのが、それがしと御前《ごぜん》であることは伏せてあります」

「あたりまえだ」

　山城守の眉間《みけん》に癇癪《かんしゃく》の筋が立った。

「長谷川平蔵を呼びつけたのは、投げ文の差出人に見当がつけばと思ったからで、分からなければ分からないでいっこうに困りません。警護の態勢はわれわれの手できちんと整えておりますれば。要求された千両、おとなしく応じると見せ、隙を見て取り押さえます」

「それは当然向こうも予想しているだろう。金の受け渡しに失敗すれば屋敷に火を放つ。そういう段取りをきちんとつけていると考えねばならぬ。儀右衛門という盗賊集団は、火付けの常習だそうじゃないか」

山城守の声はつい甲高《かんだか》くなり、

「屋敷を灰にされることだけは避けねばならぬ」

決めつけるように言った。

「腕に覚えのあるものを要所要所に伏せております」

「よく言う。その腕に覚えのあるはずの家臣の醜態《しゅうたい》はどう説明するのだ。たかが町同心に腕を斬り落とされかけたともうすではないか」

「あれはそれがしの目利き違いでした。もうすこし腕の立つ男と見たのですが」

「そなたに任せて、本当に大丈夫なのだろうな?」

「それがしを信用いただいて」

「信用せぬわけではないが、それにしても嫌な胸騒ぎがする」

山城守が言ったとき、庭先から声が飛んできた。

「ご心配には及びません。逃げていた八頭の儀右衛門の残党はすべてお縄にいたしましたので」

弾《はじ》かれるように座を蹴って立ちあがったのは堀田常陸守である。

「何やつだ?」

からりと障子を開けた。泉水《せんすい》の石ぎわに紋付袴《はかま》に正装した男が平伏していた。長谷川平蔵である。

「火付盗賊改方長官、長谷川平蔵が田所山城守さまにお目通り願いたく、参上致しました」

腹に響くような朗《ろう》とした声で言った。

「なんの用でここに押しかけた?」

聞き返した常陸守の声には動揺があった。

「ただいまも申しあげましたとおり、八頭の儀右衛門一党をすべて取り押さえました。よって金子《きんす》を強請《ゆす》られる心配も、屋敷に火を放たれる心配もなくなったことを、お伝えしようと思いまして」

それを聞いて常陸守の動揺は激しくなった。

「待て！　その方、なぜわれわれが脅迫されていることを知っているのだ？　まさか京極備前守から聞いたわけではあるまい」

「京極さまは脅迫を受けているものが誰か、ご存じありませんでした」

「すると貴様、どうしてそれを知った？」

「お二人にとどいたのとおなじ投げ文が、火盗改メにもとどけられましたので」

平蔵はふところから紙切れを取り出すと、庭先を滑るようにして縁先に近寄った。座敷から漏れる行燈の灯に紙片をかざすと、それを朗読しはじめた。

『元老中田所山城守と大目付堀田常陸守の二人が結託し、町奉行に圧力をかけて、私娼禁止令を骨抜きにしようとしていることはお見通しだ。幕府の重臣がご定法をないがしろにしていると知っては、こいつは黙っておられない。そこで取り引きだ。もし黙っていて欲しくば田所、堀田の両家から五百両ずつ、計千両を口止め料として用意しろ。今日から三日のうちにこちらからちょうだいにあがる。もし違《たが》えるようなら報復として両家に火を放ち、これを灰にする。火付けに失敗したことのないわしの言うことだ。万が一にも疑うことなかれ。　八頭の儀右衛門』

止めるのも忘れて、山城守も常陸守も気を飲まれたように、なすすべもなく平蔵の朗読を聞いていた。

「ご両家にとどけられたのも、おそらくこれとおなじ文面だったと思われます」

投げ文を読み終わり、もとの泉水脇にもどると、平蔵は言った。

「ど、どうしてそれが火盗改メに？」

「おそらく儀右衛門を名乗るものからの挑戦でしょう。捕まえられるものなら捕まえてみろと……思い上がった盗賊がよくやることで、べつだんめずらしくもありません。そういうわけで懸念はすべて氷解しました。夜分に失礼かとは思いましたが、取り急ぎそれをお伝えしようと……では私はこれで……」

立ちあがる平蔵を、常陸守はあわてて止めた。

「いったいその方、どこからこの屋敷に入ったのだ？」

当然の疑問だった。

「そのつもりになれば、どこからでも……それくらいができなくては、火付盗賊改方の長官は務まりません」

それだけを言い残し、平蔵のすがたは闇に溶けこむようにして消えた。

その翌日のことである。火盗改メでの勤めをおえると、里見梧郎はいつものようにほうせんかに向かった。昼過ぎからまた降り出した、梅雨末期の激しい雨脚が、傘にたたきつけている。

この分ならほうせんかは閑古鳥《かんこどり》だろうと思いつつ、表の障子を開けて梧郎は思わず足を止めた。

店には客が一人いた。商家の旦那風の男である。男はお純《じゅん》を相手に調子よくしゃべっていた。

「とにかく若いころは手のつけられない暴れん坊でね。なんど親父から勘当《かんどう》を言いわたされたことか」

「それでも綿《わた》問屋の『長川《ながかわ》』は継がれたんでしょう」

盃《さかずき》を満たしてやりながら、お純が聞いている。

「勘当なんていうのは、世間の手前があってのことでね。親父の本心じゃないのは分かってる。分かってるから殊勝に承《うけたまわ》って、二、三日はどこかに身をおいて、四日目にすみませんでした。これからは心を入れ替えますと涙を流して謝ってみせる。それで勘当ごっこは一巻の終わり。おかげでこうして木綿問屋のあるじにすわれています」

「あら、長川って綿問屋じゃなかったんですか。木綿問屋じゃなくて」

「そうそう綿問屋でした。自分ところの商売をまちがえるなんて、身が入っていない証拠ですね」

　男は大笑いし、つられてお純も笑ったが、ようやく戸口に立っている梧郎に気がついた。

「いらっしゃい。どうしてそんなところに突っ立ってるの。はじめての客じゃあるまいし」

「せっかく楽しそうに話してるのを、邪魔しちゃ悪いと思ってね」

「そうだ、こちら払方町《はらいかたまち》で綿問屋をなさっている平兵衛《へいべえ》さん」

　言われて客の男がこちらを振り向いた。その顔を見て、梧郎はあっと声をあげそうになった。

「綿問屋長川のあるじ平兵衛です。お見知りおきを」

　言ったのは、町人姿に身を変えた長谷川平蔵その人だった。

お純が板場に消えるのを待って、梧郎は飯台にすわった。

「いったいどういうおつもりです?」

声を殺して言った。

「長源寺の腰掛茶屋ばかりでは能がないと思ってな。ひさえに手伝わせたが、この恰好になるのはなかなか苦労だった」

ひさえとは平蔵の妻である。

「おれと逢うのに、そこまで趣向を凝らさなくとも……」

「うぬぼれるな。おまえを喜ばせようなんて気持ちはさらさらない。まえからいちどこういう恰好をしてみたかったのだ。どうだ、似合ってるだろう」

呆れて梧郎はつぎの言葉を継げずにいた。

こういうところは平蔵の剽軽《ひょうきん》さだと評価もしているが、やることがときには桁を外れる。ちょっとついていけない感じだった。

「で、例の件はどうなりました」

板場のお純に気を配りながら、梧郎はいちだんと声をひそめた。

「おまえの読みどおり、堀田常陸守は田所山城守のところに出向きよった。隠れていた鼠がとうとう正体を見せたというわけだ」

「その場に長官が乗り込まれたわけですね」

「二人にとどいたのとおなじ投げ文が、火盗改メにもとどいたというと、驚いて目を白黒させよった」

「いちおうは落着《らくちゃく》ですね」

「ただ、おまえが書いたあの投げ文だが、ちと工夫が足りなかったな」

「工夫が？」

「まず文が整然としている。あれはどう見ても盗人《ぬすっと》が書いた文ではない。それに字だ。相当学のあるものでなければあれだけの字は書けん」

「お褒めにあずかり、恐縮でございます」

「褒めてなどいるか。おなじやるなら、もっと徹底しろといっているのだ」

「しかし、堀田や田所は怪しまなかったのでしょう」

「それはたまたまそうなったというだけで、相手によっては裏を見抜かれていたかもしれん。以後気をつけよ」

「褒めませんね。あなたというお人は」

「文句は、褒められるようなことをやってから言え」

平蔵が言ったとき、

「梧郎さん、ちょっと手伝ってくれない？」

板場からお純の呼ぶ声がした。

「こんなおまえでも、役に立つことがあるらしい。行ってやれ」

梧郎が狭い板場に入って行くと、お純が漬け物桶《おけ》にかがみ込んでいた。

「どうした？」

「ちょっと重石《おもし》を退《ど》けるのを手伝って欲しいの。胡瓜《きゅうり》も茄子《なす》もうまい具合に漬かってると思うの」

五貫はありそうな石を退けると、プンと糠味噌《ぬかみそ》の匂いがした。

「この石、乗っけるときはどうしたんだ？」

「お客に頼んで手伝ってもったのよ。それより早く長官のところにもどってあげなさいよ」

そのひと言は梧郎を驚かせた。

「知ってたのか」

「そりゃあそうよ。長川って屋号は長谷川の頭とお尻を取ったんだろうし、平兵衛だって平蔵からのもじりでしょ。それに本当の商売人なら綿問屋と木綿問屋を取り違えたりしないわよ」

「たしかにそのとおりだ」

「でも、せっかくだから、気づいてない振りをしておいてあげましょう」

片目をつぶったお純を残して、梧郎は平蔵のところにもどった。

「なにを二人で、こそこそ内緒話をやってたんだ？」

「綿問屋のあるじなら、うまく丸め込めば、金をしぼり取れるかも知れないと、そんな悪巧《わるだく》みを……」

「油断のならん連中だな、まったく」

そこへお純が、糠漬けの胡瓜と茄子を皿に載せて運んできた。お盆にはいっしょに銚子《ちょうし》が二本載っている。

「ちょうど漬かりごろだと思うんです。お酒に合うんじゃないかと……」

「これはこれはごちそうになります」

平蔵は長川平兵衛になりきって言った。

「どうぞごゆっくり」

お純は二人の邪魔をしないように、そそくさと板場へ帰っていった。

「うむ、これは絶品だ」

一箸《ひとはし》、漬け物を口に運んだ平蔵は、

「漬け物を上手に漬ける女性はいい嫁になるというぞ。大切にしろ」

自分の正体が見破られていると知ってか知らずか、平蔵は梧郎を見てにんまりと笑った。

気がつくと、軒にしぶく雨音が激しくなってきている。

「この分なら、今夜は開店休業ね。長川の旦那もゆっくりしていってちょうだい」

のんびりとしたお純の声が、板場から流れてきた。

# 第二話　男子《だんし》の面目《めんぼく》

## 一

「香苗《かなえ》どののお墓参りをしていますか」

　庭先の草花に水やりをしていた母の律《りつ》が、背中のままで訊《き》いた。

「は？」

　木犀《もくせい》の枝で夏蟬《なつぜみ》がやかましく鳴き盛っている。その鳴音《なきね》に邪魔されて、縁側でまくわ瓜《うり》にかじりついていた里見悟郎《さとみごろう》は、母の言葉を聞きもらした。

「なにかおっしゃいましたか」

　朝から江戸の町を灼《や》きつくした八月の陽光は、やや威力を弱めて西の空に傾きかけている。吹き抜けていく一陣《いちじん》の風が人心地を運んできた。

「香苗どののお墓参りはしているかと聞いたのです」

「はあ、それは……ときどきですが……」

つい返事が曖昧《あいまい》になった。正直なところここ三月《みつき》ほど、忙しさにかまけて墓参《ぼさん》は怠《おこた》っている。

香苗とは不義《ふぎ》をはたらいて、自害して果てた梧郎の妻である。

その事件《こと》が主筋《しゅうすじ》の旗本家の怒りを買い、家におられなくなった梧郎を拾ってくれたのが長谷川平蔵《はせがわへいぞう》であった。

爾来《じらい》、彼は火付盗賊改方《ひつけとうぞくあらためかた》に籍を置きつつ、ひそかに平蔵から密命《みつめい》を受けて行動するのを任としている。

役目上、つねに仲間うちからは目立たぬ存在であらねばならず、努力の結果、蟬《せみ》の抜け殻《がら》と陰口をきかれるまでに徹底を果たした。

空蟬同心《うつせみどうしん》との呼び名はそこからきている。

さて、長いあいだ梧郎は妻を許せずにいたが、その妻の不行跡《ふぎょうせき》に、梧郎にも一半《いっぱん》の責任があると気づかせてくれたのが平蔵であった。

そのときから梧郎は、香苗の月命日には墓参を欠かさないようにしてきた。だが凡人《ぼんじん》の悲しさで、いつかその気持ちにゆるみが生じている。自分なりに口実をつくって、この三月、墓から足が遠のいていた。

「嘘をおっしゃい！」

律は水やりの手を止め、キッとした目をこちらに向けた。

「私は暇を見ては香苗どののお墓参りをしています。あの人を不幸にした責任の多少は、私にもあると思うからです。ところがこのところ、いつお参りしても花や線香を供えた形跡《けいせき》がない。草も伸び放題《ほうだい》。ときどきにしろお参りしていれば、ああはなりません」

そう言い詰められると、降参《こうさん》するしかなかった。

「もうしわけありません。じつをいえばここ三月ばかりご無沙汰で……」

「どうして嘘をつくのです。すくなくとも香苗どのを死なせた責任は、私の優柔不断もありますが、そなたの女々《めめ》しさにもあります。それを忘れて墓参をないがしろにする。仏さまの罰《ばち》があたりますよ。私が元気なあいだはいいが、いつまでもというわけにはいきません。これからは私を頼らず、自分の責任で香苗どののお墓の面倒を見るようにしなさい」

律は切り口上《こうじょう》で言った。

「分かりました。これからは忘れずに墓参りをするようにします」

「分かったらいますぐにでもお参りして、よく不義理を詫びてきなさい。すぐに供花《くげ》を用意してあげますから」

元来《がんらい》のんびり屋だった母の性格は、年をとって気ぜわしくなってきている。しかたなく梧郎は腰をあげると、母が整えてくれた草花の束と線香を手に、逃げるようにして我善坊谷《がぜんぼうだに》の家を飛び出した。

香苗の墓は六本木《ろっぽんぎ》通りの千草寺《せんそうじ》にあった。実家からはすぐ近くである。だが、家を出た梧郎は千草寺には向かわず、花と線香をぶら下げたまま、溜池《ためいけ》から外濠《そとぼり》沿《ぞ》いの道を神田《かんだ》へと向かった。

行く先は新シ橋《あたらしばし》である。その橋向こうにある鶴屋《つるや》で白川焼《しらかわや》きを買い求めるつもりだった。白川焼きは生前の香苗の大好物である。

我善坊谷から新シ橋まではかなりの道のりだが、それでもすこし急げば、日が暮れるまでに墓参はすませられると思ったのだが、とんでもないあてはずれだった。

梧郎の行く手に、思いもかけない出来事が待ち構えていたのである。

流れ落ちる汗を手ぬぐいで拭《ふ》き取りながら、せっかくの明け番がとんでもないことになったと内心で愚痴《ぐち》りつつ、柳原土手《やなぎわらどて》を過ぎて新シ橋まできたときだった。

前方でふいに人の喚声《かんせい》が湧《わ》き起こった。

なにごとかと梧郎が、声のした方をのぞいてみると、三人の侍が、ひとりの小粋《こいき》な女をとりかこむようにして刀を抜きつれていた。

「武士にぶつかっておいて、詫《わ》びのひとこともないとは、ものごとの理をわきまえぬ女だ！　成敗《せいばい》してやる。そこに直《なお》れ！」

こちらに背を向けて立つ侍が言った。着衣から見てしかるべき旗本の家臣《かしん》と思われた。ひょろりとして高い背は、青竹を思わせる。

まだ陽が西の空に残っているというのに、かなり酔っている。呂律《ろれつ》があやしかった。

「なに言ってるのさ。ぶつかってきたのはそっちじゃないか。こっちは天下の大道《おおどう》を歩いてたんだ。どこに文句があるっていうのさ！　ものごとの理からいえば、そっちが謝るのが筋だろ！」

女は負けていない。紺《こん》と銀鼠《ぎんねず》の縦縞模様《たてじまもよう》の着物に、丁子色《ちょうじいろ》の帯、黒い絽《ろ》の羽織。結いあげた髪はいわゆるつぶし島田で、色気が匂《にお》い立つようである。

深川《ふかがわ》あたりの芸者《げいしゃ》だろうかと、梧郎は想像をつけた。

「うるさい！　どちらがさきにぶち当たったかではない。芸者風情が武士にぶつかって詫びも言わぬ。その非礼を咎《とが》めておるのだ。つべこべ抜かすと容赦はせんぞ！」

言ったのはこちら向きに抜きつれた二人の、右手の武士である。太って背が低い。こちらもかなり酔っているらしく、目がすわっていた。

「へん、刀を突きつけりゃ、恐れ入りましたと謝るとでも思っているのかい。辰巳《たつみ》芸者の浜菊姐《はまぎくねえ》さんを見くびるんじゃないよ！」

女は豪快《ごうかい》に啖呵《たんか》を切った。相当肝《きも》のすわった女らしい。正直、口争いでは女に軍配《ぐんばい》があがりそうだと思ったとき、前方左手の熊のように毛深くて獰猛《どうもう》そうな目つきの侍が、

「口の減らない女だ。問答無用。叩ききってやるから覚悟しろ！」

一気に片をつけるつもりで、刀を振りかざすと一歩踏みだした。酔ってはいるが、腕はこの男がいちばん立ちそうだ。

（こいつら、本気で斬る気だな）

そう感じ取ると、梧郎は黙っていられなくなった。

「待て待て。女一人を斬るのに、武士が三人がかりとは、あまり褒《ほ》められた風景ではないな」

野次馬をかきわけるようにしてまえに出た。

「なにやつだ。よけいなお節介《せっかい》は止《よ》せ！」

熊侍が威嚇《いかく》するように大声をあげた。その目は女から離れて梧郎の方に向けられる。

梧郎は素早く腰のものを抜き放つと、青竹侍の脇をすり抜けざまに、その右脇下から斬りあげた。

居丈高《いたけだか》になった酔っ払いほど始末に負えないものはない。とにかくは先手を打って攻撃を封じることだと、梧郎は判断したのである。

悲鳴をあげて青竹侍は横転した。

前方の二人は、一瞬なにが起きたか判断しかねたようで、迷った目をこちらに投げている。

梧郎は浜菊と名乗った芸者の腕をつかむと、一気に引き寄せる。胸のなかにとびこんできた拍子に、髪油のいい香りがした。

浜菊を背にまわすと、梧郎は二人の武士と正面から向き合った。

熊侍と太《ふと》っちょ侍はすり足で、梧郎との距離を詰めてきた。

「おのれ、よくも柳沢《やなぎさわ》を！」

「生きて帰すわけにはいかん！」

二人は口々に叫ぶと、ほとんど同時に梧郎の頭上へ向けて太刀を振り下ろした。すっかり酔いは冷めたようだ。

だが梧郎の動きの方が早かった。自分の身体を二人のあいだに踏みこませると、まず太っちょ侍の太刀を払いあげた。刀は彼の手を放れ、薄闇のなかをきらめきながら神田川へと消えていった。

間髪《かんはつ》を入れず梧郎は、撃ち込んできた熊侍の刀を鍔《つば》でくい止め、つぎの瞬間、素早く刀を引いた。熊侍は勢いあまってたたらを踏む。

その背中に梧郎は太刀を叩き込んだ。熊侍はうなり声を残してその場に崩れ落ちる。

太っちょ侍は脇差を抜いたものの、すっかり戦意を失っていた。

「その二人、手加減をしたから命に別状はないだろう。はやく手当てをしてやれ。それから忠告だ。二度と町の人に迷惑をかけるんじゃないぞ」

刀を納めると梧郎は浜菊を振り返った。

「役人たちが駆けつけて騒ぎになるまえに、さっさと消えるがいい。下手に関わり合いになっては迷惑だろう。おれも消える」

言い捨てると梧郎は、ふくれあがっている野次馬のなかにさっさとまぎれこんだ。

幸い夕闇が濃さを増しつつある。すがたを隠すのにはおあつらえ向きだ。ただ、鶴屋の白川焼きはあきらめるしかない。

うまく人波を通りぬけて、梧郎が柳原土手から豊島町《としまちょう》の辻に入りかけたときである。

「しばらくお待ちください」

背後《はいご》から声をかけられた。

振り向くと、なんと呼び止めたのは十五になるかならないかの男の子供である。多少汚れは目立つが、木綿の着衣は整っている。元服《げんぷく》を終えたと見えて、頭には髷《まげ》が乗っていた。武士の子供らしい。

「おれに用か？」

梧郎は立ち止まって聞いた。

「お願いがございます」

「お願い？」

「はい」

「まあ言ってみな。聞くだけは聞いてやろう」

小さな子供を突き放すのも大人《おとな》げないと思い、梧郎は言った。

「私に雇《やと》われていただけませんか」

すぐには相手の言葉の意味がのみこめず、梧郎は返事に詰まったが、

「おまえが、このおれを雇いたいというのか」

「はい。お礼は多くは出せませんが」

そう言って子供がふところから取りだしたのは、一分銀一枚だった。

「一分で？」

梧郎はこんな端金《はしたがね》で、大《だい》の大人を雇い入れようとする非常識に呆《あき》れてしまった。

「これだけ貯《た》めるのが精いっぱいでした」

「もう一度聞くが、おれを一分で雇いたいと言うのだな？」

「はい」

こちらを見返した子供の目に一点の曇りもない。ふざけて言っているのではないと分かって、

「なにか事情がありそうだな。とにかく話を聞かせてもらおうか」

梧郎は聞き流すことができなくなった。

二

元岩井町《もといわいちょう》に、茶店に毛の生えたような小料理屋「茂安《しげやす》」がある。気の利いた料理を出すし、酒もうまい。それでいて安い。

だから里見梧郎は神田《かんだ》、両国《りょうごく》方面に出かけたときは、この店を使うようにしていた。女将《おかみ》とも顔なじみである。

その女将が、梧郎が年端《としは》のいかない子供をつれてやってきたものだから、困惑顔《こんわくがお》を見せた。子供づれでくる店ではない。

「部屋をひとつ借りたいんだが」

梧郎が言うと、

「このおぼっちゃま、川藤《かわとう》さまのお知り合いですか」

女将は不審《ふしん》の目を子供に向けた。梧郎はここでは川藤夢之助《ゆめのすけ》で通している。

「なあに、たったいま出逢ったばかりだ。腹を空かせていそうなんで、なんでもいいから食わせてやってもらおうと思ってな。それからおれはいつもどおり酒と、肴《さかな》は任せる」

通されたのは中庭に面した六畳ほどの座敷である。

「申し遅れました。私、お旗本安藤家《あんどうけ》に仕えておりました元勘定役匂坂善助《もとかんじょうやくさきさかぜんすけ》の長子にて、匂坂慎之介《しんのすけ》と申します。お見知りおきください」

ていねいに畳に手をついて言った。武士の子としての作法は、きちんと身につけている。

「ごていねいに恐れ入る。おれは川藤夢之助という浪人ものだ」

梧郎もつられて挨拶を返した。

「ところで父はもと安藤家に仕えていたと言ったな。するといまは？」

「亡くなりました。安藤家に迷惑をかけたと遺言《いごん》して、腹を切りました」

「容易ならぬ話だな」

梧郎が思わず身体《からだ》を乗りだしたところへ、女中が料理と酒を運んできた。

子供用の膳《ぜん》には白飯《しろめし》のほかに、焼魚に出汁《だし》巻《ま》き、大根と小芋《こいも》の煮物、それに吸い物が添えられている。梧郎のそれは、塩漬《しおづけ》鮑《あわび》に冷や奴、茄子《なす》の一夜漬けにぬる燗《かん》である。

「とにかく食おう。話はそれからだ」

梧郎がいうと、慎之介はうなずいて白飯を口に運んだ。よほど腹を空かせていたらしい。ただ黙々と食べている。

梧郎は独酌《どくしゃく》でやりながら、どうも厄介に足を突っ込んでしまったらしいと思い、ひとりでに気分が重くなってきた。

慎之介の父親は出仕先《しゅっしさき》に迷惑をかけて、腹を切ったという。梧郎を雇いたいとする慎之介の願いは、そのことと関わりがあると見てまちがいはないだろう。

どうも背後に、旗本家の複雑な事情が伏在《ふくざい》していそうな気がする。

(旗本家のゴタゴタに関わり合いたくない)

というのが、梧郎の正直な気持ちだった。

そんな梧郎の思いとは関係なく、食事をきれいに片づけると、慎之介は膳を脇に寄せて、改めて梧郎に向かって手をついた。

「私のお願いを聞きとどけていただけますか」

「まず事情を分かるように話してみな」

いまさら逃げられないと、梧郎は肚《はら》を決めた。

「父が腹を切ったのは、いまから一月《ひとつき》まえのことでした。千両というお屋敷のお金を使い込んだという罪を被って……」

「つまりその父の死に、納得がいかないというわけか」

「納得がまいりません」

「しかし、父上は着服《ちゃくふく》を認めて、腹を召されたのだろう？」

「父は着服などいたしておりません」

「どうしてそう言い切れるんだ？」

「自慢することではありませんが、私どもの家は決して裕福ではありません。父が得てくるお手当ではとても足りなくて、母が縫い物の内職をして、どうにか生計を立てております。それでも足りなくて借財もしております。もしお屋敷のお金に手をつけたなら、父の性格から考えて、まず借財を返したと思うのですが、そうした様子はありません」

「もしおまえの父上が、出仕先の金に手をつけたのでなければ、腹を切る必要はなかったはずだ。それにもし濡れ衣なら、その金はどこへ消えたんだ。千両は大金だぞ」

「私にも分かりかねます。だからそのへんをお調べいただけないかと」

「おれに、それをやれと？」

「父は決してお金に手をつけておりません。もしそのようなことがあれば、母も私も気づかないはずがありません。狭い家で、いつも父とは顔を合わせているのですから」

「母上はいまどうしているのだ？」

「父の死で心に傷を受けたのでしょう。あとを追うようにして急死しました。両親を亡くして私は伯父に引き取られましたが、しょせん邪魔者です。居づらくなって三日まえにそこを飛びだしてきました」

　この一月《ひとつき》、年端の行かない慎之介に、あいついで襲いかかった不幸を思って、梧郎は言葉を失ってしまった。

「お金を着服した人はほかにいて、父はその罪を被ったか、なにものかに陥《おとしい》れられたんだと思います。そのへんを調べていただけませんか。子供の私には気持ちはあっても、とてもできることではありません」

すがるような目の色を見せて、慎之介は言った。

「どうしてその仕事をおれにさせようと思ったんだ?」

「新シ橋でのことを拝見しました。三人の酔っ払いを相手に、女の人を助けられた。あれを見て、この人なら話せば分かってもらえると……」

「買いかぶりかもしれんぞ」

「いえ、たとえ子供でも、子供なりに人を見る目は持っています。あなたはいい人です」

「いい人か。参ったな。ところでもうひとつ聞くが、真相を調べるのに助っ人を雇おうと思ったのは誰の知恵だ? おまえの知恵ではあるまい」

「教えてくれたのは、長年私の家に仕《つか》えていた下男の爺《じい》さんです。爺さんに相談したところ、父の死の真相を探るのは子供では無理だ。人がよさそうで、尻が軽くて、多少おっちょこちょいな浪人を探し出してお願いしろと教えられました」

「つまりこのおれが、人がよくて、尻が軽くて、おっちょこちょいな浪人ものと見られたわけか」

「言い方が悪ければ謝ります。でも人がよくて、尻が軽くて、おっちょこちょいでなければ、見ず知らずの人を助けるために、三人の侍を相手に立ち向かわないでしょう。たいていの人は見て見ぬ振りをします」

「そう言われると返す言葉がない。どうやらこの話、引き受けるよりしようがないようだな」

「お願いします。父の汚名をそそぎ、男子《だんし》の面目《めんぼく》をまっとうすることこそ、武家の子としてなすべきことだと……」

慎之介は熱っぽく言うと、あらためて一分銀を梧郎のまえに置いた。

「男子の面目か。人を雇って、面目を果たそうなんて多少虫がよすぎる気もするが、まあその心意気に免じておまえに雇われることにしよう」

梧郎は言うと、一分銀をふところにしまった。

「これで決まりだ。あとは伯父さんの家でおとなしく吉左右《きっそう》を待て。なにかつかめばこっちから報告に出向いてやる。家はどこだ?」

「父の汚名をそそぐまでは帰らないと決めて、三日まえに伯父の家を飛び出してきました。多少金子は持っていましたので、食べるのはなんとかなりましたが、旅籠《はたご》に泊まるほど持ち合わせがないので、夜は適当なところで野宿《のじゅく》をして……」

なるほど、着物のあちこちに目立つ汚れはそのせいかと、梧郎は納得したが、

「伯父さんが心配しているだろう。とにかく家には帰れ」

「いえ、帰りません。伯父は長いものには巻かれろが信条で、私が父の死の原因を探ることには反対なのです」

「そいつは困ったな。頼まれごとは一日や二日では片付かない。その間おまえをどうするかだが……」

「ご心配は無用です。自分のことは自分で片付けますから」

「大人がついていて、そうはいくまい」

結局梧郎は、慎之介をほうせんかにつれて行くことにした。

入ってきた二人を見て、お純《じゅん》は当惑《とうわく》したような顔を見せた。

客の目を避けるようにして、梧郎は慎之介を居間へとつれて行った。

すぐにお純があとを追ってきた。

「どうしたの、その子?」

「おれの雇《やと》い主だ」

「雇い主？」

「ついさっき、一分で雇われた」

「たったの一分で？」

お純は頓狂《とんきょう》な声をあげ、呆れて梧郎を見た。

そのお純に、慎之介は、

「はじめてお目にかかります。匂坂慎之介と申します。川藤どのの奥方《おくがた》さまでいらっしゃいますか」

ていねいに挨拶されて、お純はどぎまぎしてしまった。

「奥方だなんて……」

と、言いかけるのをさえぎって、

「まあ、奥方のような人だ。しばらくおまえの面倒はこの人に見てもらうことになる。そのつもりでな」

梧郎が言うと、

「ご迷惑はかけないようにしますから、どうかよろしくお願いします」

深々と頭をさげた。

お純はただ言葉を失って、棒のように突っ立っている。そんな様子を梧郎は面白そうにながめていた。

「夕飯はどうしたの?」

お純はすぐにいつもの彼女にもどると、梧郎に聞いた。

「途中ですませてきた。この子も、おれも……」

「だったら銭湯《せんとう》につれてってやって。なんだか匂うわよ、この子……」

「この子ではなく慎之介と呼んでください。それから臭《にお》うのはきっと、伯父の家を飛び出してから三日ばかり野宿をしたからでしょう」

「だったらなおのこと、銭湯でスカッとしてきなさい。でもその恰好では目立つわね。お隣で子供の着物を借りてきてあげるから、それに着替えていきなさい」

「着物を替えても、髷は隠しようがないぞ」

「すこしぐらいあなたも知恵を絞ってよ。自分がつれてきた子なんだから」

お純は言葉を投げつけるようにして、裏口から出ていった。その後ろ姿を見送って、

「ちょっと怖そうな奥方さまですね。大丈夫ですか、川藤どの?」

慎之介が言う。

「なにがだ？」

「お尻に敷かれていやしないかと……」

「うるさい。子供はもっと子供らしくしろ」

梧郎は思わず拳固《げんこ》で慎之介のおでこをコツンと叩いた。

三

翌朝、里見梧郎は矢来下《やらいした》の組屋敷を出ると、まっすぐほうせんかに向かった。

匂坂慎之介のことが気がかりだった。

裏口から一歩足を踏み入れたとき、

「おはようございます」

なんと板場から慎之介の声が飛んできた。

よく見ると、慎之介は床にかがんで里芋《さといも》の皮むきをしている。昨夜《ゆうべ》お純が隣で借りてきた木綿格子の着物を着て、おそらくお純が手を入れたのだろう、髷をくずして髱《たぼ》のように頭のうえでまとめてある。

これだと武家の子とはすぐに気づかれずにすむだろうが、なんとも変な恰好である。

梧郎に気づいて、お純が板場からこちらへ抜けてきた。

「昨夜一晩思案して、由佳《ゆか》さんに無理を言おうかとも考えたの。だって武家の子供を、まさか飯屋で預かるわけにはいかないものね」

前掛けで手を拭きながら言った。

「なんだったらおれからも頼んでみようか」

由佳なら多少の無理は聞いてくれそうな気がする。

「ところがあの子、ここにいるって聞かないの。ここにいて、毎日あなたから調べの結果を聞きたいんだって。男子の面目にかかわることですからって言われちゃ、それ以上はなにも言えないわよ」

「男子の面目ね。それでおれもうまく言いくるめられたんだ」

「仕方がないから、しばらくここで面倒みることにしたんだけど、今度はなにか手伝うって聞かないの。れっきとした武家の子が、町屋の居候《いそうろう》になるわけにはいかないというわけ」

「口だけは達者だな。ところで間に合うのか」

「思ったより器用な子で、そこそこは手伝ってもらえそうね」

「そうか。まあよろしく頼む。できるだけ早く片付けて、厄介者はなんとかするから」

慎之介には聞こえないように声をひそめ、朝食《あさめし》もそこそこに、

「しっかり手伝うんだぞ」

慎之介に一声かけて、梧郎はほうせんかを飛び出した。

やってきたのは安藤の屋敷である。それは水道橋《すいどうばし》近くの、さいかち坂と小栗坂《おぐりざか》が交わる角っこにあった。

ここのあるじは千石取りの旗本で御徒頭《おかちがしら》を任じられている。九百坪を超えるその屋敷は、高い板塀でしっかりと囲まれていた。

慎之介の父匂坂善助が、千両の金を着服して腹を切ったことは事実だろう。だが、善助に私心《わたくしごころ》があってのことでないことは、慎之介の話からも分かる。そういう気配に家族のものはまったく気づいていないのだ。

（しかし、安藤家で千両の金が動いたことはまちがいない）

そこで考えられるのは、そとには知られたくない内密な買い物をした場合である。

(すると問題は千両の出所《でどころ》だな)

なべてどこの旗本も内証《ないしょう》は苦しい。右から左に動かせる大金が、安藤家にあったとは思えない。

もし安藤家が潤沢《じゅんたく》なら、千両の金の費消はごく内密ですませたはずである。匂坂善助という犠牲者を出さなくてすんだ。

(すると安藤家は、その千両をどこからか借りたのだ)

借りたという明白な事実があるのに、使ったさきは極秘にしなければならない。だから金の使途《こと》を糊塗するために犠牲者が必要だった。

梧郎はあれこれ考えて、そう結論した。

いちばんてっとり早い解決方法は、直《じか》に安藤家から話を聞くことである。だが、見も知らぬ人間が申し入れても、門前払いがおちだろう。

(まずは貸した相手を突き止めることだな)

安藤家が金を借りたとしたら、まず思いつくのが屋敷に出入りする商人である。まずその商人をつかまえるのが先決だ。

そこで梧郎は三崎稲荷《みさきいなり》の陰に身をひそめると、安藤家への人の出入りを見張ることにした。

張り込みをはじめてから一刻《いっとき》ばかり経《た》ったころである。商家の番頭らしい風采《ふうさい》の男が、安藤家の門脇の潜り戸をくぐって消えた。

梧郎は物陰から出ると、水道橋のたもとに立ってその商人を待った。

四半刻と経たず男は出てきた。梧郎はさりげなく男に近づいた。

「ちょっと聞きたいんだが」

いきなり声をかけられて、男は驚いた表情になった。

「私にご用でしょうか？」

「いま、安藤家から出てきたようだが」

「はい」

「出入りの商人か」

「はい、私どもは『白木屋《しろきや》』という履物屋《はきものや》でございます」

「安藤家への出入りは古いのかね」

話しながら二人は水道橋を渡り、お茶《ちゃ》の水《みず》あたりの川筋に足を向けた。

「お出入りするようになって、まだ半年ほどでございます」

出入りして半年では、大金を融通するほどのつきあいではあるまい。もし安藤家の無理を聞いたとしたら、古くからの出入りの、しかも大きな商売をしている商家だろう。

そこで聞いた。

「安藤家と古いつきあいのある店といえば、どんなところだね？」

「そうですね。神田鍛冶町《かんだかじちょう》の呉服問屋『伊吹屋《いぶきや》』さんなんかは、出入りされて二十年を超えていると聞いていますが」

白木屋の番頭と別れると、梧郎は鍛冶町に向かった。

伊吹屋はすぐに分かった。店の間口が八間はあろうかという大店《おおだな》である。だが人の出入りはそれほど多くはない。

梧郎が店に足を踏み入れたとき、数人ほどの店員は手持ちぶさたに客待ちをしていた。そのうちの一人が、

「いらっしゃいませ」

と、作り笑顔で出迎えたが、梧郎の風采から上客ではないと見切ったのか、たちま

ち笑顔を引っ込めた。

「あるじに逢いたいんだが」

梧郎が言うと、応対の男が答えるまえに、店の奥の方から、ずんぐりとした禿頭《はげあたま》の男が聞きつけてこちらにやってきた。

底光りのする目を持つ四十男である。どこかで道を間違えたのではないかと思わせるほど、商売人の臭《にお》いを身につけていない。

「番頭の伝吉《でんきち》ともうします。どちらさまでしょう?」

「川藤夢之助という」

「あるじとはお約束でも?」

光る目をこちらに向けて聞いた。店先で立ったままのやりとりである。

「いや、一面識もない」

「あるじは多忙で、一見《いちげん》さまとの面会はおことわりいたしております」

にべもなく言った。

「旗本安藤家に関わりあるものなんだが」

「安藤さまとはどのような……」

「安藤家に関わりあるものの知人だ」

番頭の表情に、小馬鹿にしたような薄笑いが浮かんだ。

「それでは話にもなりませんな。お引き取りいただきましょう」

「手間は取らせん。ほんのひとつ二つ聞きたいだけだ」

「また暇なときにでも出直していただきます」

顔を洗って出直してこいということだろう。

「どうぞ、お帰りはあちらから」

顎《あご》で促したさきに裏口がある。突き出されるように梧郎は店を追い出された。

（どうやら甘く考えすぎていたようだ）

安藤家の名を出せば、逢うぐらいは逢ってくれるだろうと安易に考えたが、伊吹屋ほどの大店になると、そうはいかないようだ。

すべての店がそうなのか、伊吹屋が特別なのか分からないが、こうなれば安藤家出入りのほかの店を探すしかない。

そう思いつつ、梧郎が神田の町筋を抜けて、八ッ《やっ》小路《こうじ》のあたりまできたときである。

けたたましい女の声が背中で聞こえた。

「ちょいと、そこのご浪人さん、待ってちょうだいな」

どうやら自分が呼ばれたらしいと気づいて、梧郎が振り返ると、髪を櫛巻《くしま》きにしたすっぴんの女が小走りに駆けてくる。

梧郎が怪訝《けげん》な顔でつっ立っているのを見て、

「いやだわ、お忘れですか。ほら新シ橋で助けてもらった浜菊です」

「ああ、あのときの……」

梧郎はやっと思い出した。化粧を落とした顔が記憶をとりもどす邪魔をした。

「きっと神様のお引き合わせね、こんなところで逢えるなんて。お礼を言わなきゃと、ずっと探していたんですよ」

「あれしきのこと、礼にはおよばん」

「そうはいきませんよ。命を救ってもらって知らん顔じゃ、辰巳芸者の名がすたります」

言いながら浜菊は、梧郎の腕にしなだれかかるように身を寄せた。

辰巳芸者とは深川芸者の別称で、深川の遊所が江戸の南東、つまり辰巳の方角にあることから、その名がついたらしい。

「やめないか。人が見てるじゃないか」

梧郎が照れたように言うと、

「かまいませんよ、人が見てたって。そんなこと気にしてちゃ天下の大道は歩けやしない。やっぱり神様のお引き合わせだわ。ついそこの『萩乃屋《はぎのや》』まで髪油を買いにきたの。今日でなくてもよかったのに、なんとなくその気になって出てきたんだけど、ここでぱったり逢えるなんて、きっとあなたとあたいとは、見えない糸で結ばれてるのよ」

さらに身体をすり寄せてきた。梧郎の困惑《こんわく》を無視して、

「名前はなんとおっしゃるの？　恩人の名前ぐらい知ってなきゃ」

「川藤夢之助だ」

「いい名前……鍋町《なべちょう》の伊吹屋から出てきたようだけど、着物地でも買いにきたの？　あそこは問屋だから、小売りはしてないと思うけど」

「買い物じゃない。ちょっと聞きたいことがあったんだが、相手にしてもらえずに追い出された」

「まあ、なんて失礼な。あの店、そういうところがあるの。お高くとまっててさ。こ

こはいちばんあたいに任せといて。いい考えがあるから」

浜菊はポンと胸をたたくと、梧郎を引きずるようにして伊吹屋の表につれて行った。

「ここで待ってて」

言いおいて、自分はさっと店内に消える。

わけが分からないまま、梧郎はすこし離れた天水桶《てんすいおけ》の陰にたたずんだ。

待つほどもなく浜菊は引き返してきたが、

「伊吹屋が逢うそうよ」

こともなげに言った。

梧郎は驚いた。ついさっき、けんもほろろの扱いを受けたさきである。態度の急変の理由はなんだろう。

「あんた、伊吹屋と特別な関わりでもあるのか？」

「なんにもありゃしないわよ。ただ、こういう商売をしていると、いろいろと人の弱味が耳に入ってくる。それをちょこっと小出しにして見せただけ。ほら、早く行きなさい。表で番頭がお待ちかねよ」

言われて振り返ると、伝吉と名乗った番頭が、店の表に立って不安げにこちらを見ている。

「なんだかよく分からんが、とにかくかたじけない」

「これですこしはお礼ができたかしら」

「十分だ」

「じゃああたいはこれで。遠慮せず、伊吹屋をとっちめてやって」

浜菊は手を振ると、大通りへと消えていった。

「安藤さまに関わりのある方を勝手に追い返したと、あるじからひどく叱られましてね。どうぞこちらへ」

目つきの悪い番頭は、卑屈なほど態度を変えて梧郎を店に迎え入れると、客間へと案内した。八畳ほどの、豪華な調度品の並ぶ部屋である。

下座に控えていた大柄で骨格の厚そうな五十男が、梧郎を出迎えて上座に座らせると、

「伊吹屋満助《まんすけ》と申します。番頭が失礼を働いたようで、もうしわけございませんでした」

ていねいに頭をさげた。

浜菊とどんなやりとりがあったのか、想像はつかないが、伊吹屋はそんな気配はおくびにも見せない。始終笑いを顔に乗せているが、表情全体が茫洋《ぼうよう》としていて、心の内をのぞかせない男である。

「安藤さまと関わりあるお方と聞きましたが……」

「匂坂善助という人をご存じと思うが？」

「存じております。安藤さまで勘定役をなされていた……」

「彼が千両の金を着服したとして腹を切った。もちろんご存じだろう」

「くわしい事情は存じませんが……」

「その善助に、子供がいることは？」

「たしか男の子が一人……」

「父の無実を証明するようにとの依頼で、おれがその子に雇われた」

「雇われた？　子供に大人が雇われたのですか」

「そうだ。雇い金は一分」

「たったの一分で？　なんと物好きな」

「そう、その物好き。人によっては馬鹿ではないかと思うだろうが、承知で雇われた」

「ところで番頭の話だと、なにかお聞きになりたいことがおありとか？」

伊吹屋の顔がひきしまった。

「匂坂善助が着服したとされている千両だ。失礼ながら旗本家にそれほどの蓄えがあったとは思えない。安藤家はその金をどこから手に入れたのだろう。もしかしたら出入りの商人から借り入れたのではないか。聞くところ、この伊吹屋は二十年越しの出入りだという。もしかしたら金の出所はここではないかと思ってな」

「…………」

「どうだ。覚えはないか？」

伊吹屋はしばらく返事に困っていたが、やがて意を決したように、

「お調べになればいずれ分かることですから、正直に申し上げましょう。たしかに頼まれて安藤さまに金子《きんす》を用立てました」

「いくらだ？」

「二百両ばかり……」

「するとあと八百、ほかにも都合した店があるということだな？」

「……………」

「まあいい、調べれば分かることだ」

「お待ちください。安藤さまは借りたことが外に漏れるのを恐れておられます。そこいらを聞きまわられて、そこから秘め事が漏れては安藤さまも迷惑でしょう。私の口から申し上げますから、下手に動きまわらずそっとしておいてくださいますか。ただ、私から聞いたことはどうかご内密に……」

「分かっている。人に触れてまわることではないからな」

「私どものほかには、薪炭問屋《しんたんどんや》の『信濃屋《しなのや》』さん、小間物《こまもの》問屋の『鈴本屋《すずもとや》』さん、味《み》噌《そ》問屋の『三河屋《みかわや》』さん、酢《す》・醤油《しょうゆ》問屋の『柏屋《かしわや》』さん。合計五軒で二百両ずつ……」

「用立てたのはいつの話だ？」

「一か月ほどまえでしょうか」

「千両もの大金、安藤家はなんの必要があって無心を言ったのだろう」

「それは存じません。旗本家のお家の事情に立ち入るなど、してはいけないことですから」

「とどけた金を受け取ったのは、安藤家の誰だ？」

「頼まれたのはご家老の田代勝太夫《たしろかつだゆう》さまでしたが、おとどけしたときは事務頭《じむがしら》の助川《すけがわ》弥四郎《やしろう》さまが同席されていました」

「事務頭？」

「匂坂さまの上司《じょうし》です」

「すると金は助川という事務頭から、匂坂善助の手に渡ったわけだな」

「そうかと思います」

「もし善助がその金に手をつけたとしたら、安藤家は急いでそれに代わる新たな借金をしなければならない。そんな動きはあったかな？」

「私の知るかぎり、そのような話は耳にしておりません」

するると安藤家は目先の事態に納めはつけたのだ。ならば匂坂善助の着服話はおかしくなってくる。着服しようにも金はすでに使われてしまっているのである。

とにかく大事に始末をつけたものの、金の出所が外に漏れては困る。そこで匂坂善助が着服したことにして、事態を収拾《しゅうしゅう》しようとしたのではないか。そうなると、着服を捏造《ねつぞう》した元凶《げんきょう》に、家老の田代か事務頭の助川が考えられる。

調べがすこしすすんだ気がして、梧郎は伊吹屋を辞した。

四

わずか半日で、安藤家への千両の供給元が判明した。

想定どおり、安藤家に不意の入り用《よう》が生じ、出入りの商家に借り入れを申し出ていたのである。

そこで問題は、安藤家に生じた不意の入り用がなにかということだ。しかも極秘の支出である。このさきの課題は、それを探ることにあった。

梧郎は火付盗賊改方の役宅にもどると、まるで朝からそこにいたようになに食わぬ顔つきで、書誌役の小部屋にすわった。

先輩の前田文作《まえだぶんさく》同心はほとんど無関心で、眼鏡《めがね》を鼻先までずりさげて書類とにらめっこしている。

ときどき長官長谷川平蔵《はせがわへいぞう》の命を受けて、梧郎がひそかな動きをしていることを、この人は知っている。だからこの無関心は、よけいな気遣いをさせないための前田同心なりの配慮だった。それが分かっているだけに、梧郎はこころの内でいつも感謝していた。

机に山と積みあげた書類の一部を引きずり出して、梧郎がそれに目を落としたとき、

「松の木になにかつり下がっていますよ」

前田は顔もあげずに、声だけで言った。

言われて庭先の松の木に目を向けると、その枝におかしな形のものがぶら下がっている。立っていってよく見ると、それはかじりかけの梅干しであった。

(まったく、もう……)

松にものをつり下げるのは、平蔵と梧郎とのあいだでの合図である。

それにしてもかじりかけの梅干しに、どんな意味があるというのか。

梧郎は自分が馬鹿にされたような気分になってきた。

「急がなくていいのですか」

前田がやはり声だけで聞いた。

逢う時刻は下げる枝の位置で伝わるようになっている。

「あとをよろしくお願いします」

まだすこし間はあるが、梧郎は出かけることにした。

炒《い》られるような夏の日差しを浴び、神楽坂《かぐらざか》は舞い上がる土煙りで、一面霞《かすみ》がかかったように見える。通りに並べた塗物店《ぬりものてん》の漆器《しっき》が、埃《ほこり》をかぶって白茶けて見えた。

長源寺の腰掛茶屋には、すでに平蔵のすがたがあった。湯呑みを手に、のんびりと冷やした玄米茶を飲んでいる。

「ぜんざいはもう卒業ですか」

おなじく冷えた玄米茶を注文すると、梧郎は平蔵と背中合わせにすわった。夏の声を聞くようになってから、平蔵はこのところ熱いぜんざいにはまっている。それで聞いた。

「ちょと早くきすぎたので、もう食いおわってしまったのだ」

平蔵は玄米茶を半分ほど飲みおえて、湯呑みを膝元におくと、

「なにをこそこそやっておるのだ?」

と、聞いた。

「は?」

「一千石の旗本、安藤家のなにを調べているのかと聞いておるのだ」

梧郎は目玉が飛び出るほど驚いた。安藤家について調べはじめたのは今朝になってからである。

それをどうして平蔵が知っているのか。驚くべきは平蔵の、その早耳であった。

「今朝おまえが、一刻近くも三崎稲荷にひそんでいるのを、密偵《みってい》の稲造《いなぞう》が見たというのだ。どうやら安藤家を見張っているようだったと、彼は言うのだが……」

「稲造に見られていたとは、不覚《ふかく》でした」

「なあに、隠せば顕《あらわ》れるとのたとえもある」

「長官《おかしら》に隠しごとはできませんな。じつはこういう次第なのです」

梧郎は簡単に白旗を揚げて、昨日から今日への始終を平蔵に語った。

「たったの一分で、子供に雇われたというのか？」

平蔵は呆れたように梧郎の顔に目を当てた。

「男子の面目を貫きたいという心意気に打たれまして」

「おまえの人のよさには言葉もない。まあ、そこがおまえのいいところではあるが……それにしても気づいていないようだが、問題が残るぞ」

「問題？」

「火付盗賊改方書誌役という仕事を持ちながら、べつの仕事を金銭で請《う》け負った。信頼に背く行為であることは否めん」

「金銭をもらったといっても、わずかの一分です」

「金額の多寡《たか》ではない。雇うものと雇われるものとの信頼の問題だ。まあいい、つぎの手当からその分を差し引いておこう」

平蔵は涼しい顔で言った。

「もしご存じなら、教えてほしいのですが……」

梧郎は話を変えた。

「なんだ？」

「安藤というのは、どういう……？」

「あまりよくは知らんが、一千石の旗本で代々御徒頭をつとめる家柄だ。いまの当主は安藤千四郎《せんしろう》という人だが、その昔、狩りに出た家康公《いえやすこう》に、野生の猪《いのしし》が襲いかかるという事件があった。そのとき護衛についていた安藤家の先祖が、素早く矢を射て猪を射止めてことなきを得た。喜ばれた家康公は、脇差一振りを下賜《かし》された。いまでも安藤家はその拝領刀《はいりょうとう》が自慢でな。石高は一千石でも、それに勝る誇りを持っているそうだ」

「そういう家なら、おれが逢いたいと言っても、簡単に逢ってはもらえないでしょうね」

「まあ門前払いはまちがいないな」

平蔵はにべもなく言うと、湯呑みのお茶を飲み干して、すこし姿勢をあらためた。

「ところで匂坂善助とかいう侍だが、冤罪《えんざい》だという証拠はあるのか」

「息子の慎之介のいうところでは、匂坂家というのはひどい貧乏暮らしで、もし父が大金をどうにかしたのなら、家族が気づかないはずがないというのです」

「もっともな言い分だな」

「それから安藤家が金を借りた店が見つかりました。五軒の商家から二百両ずつ借りています。安藤家としてはよほど切羽つまったことがあって借金をした。もしその金に匂坂善助が手をつけたとしたら、安藤家は急いで穴を埋めなければなりません。ところが新しい借金をした形跡がないのです」

「なるほど、冤罪の見込みは高いな。ところで匂坂善助が腹を切ったのはいつのことだ?」

「一か月ほどまえと聞いております」

「一か月か……」

平蔵はしばらく腕組みをして考え込んでいたが、

「ちょっと気になる話を思い出した」

腕組みを解くと、身体半分、梧郎の方に向けた。

「ちょうど一か月ほどまえのことだ。同心の道端玄太郎《みちばたげんたろう》と東野秀九郎《とうのひでくろう》の二人が、安藤家の屋敷外で宣太《せんた》という男を捕まえた。四つ（午後十時）ごろだったという。二人には宣太が安藤家の塀を乗り越えて通りに飛び降りたように見えた。だが、宣太は塀外を歩いていただけだという。あいにくの闇夜で、二人の同心もたしかなことは言えなかった。身体検査をしてみたが宣太はなにも持っていない。東野が念のために、安藤家に被害はなかったかと聞きに行ったが、被害はないという返事だった。それで宣太を放免したという。ただそれだけの話なのだが……」

「宣太というのは、火盗改メが目をつけるほどの盗賊なのですか」

「いや、盗みの現場を押さえたことは一度もない。やつは伊勢町《いせちょう》堀《ぼり》近くの裏店《うらだな》に住み、楊枝《ようじ》作りの内職をしている。ところがときどき内職では得られないような大金を持っていることがあるらしい。裏でなにかやっているのではないかと、そんな噂が火盗改メの耳に入るようになった」

「それで宣太に目をつけていた？」

「これは単なるわしの勘なのだが、宣太は操《あやつ》り人形で、操り師がやつの背後に隠れていそうな気がするのだ。宣太はそいつの命じるままに、言われた屋敷に忍び込み、重要な品物を盗むか、秘密話を盗み聞いてくる。それをネタに操り師が、強請《ゆすり》をかけて大金を脅《おど》し取る。宣太が大金を持ちつけているのは、それで得た報酬ではないかと……」

「では安藤家もその操り師に目をつけられ、なにか盗まれるか、秘密を盗み聞かれるかして、千両を脅し取られた……」

「考えられないことではないな」

「すると東野同心や道端同心が、宣太が安藤家の塀を乗り越えたと見たのは、当たっていたわけです」

「そうだったかもしれん」

「ところで、その陰の人物に見当はつかないのですか」

「まったくの五里霧中だ。そこでそれとなく宣太を見張らせてはいるのだが、それらしき人物と接触する気配がまったくない。向うはかなり用心深い人物のようだ」

「じゃあひとつおれなりに、その宣太という男を調べてみましょう。一か月ほどまえに安藤家の近くにいたという符合が気になります」

そう言って梧郎は縁台から立ちあがった。

「一分ぶん、しっかりと働くのだぞ」

笑い混じりの平蔵の声が飛んできた。

そのときになって梧郎はそのことを思い出した。

「そうだ、聞き忘れていましたが、かじりかけの梅干しとはどういう意味ですか」

「おまえを呼び出すのに、なにを合図に使おうかと考えていたとき、ちょうど梅干しを食っていたのでな。それだけのことだ。他意はない」

呆れて突っ立っている梧郎を残して、平蔵はさっさと横寺町へと消えていった。

いったん役宅にもどり仕事をかたづけて、梧郎がほうせんかにやってきたときは、もう六つ半（午後七時）を過ぎていた。

どういうわけか表に暖簾《のれん》も出ていなければ、軒行燈《のきあんどん》にも灯《ひ》が入っていない。お純は商売を休む気らしい。

内部《なか》をのぞくと、お純が板場で片付けものをしていた。

「店を休んだのか」

梧郎が聞くと、

「あの子のまえで、大人たちの醜態《しゅうたい》は見せたくないじゃない」

お純が答えた。

ここに夕飯を食いにくる客は、例外なく酒を飲む。酒が目的でやってくる客もいる。酔えば饒舌《じょうぜつ》になって、口にのぼるのはたいていが女がらみの卑猥《ひわい》な話題である。

店を休んだのは、そういう客の醜態を匂坂慎之介に見せたくないというお純の気持ちからららしい。

一瞬梧郎は、慎之介を彼女に押しつけたことに罪の意識を感じた。

「すまんな」

「あなたが謝ることはないわ。私が勝手に決めたんだから。でもこんな商売をやってると、朝から夜遅くまで働きづめでしょう。あの子を口実に、ちょっと楽《らく》してみたいって気持ちがあったのはたしかだけど」

梧郎に余計な気遣いをさせたくないと思ったのか、お純は白い歯を見せて笑った。

「慎之介は？」

「奥にいるわ。さきに食事をすませるように言ったんだけど、あなたがもどるまで待つって、空きっ腹を抱えてがんばってるわ」

土間を通り抜けて、梧郎は居間のまえに立った。

「お帰りなさい」

慎之介の元気な声が出迎えた。卓袱台《ちゃぶだい》には夕食の支度が調っている。

「なにか分かりましたか」

性急《せいきゅう》に聞いてきた。それだけが気になって、長い一日を待ちつづけていたようだった。

「千両の出所は分かった。安藤家へ出入りしている五軒の商店が、二百両ずつ出したそうだ」

「たった一日で、よくそこまで分かったわね」

燗のついた銚子《ちょうし》を運んできたお純が、話を聞きかじって言った。

「まあ食べながら、ぼちぼちと話そう」

梧郎とお純、そして慎之介が卓袱台を囲むようにしてすわった。

「慎之介の父上の無実は、ほぼ間違いない」

梧郎はお純の酌《しゃく》を受けながら言った。

「ほんとうですか」

慎之介の目が輝いた。

「安藤家ではどうしても千両の金が必要だった。そこで出入りの商人に無理を言った。受け取った金は慎之介の父上が預かった。ところがもしその金を父上が着服したのなら、安藤家としては急いで穴の開いた金の用意をしなけりゃならない。ところがそうした気配はない」

「…………」

「つまり安藤家が必要な金の支払いを、無事にすませている証拠だ」

「やはり父は濡れ衣を着せられたのですね、安藤家に……」

「そのへんはまだよく分かっていない。ただ、複雑な背景が隠れているのは事実だ。明日からはそのあたりを突っ込んで調べてみようと思う」

「よろしくお願いします」

頭をさげると慎之介は、茶碗に顔を突っ込むようにして忙しく箸を動かした。よほど腹が空いていたらしい。

そんな様子を見ながら、お純はぽつりと言った。

「昼にきた客がね、この子はどこの子だってうるさいの。知り合いの御家人《ごけにん》さんから預かったことにしてあるんだけど、なかにはあなたの隠し子じゃないかという客もいてね」

「おれの隠し子だって?」

「私が曖昧に笑っていると、隠し子説が幅をきかせてしまって……」

「無責任なやつらだ」

「でもこうして三人で食事をしているところを見られたら、きっと隠し子説は根を下ろしてしまうかもね」

それが困るというより、むしろどこかでそれを期待しているようなお純の口ぶりに、梧郎はなにも言えず、ただ黙々と盃をかたむけていた。

# 五

外濠伝いに常盤橋御門外《ときわばしごもんがい》に出ると、里見梧郎は伊勢町堀へと向かった。浮世小路《うきよこうじ》から伊勢町へ鉤《かぎ》の手に曲がる道に沿った堀が、伊勢町堀である。

この堀を背にした弥八店《やはちだな》に、宣太の住まいがあるという。

旗本の安藤家に忍び込み、なにか重大な物か秘密を盗み出したのが彼ではないかと平蔵が言い、梧郎もそう考えている。

その盗み出したものを突きつけて、宣太を操る陰の操り師、つまり傀儡師《くぐつし》が安藤家に強請《ゆすり》をかけた。それが千両の使途だった。

ただ、これはまだ推理に過ぎない。これからそれを証明するための検証が待っている。

木戸を入ったところで、山のように洗濯物をかかえた中年女と出逢った。宣太の住まいを聞くと、右手のいちばん端がそうだという。

表に立つと、木材を削《そ》ぐ音と、木の香りがプンと匂った。

格子窓からのぞいてみると、四畳半ほどの板間で、こぎれいな身なりの細身で小柄な男が小刀で木を削いでいる。これが宣太らしい。

宣太は一寸三分ほどに削ぎ落とした木片を、器用に削りはじめた。小刀がまるで生き物のように動き、たちまち爪楊枝に仕上げていく。

梧郎は息を飲んで、そのあざやかな手さばきに見とれていた。

気配に気づいて宣太は顔をあげてこちらを見た。

「興味がおありなら、そんなところに突っ立ってねえで、こっちに入っていらっしゃい」

気さくに声をかけてきた。

「そうか、では遠慮なく」

梧郎は声に誘われて土間に足を踏み入れた。

板間に莫蓙《ござ》を敷き、そこにすわって宣太は作業をしている。きれい好きなのか、着ている仕事着はさっぱりとしていて汚れがない。

奥の間に吊るされた普段着も、安くはない縞木綿《しまもめん》である。置かれた茶簞笥《ちゃだんす》も塗りの高価なものだった。

「爪楊枝作りというのは、儲《もう》かる商売なのか」

ひととおり部屋を見まわしてから、梧郎は遠慮なく聞いた。

「儲けなんてしれてます。あっしの場合両国《りょうごく》の『吾妻屋《あずまや》』さんや池之端《いけのはた》の『須見屋《すみや》』さんのご贔屓《ひいき》になっていて、売りさきに困ることはありませんが、たいした稼ぎになりゃしません」

「それにしても、家具などには金がかかっていそうだな」

「そこはまあ才覚次第ということで……」

宣太は意味ありげな笑いを浮かべた。

「つまり別収入があるということか」

「まあ、そうです」

「羨《うらや》ましいことだ」

「旦那はご浪人さんのようですが」

「そうだ。以前、講武所《こうぶしょ》近くの安藤という旗本に仕えていたんだが、ちょっと問題を起こしてお払い箱になった」

「安藤家の？」

宣太の表情が一瞬揺れ動いたように見えた。

「安藤家を知っておるのか」

梧郎は追い打ちをかけた。

「知りませんよ。旗本なんかと関わりはありません」

言った言葉がかすかに震えた。

安藤家は知っているが、そのことには触れたくないという態度が、動揺した言葉の裏に見えた。

しばらくとりとめのない話をして、梧郎は宣太の家を出た。

井戸端でさきほど家を教えてくれた中年女が、洗濯板に洗濯物をこすりつけていた。

「ちょっと聞くが、宣太という男、かなり金まわりがよさそうだな」

「そのようだね」

「爪楊枝を作ってるだけじゃ、ああ贅沢《ぜいたく》はできんだろう」

「あたりまえさ。陰でなにをやってるんだか……どうせまともなことをやっちゃいないんだろうけど」

中年女は吐き捨てるような言い方をした。

「おなじ長屋に住んでても、そのへんの様子は分からないのかね」

「分からないようにうまくやってるのさ」

「じゃあ、よく遊ぶんだろうな」

「ちょっとしけてるときもあるけど、まあよく遊ぶね。ここんとこ、一月《ひとつき》ほどまえから三日にあげずの南新堀町《みなみしんぼりちょう》通いさ。どうも料理茶屋に惚れた女がいて、それを抱きにいくようだよ」

「茶屋の名前なんか聞いてないか」

「知らないね。でもここ二日ばかりおとなしくしてたから、今夜あたり出かけるんじゃないかね」

そこまで聞いて、梧郎は火盗改メの役宅にもどった。日が暮れるまえにそこを出て、ふたたび伊勢町堀にやってきた。

宣太はまだ家にいるようだった。

梧郎は木戸を出たところに身をひそめて待った。

日が暮れ落ちても宣太は動かなかった。今夜がだめでも、彼が動くまで、毎晩でも見張りをつづけるつもりでいる。

安藤家で起きた騒動の、引き金を引いたのは宣太にちがいないと、梧郎は見きわめていた。

やがて木戸の向こうに、にじみ出るように人影があらわれた。宣太だった。勇む気持ちを抑えて、梧郎はそのあとに尾《つ》いた。

宣太は胸元に風を入れながら、日本橋川《にほんばしがわ》の北東の岸を行徳河岸《ぎょうとくかし》に出て箱崎橋《はこざきばし》を越え、つづけて湊橋《みなとばし》を渡ると、南新堀一丁目に出た。

このあたりには糸物問屋《いとものどんや》や下《くだ》り酒問屋などが軒を並べている。その一郭《いっかく》に料理茶屋が数軒、軒行燈を輝かせていた。

宣太は迷うことなく「初緑《はつみどり》」という店にすがたを消した。長屋の女房が言っていた、宣太の惚れた女がいる店とはここらしい。

梧郎はしばらく表に立って、それとなく内部《なか》の様子をうかがっていたが、さて、これからどうしたものかと思案をはじめたとき、

「あら、やっぱり神様はいらっしゃるんだ」

けたたましい声がして、女が梧郎の前に立った。

深川芸者の浜菊だった。黒い絽の羽織につぶし島田は新シ橋で逢ったときの恰好で

ある。座敷に出かけるところらしく、三味線を持った女の子供を従えていた。

「やあ、また逢ったな」

「ここでなにをしてるんです？　まさかこのあたりの店にしけこもうってんじゃないでしょうね。知ってると思うけど、ここらあたりの料理茶屋は、頼めばこっそり女と遊ばせてくれるわ。でも、川藤さまにそういう趣味がおありとは思えないけど……」

「ちょっと知った顔を見かけて後を追ってきたら、そいつがここに入ったんだ。宣太という男なんだが」

「あら、川藤さまは宣太とお知り合い？」

「と、言うことは、浜菊も宣太を知ってるのか」

「顔を見たことはないけど、噂だけはね」

「どんな噂だ？」

「こんな話、立ち話ではなんだかね」

そう言うと浜菊は、おつきの子供に、

「あんたさきに『朝霧《あさぎり》』へ行って、私はすこし遅れるからって伝えてちょうだい。お侍さんといっしょだってこと、しゃべったらただではおかないから」

はいと答えて、女の子は足早に霊岸橋《れいがんばし》へと歩き去った。

「厳しいんだな」

「あれくらい言っとかないと、あの子けっこう口が軽いから」

「主役が遅れてもかまわないのか」

「平気平気。佐内町《さないちょう》の料亭に呼ばれているんだけど、気を遣わなきゃならない客じゃないの。待たせとけばいいのよ」

言いながら浜菊は、梧郎を塩町《しおちょう》にある「月見亭《つきみてい》」という料亭につれて行った。

「しばらく部屋を借りるわよ。それに肴は任せるからお酒をすこし……」

女中に言うと、勝手知った様子で浜菊は、奥まった一室に梧郎を引っ張っていった。

「この店もよく呼んでくれるところなの」

「深川芸者といっても、けっこう持ち場が広いんだな」

「このごろじゃ身を売る芸者も多いけど、私はれっきとした芸を売る芸者ですからね。お呼びがかかればどこへでも行くの」

そこへさっきの女中が酒とつまみを運んできた。

「今夜は暇そうだから、ゆっくり使ってくれてもいいって、女将《おかみ》さんが言ってました」

形だけ二人に酌をすると、女中は出て行った。

「さっきの話のつづきだけどね」

まず、盃を空にして浜菊は言った。

「宣太という客の噂はよく聞くわ。とにかく金まわりがいい男らしいの。店にとっちゃありがたい客には違いないが、楊枝作りをやってて、どうしてあんなに金が稼げるんだろうって、逆に気味悪がられてるみたい。だって、いま朝霧の小百合《さゆり》って女《こ》に夢中で、二日に一度は通ってくるらしいの。帰りにはポンと一両おいてくというでしょう。しめて月に十五両よ。ちょっと考えられないじゃない。それでなにか陰でよくないことをして稼いでるんだろうって噂になったみたい」

「それなんだ。おれが聞いたところでは、宣太を使って悪事を働いている奴がいるらしいんだ。そういう噂は耳にしないか」

「聞かないわね。でもときどきは金にこと欠くこともあるようで、しばらく朝霧通いが止まってたのに、一か月ほどまえからまたはじまったんだって。そのころになにか大儲けをしたんでしょう」

浜菊のひと言が梧郎の胸にずしりと響いた。

一か月ほどまえというと、いうまでもなく、安藤家で騒動が起き、匂坂善助が腹を切った時期である。

そのころから宣太のふところ具合が潤沢《じゅんたく》になったとしたら、彼が安藤家の出来事に関わった公算が高くなる。

しかもおなじ時期に、安藤屋敷の近くで、宣太は火盗改メの同心につかまって尋問を受けているのだ。

宣太の嫌疑はいちだんと黒くなった。

「いい話を聞かせてもらった」

礼を言って席を立とうとして、梧郎はふとそのことを思い出した。

「そうだ。昨日、伊吹屋との面会を取り持ってくれたが、あのとき言ってた小出しにした弱味ってなんだね。どうも気になってな」

「表向きからは分からないけど、いま伊吹屋は火の車なの。さきを読んで安く仕入れた豪奢《ごうしゃ》な呉服類が、越中さまの贅沢禁止令で動かなくなった。売れ残った在庫を上方で処分してやるという、得体の知れない男の口車に乗せられて、伊吹屋は見事な詐欺《さぎ》に遭《あ》ったんだって。そのことは極力秘密にして、なにごともなかったように装って、商売をつづけてるけど、そのへんをちょっとほのめかしただけで、伊吹屋はころりと態度を変えたのよ」

「いろんなことに通じているんだな」

梧郎が驚くと、

「これも商売道具のうちなの。まじめな話より、秘密ごとや噂話を聞かせた方がお客は喜ぶの。名前は伏せるけど、いってみれば座を持たせるための芸者の得意技ね。だからどんな噂でもすぐ耳に入るよう、あちこちに網を張ってあるの」

六

月が昇った。日が暮れてもむしむしは変わらず、そのせいか月の光はさわやかさより、むしろ暑苦しさをかき立てた。ただ提灯《ちょうちん》が要らないという利点はある。

胸元をすこしはだけて、あるかなしかの風をふところに入れながら、里見梧郎は外濠沿いの道を歩いていた。

ようやくなにか見えてきた気がする。

引き金を引いたのは宣太であろう。おそらく陰にいる傀儡師に指示されて、旗本安藤千四郎の屋敷に忍び込んだ。

目的を果たして安藤家の屋敷から出てきたところを、火盗改メの同心二人に見咎《みとが》められた。そのときなにも所持していなかったというから、宣太はなにかを盗み出したのではなく、重大な秘密を盗み聞きしたのであろう。

それはすぐ傀儡師に伝えられる。

そいつは安藤家に乗り込み、秘密を口外しない条件と引き替えに、千両の金を要求した。

千両とは大金である。それだけの要求をしたというからには、盗み聞かれた秘密が、お家を揺るがすほどの大事《おおごと》だったとは想像できる。

(千両に値する秘密とは、いったいなんだろう?)

いくら考えても、さっぱり見当がつかない。

外に漏れては困る秘密なら、多かれ少なかれどこの家にもある。しかし、千両に値するほどのものとなるとそう多くはないだろう。

とにかく安藤家は要求に応じた。伊吹屋をふくめた出入りの業者五軒から金を借り、それで支払った。

ひとつの問題はそれで片付いたが、あとひとつ片付かない問題が残った。千両を借り入れたという事実である。借金が表沙汰になれば、なんのための代価かと人から疑いをもたれる。

千両も払って口止めしたのだから、下手をするとお家の浮沈《ふちん》に関わる大事《だいじ》であろう。なんとしても外に漏れるのは避けたい。

（そこで着服をでっち上げたのだろう）

勘定役の匂坂善助が使途したことにして、借入金の使い先を糊塗しようとした。十分考えられる。

善助は犠牲を強いられたのか、あるいは自ら命を捨ててお家を守ろうとしたのか、そのへんのことは分からない。

梧郎にはこの推理が、大筋で外れていないという自信があった。

新シ橋で辰巳芸者を助けたことが、匂坂慎之介から頼みを受けるきっかけになった。ところが匂坂善助切腹の真相を知るのに大いに役だったのが、ほかならぬ当の辰巳芸者の話であった。

世の中とはよくできているというか、なんとも不思議なものである。おかげで梧郎はさしたる苦労もなく、真相に手がとどくところまでくることができた。

あとは安藤家を追い詰めた事情と、人の弱味につけ込んで悪事を働く傀儡師の正体を探り出すだけである。

神田橋御門《かんだばしごもん》を過ぎると、武家屋敷と濠のあいだの道が広くなっている。

そのあたりにきて、梧郎はふと足を止めた。突き刺すような殺気が背後に迫っている。

（おれは狙われているな）

しかし、そんな気配はおくびにも出さず、さらに梧郎は数歩足を進めた。この時刻、このあたりに人の気配はまったくない。

本多《ほんだ》屋敷の長い塀のなかほどまできて、梧郎はくるりと振り向いた。

刺客は六尺を優に超える髭面《ひげづら》の男であった。すでに刀の柄《つか》に手をかけている。

「おれになにか用か？」

ふいに振り向かれて、刺客は一瞬うろたえたが、すぐに立ち直ると、もはやこれまと思ったのだろう。腹に響くような気合いといっしょに、梧郎の左肩あたりを狙って斬り込んできた。

「誰に頼まれた？」

なんなく太刀先をかわすと、梧郎は鋭い声で聞いた。

「問答無用！」

相手はかわされた太刀を素早く構え直し、息継ぐまもなく梧郎の胸元に太刀をぶつけてきた。

抜き放った刀で相手の太刀を払いのけると、梧郎は間髪を入れず相手の首筋を斬り裂いた。

ぎゃっと叫び声を残して、刺客は大木を倒すように音を立てて崩れ落ちた。

梧郎は倒れた刺客に駆けよると、胸元をつかんで激しく揺すった。

「誰に頼まれておれの命を狙った？」

応えはなかった。刺客はすでに事切れていた。梧郎はゆっくりと死体から離れた。

茫洋《ぼうよう》としていた思考が、はっきりと形を取りはじめていた。

梧郎には命を狙われる心当たりはない。あるとすれば匂坂慎之介に頼まれて、あれこれ探っていることに関してである。

（それにしても、手をつけてまだたったの二日だ）

たいして調べは進んでいない。

梧郎はそう思っているが、気づかないうちに核心に手が触れているのかもしれない。

だから相手はあわてて口封じに出たのだ。

この二日の間に、梧郎が関わった人物というと、浜菊をのぞけば、伊吹屋満助と爪楊枝作りの宣太だけである。

もし宣太が梧郎の存在に危険を感じたのなら、茶屋遊びなどしている余裕はないはずだ。

いまごろ女を抱いているであろう宣太は除外していいだろう。

すると残るのは伊吹屋満助ひとりである。

伊吹屋が梧郎の存在に危機感を持って刺客を送ったとしたら、そのこと自体、彼が安藤家の事件に関わっていることを白状したようなものである。

（宣太を操る傀儡師の正体は伊吹屋満助。彼しかいない！）

梧郎の思案はそこに落ち着いた。

この思案が正しければ、伊吹屋は焦って、正体をさらけ出してしまったことになる。思案というものはひとつの引っかかりがあると、つづいていろんなものが引っかかってくるものだ。そのときがそうだった。

梧郎の頭になんの脈絡もなく、長谷川平蔵のひと言がひょいとよみがえってきた。平蔵は言ったのである。安藤家の先祖に手柄があって家康公から脇差を拝領した家柄だ。その拝領刀がいまでも安藤家の誇りになっていると。

（もしかしてその拝領刀が盗まれたのではないか）

なにしろ神と崇《あが》められる家康公から下賜された刀である。それを盗まれたとあっては、責任をとって当主は腹を切らねばならないだろう。悪くすればお家取りつぶしにまで発展しかねない。

これなら千両払っても買いもどそうと、安藤家が必死になるのは当然だし、事実を覆い隠すために、家臣に因果を含めて腹を切らせてもおかしくない。

拝領刀を盗み出したのはいうまでもなく宣太である。

だが、火盗改メの同心が調べたとき、宣太はそれらしきものを持っていなかった。

もし拝領刀を盗み出したのなら、彼はそれをどこに隠したのだろう。

つながりかけていた推理が、そこで絡《から》みついて解けなくなった。

ほうせんかの軒行燈に、今夜も灯が入っていなかった。梧郎が表障子に手をかけたとき、女の声が表まで聞こえてきた。

「お純さん、私はこの子のことを思って言ってるのよ。そんなに怒ることないじゃない」

声に聞き覚えがある。下柳《しもやなぎ》由佳だった。

「それは分かってるわよ。でもこの子は梧郎さんから頼まれて預かった子だから、無責任に人の手には渡せないの」

言い返したお純の声が、めずらしく尖《とが》っていた。

「かりそめにもお侍の子供でしょう。このような店に住まわせておいて、それでいいのかしら?」

「このような店で悪うございましたね。そんなこと言われなくても分かってます。だからこの子を預かってるあいだ、店はお休みにしようと本気で考えてるの」

「でも私が預かれば、読み書きも教えてあげられるし、剣の手習いだって……」

「そりゃ私には読み書きの素養も剣の素養もないわよ。でもそのことと、子供を預かるのとはなんの関わりもないわ。人のことにかまってるより、あなたはしっかりご亭主の面倒を見てあげたら？」

どうやら慎之介の面倒を見ようという由佳と、そうはさせまいとするお純とがもめているらしい。

梧郎はそろりと障子を開けた。

お純と由佳の紅潮した顔が、いっせいにこちらを振り向いた。二人のあいだで慎之介が困った顔で突っ立っている。

「どうしたんだ、二人とも。声が表まで聞こえているぞ」

梧郎は割って入るようにして、飯台にすわった。

「たまたま表を通ったら、子供の声が聞こえたんで、ちょっとのぞいてみたの」

由佳がいいわけがましく言った。

「たまたま通りかかったなんて嘘でしょう。きっとご亭主の愚痴でも言いたくて、きたんじゃないの」

いつになくお純の言葉つきには毒があった。

「信じたくなければ信じてくれなくていいの。とにかくのぞいてみたらお侍の子供がいるでしょう。それでいろいろ事情を聞いて、じゃあ私が預かってあげようかと……」

「それが余計なお世話だと言ってるの。この子の面倒は責任持って私が見ます」

「お純さんらしくないわね。いつものあなたなら子供のことを考えて、私に預けることを承知してくれてるはずなのに」

「いやなものはいやと、私は正直な気持ちを言ってるだけよ」

「だったらどっちに面倒を見てもらいたいか。この子に決めてもらいましょう」

由佳もいつになく執拗《しつよう》だった。

「いいわよ。ねえ慎之介くん、あなたどっちがいい？　私か、このお姉さんか」

お純も意地になっている。

おそらく何気なくはじまったやりとりが、由佳が慎之介を引き取ろうかと言ったあたりからおかしくなったのだろう。

この二日、慎之介と暮らすうち、家族に対する情のようなものがお純のなかに芽生え、それがふくらみ、育っていったのだろう。

返事を求められて困っている慎之介を見ながら、梧郎は言った。

「とにかく二人とも冷静にならないか。じつはやっと慎之介の父上を巻き込んだ事件の素顔が見えはじめてきたんだ。つまらぬ諍《いさか》いをやってる場合じゃない。ちょうどよかった。由佳どのにはぜひ手伝ってもらいたいことがあったんです」

「手伝い?」

「明日、おれはこの子をつれて安藤家に乗り込み、ひと揺すりかけてくる。由佳どのにはその仕上げをお願いしたい」

身を飯台に乗り出すようにして、梧郎は声を落として自分の心づもりを説明した。聞きながら、由佳の顔に興奮と不安が乗った。

「おもしろそうだけど、私にできるでしょうか?」

「大丈夫です。この役まわりは、三千五百石下柳家のあなたにしかできないことなのです」

「分かりました。とにかくやってみます」

「そういうことだ。だから慎之介の面倒はこのままつづけてお純に見てもらいたい」

梧郎は女たちの諍いを、うまくまとめた。

七

さいかち坂に面して長い塀をめぐらせた安藤家の表門は、小栗坂《おぐりざか》に向いている。里見梧郎が匂坂慎之介をつれてその門前に立ったのは、朝の四つ（午前十時）をすこし過ぎたころだった。

「頼もう」

梧郎が大声をかけると、潜り戸脇ののぞき窓から門番の目がのぞいた。

「なんの用だ？」

門番は横柄《おうへい》だった。

「家老にお目にかかりたい。おれは白銀町《しろがねちょう》に住む浪人で川藤夢之助」

白銀町にはほうせんかがある。

「帰れ帰れ、ご家老さまは素性の知れぬ素浪人などにお逢いにはならぬ」

「おれの名前を知らなくても匂坂善助なら知ってるだろう。もとここの家臣だった人物だからな」

「匂坂さまがどうかしたか」

「ここにいる子供をよく見ろ。匂坂善助の遺児の匂坂慎之介だ。家老に用があるのは、おれではなくてこの子だ」

梧郎は一歩さがると、うしろにいた慎之介をまえに立たせた。

「父のことでお聞きしたいことがあって参上しました。ご家老さまにおとりつぎ願います」

子供からきちんと挨拶されて、門番は処置に困ってしまった。元家臣の遺児となればすげなく追い返すわけにもいかない。

その迷いを見透かして、梧郎は言った。

「己《おのれ》で判断せず上の指示を仰《あお》いでこい。あとで責任を問われないですむ」

梧郎の言い分をもっともだと思ったのかどうか、

「ちょっと待て」

と、言い残してのぞき窓が閉じた。

待つほどもなく門脇の潜り戸が開いた。戸の向こうに柔和な顔つきの初老の武家が出迎えた。

「用人《ようにん》の須郷権三《すごうごんざ》と申す。川藤さまと申されるそうだが、匂坂家とはどのようなご関係で？」

まず聞いた。当然の質問である。

「匂坂慎之介の名代《みょうだい》とご承知いただきましょう。このたび金で雇われて、匂坂慎之介のいっさいを代行することになった」

よく解《げ》せなかったとみえて、須郷は目をうろたえさせていたが、

「まあ、とにかくこちらへ」

式台をあがり、長い廊下を通り抜けて奥の一室に案内した。

やがてすがたを見せたのは、鼻の大きな恰幅《かっぷく》のいい武家である。その後ろに、狐のように尖った顔立ちの中年侍と、おどおどとして落ち着きのない達磨《だるま》のような三十侍がくっついている。

「当家の家老田代勝太夫と申す。こちらは事務頭の助川弥四郎と、匂坂善助の後を継いで勘定役をやらせている須田健助《すだけんすけ》だ。お見知りおきを」

鼻の大きな家老があとの二人も紹介した。

「これはごていねいに。おれは匂坂慎之介から雇われた、川藤夢之助という浪人もの

です」

「匂坂慎之介です。生前は父がなにかとお世話になり、ありがとうございました」

慎之介も子供とは思えぬしっかりさで挨拶をしたが、つづけて、

「私は父の死に不審を持っております。しかし真相を知ろうにも子供の身ではなにもできません。そこで川藤さまに、私に代わって真相を解明していただくようお願いしました」

と、言ったものだから、とたんに場に不穏な空気が立ちこめた。

その重苦しい空気を断ち切るように、梧郎が聞いた。

「さっそくお訊ねしたい。まず匂坂善助どのは、千両の金を着服した廉《かど》で腹を召された。これはまちがいありませんね」

「いかにも」

田代が答えた。

「匂坂どのはその金を、どのような用途に使われたのでしょう?」

「さあ、それは……調べてみたがよく分からずじまいでな」

「分からない? それはおかしいですな。千両もの金だ。いっときに使えば痕跡は残

るでしょう」

「それがどこをどう調べても分からんのだ」

「その千両、こちらでは急な必要が生じて、呉服問屋の伊吹屋、薪炭問屋の信濃屋、小間物問屋の鈴本屋、味噌問屋の三河屋、酢・醬油問屋の柏屋から二百両ずつ借り入れられた。そうでしたね」

田代は顔色を変えた。そこまで調べているとは思わなかったのだろう。

「それほど苦労して集めた金が消えた。調べたが分からないですませられる話ではない……と思うのですが」

「そのことですが……」

口を挟んだのは達磨のような須田健助だった。

「噂ですが匂坂どのに女がいて、その女に貢いだのだとか……」

「ほほう、千両もの大金を女に貢ぎましたか。すると家臣が犯した不始末を、お家では、出入りの商人から借りた金で、始末をつけてやったということですか」

「お家の恥になることなので、ご家老に無理をお願いして後始末をつけました」

狐顔の助川弥四郎が鼻の頭に汗をかきながら言った。

「嘘ならもうすこし上手につかれることだ。一家臣が、たとえ女に貢いだのが本当だとしても、多くて二、三百両ほどのものでしょう。それにお家の恥を恐れるなら、極力秘密にする。五軒の商家から借りたというのもおかしな話だ」

梧郎が詰《なじ》ると、三人は答えに窮《きゅう》して黙り込んでしまった。

「ここからはおれの想像です。そのつもりでお聞きください。安藤家はお家の存続に関わるほどの大事を押さえられて、何者かから脅しを受けていた。相手の要求は千両。当家は要求に応じて千両をかき集めて支払った。問題は残った。千両の使い道を他に知られては困る。そこで匂坂善助どのが着服したことにして、詰め腹を切らせた。こう考える方が、女に貢いだという口実より、はるかに筋道が一本通ってくる」

誰もが口をつぐんだままだった。しかし、梧郎の想像が外れていない証拠に、誰もが顔色を失っていた。

「いまの川藤さまの問いに、お答え願えませんか」

言ったのは慎之介だった。

子供に促されては、さすがに沈黙を重ねることもできなくなったのだろう。助川が掠《かす》れた声でようやく答えた。

「そんな事実はまったくござらん。すべて川藤どのの妄想《もうそう》であろう」

「そうですか、分かりました」

梧郎はあえてそれ以上の追及はしなかった。

「最後にひとつ、事件とは関わりのないことで、お聞かせ願えますか」

「なんでしょう?」

事件とは関わりないと聞いて、助川はほっとした表情を見せた。

「安藤家にはご神君《しんくん》から下賜された拝領刀があるそうですね」

普通なら、なんの痛痒《つうよう》もない質問である。

ところが家老の田代の態度にも、助川や須田の態度にも、はっきりと動揺が見てとれた。

それが梧郎の求めていた、なによりもの答えであった。

「たしかに当家には、拝領刀はござるが……」

ようやく答えた田代の言葉に、

「機会があれば、ぜひ拝見したいものですな」

ひと言残して、梧郎は慎之介を促すとその場から去った。

梧郎が安藤家を立ち去ってから、約一刻半ばかりのちのことである。

門前に立派なこしらえの女駕籠が着いた。

迎えに出た若侍に案内されて、駕籠は門をくぐり、白砂利《しろじゃり》を敷き詰めた玄関先に下ろされた。

打掛《うちかけ》の裾を払うようにして降り立ったのは、下柳由佳であった。

式台をあがり、長い廊下を通って案内されたのは、広い中庭が望める八畳ほどの客間である。

家老の田代勝太夫が丁重に由佳を出迎えた。安藤家は千石、下柳家は三千五百石である。丁重なのは当然であった。

「父は公用にて手が離せぬため、名代として私が参上いたしました」

由佳が、書いたものでも読みあげるように口上を述べた。

聞いた家老の田代は、なんとも複雑な表情を見せた。つい一刻半ほどまえ、おなじように「名代」を名乗った男がきたばかりである。それを思い出して、つい嫌な思いを持ったのである。

「下柳さまのご用件は、それがしが代わっておうかがいするよう、殿から申しつかっております。ところで本日のご用件とはどのような……」

「安藤家が、神君ご拝領の一振りを所持されていることは、広く知られておりますが……」

またまた拝領刀の話が持ち出されて、田代は気持ちが落ちつかなくなった。

「わが安藤家にとって、門外不出《もんがいふしゅつ》のお宝でございます」

「その拝領刀を、最近、どなたかにお見せになりませんでしたか」

「どうしてそれを？」

田代の顔が赧《あか》くなり、そしてすぐ蒼白《そうはく》になった。

「門外不出ということであきらめておりましたが、どなたかにお見せになったとなると、その禁は解かれたわけで、ならばぜひ拝見したいものだと父が申しまして……」

田代は返事に窮した。

「どうでしょう。こちらの希望はお聞きとどけ願えましょうか」

由佳は田代の窮地を楽しむように見て言った。

「神君より頂戴の拝領刀、うかつに人に見せるのははばかられます」

「でも、すでにお見せになった」

「そうおっしゃられると一言もございません。困りました」

田代は思案にくれた目を天井に投げた。

「私どもが拝見して、しかも当家に迷惑がかからない。そんな方法がひとつだけございます」

田代の目に光がもどってきた。

「その方法とは？」

「それはこうでございます」

由佳はするりと座をすべると、田代の近くに身を寄せ、その耳もとになにごとかをささやきかけた。

たちまち田代の顔に喜色がよみがえってきた。

結果は由佳から、すぐさま梧郎に伝えられた。

梧郎はひそかに練りあげた謀《はかりごと》が、ひとつ前進したと思った。

だがまだふたつ、たしかめねばならないことが残っていた。すでに手は打ってある。

その返事を彼は待っていた。

ひとつは夕方近くなって、密偵《みってい》の安吾《あんご》からもたらされた。

「拝領刀を隠したと思われる場所が見つかりましたよ」

安吾は梧郎のまえにくると言った。

由佳からの連絡によると、経緯は分からないが、安藤家は誰かに拝領の脇差を見せざるを得なくなったらしい。

だからその前日、脇差を、しまってある蔵から取り出して用意をした。

それを宣太が盗み出したのだ。報告を受けた操り師は安藤家に乗り込むと、拝領刀を返してほしくば千両用意しろと恫喝《どうかつ》した。

そうなると、宣太は盗んだ拝領刀をどこに隠したかである。火盗改メの同心が捕まえたとき、彼はそれを持っていなかった。

その疑問を解くために梧郎は安吾に頼んで、安藤家に忍び込んでもらったのである。

「屋敷の裏庭の隅に、ちいさな稲荷《いなり》の祠《ほこら》があるんです。先祖に信心深い人がいて祀《まつ》ったらしいが、いまは捨ておきにされてます。草は伸び放題、祠は傷み放題。その祠の裏に物入れに使っていたらしい空き場所がある。あそこなら十分脇差は隠せます」

「宣太のやつ、盗んだ拝領刀をいったんそこに隠し、操り師が恐喝の金を受け取りに出向く日に、それを取り出して手渡したんだな」

梧郎は大きくうなずいたが、あとひとつ、密偵の昌吉《しょうきち》に頼んだ報告を聞くまでは安心できない。

その報告がとどくのは、早くとも今夜遅くになるだろう。梧郎は待ち遠しかった。


四つ（午後十時）、加賀《かが》っ原《ぱら》のはずれにある廃寺《はいじ》へ、闇に隠れるようにして入っていく人影があった。細身で小柄な男である。

堂内には埃臭《ほこりくさ》い臭いが立ちこめている。忍び込んできた男の足もとで、床がギシギシと音を立てた。

その背後で、風にあおられた破《や》れ戸が、激しい音を立てて閉まった。

「よく聞け。二度とは言わぬ」

突然どこからともなく声が流れてきた。冥界《めいかい》から聞こえてくるような不気味な男の声だった。

「明後日《あさって》、さる旗本の要求をことわりきれず、安藤家は再度家康拝領の脇差を観覧《かんらん》させることになったと、あの男が知らせてきた」

「ひどい目に遭いながら、懲《こ》りない連中ですな」

　細身の男が言った。

「そのとおりだ。だからもういちど、ひどい目に遭わせてやろうかと考えている」

「今度は千両ではすみませんね」

「とうぜんだ。それだけおまえの分けまえも多くなる」

「ありがたいことで……」

「このまえとおなじように、前日の夜に忍び込み拝領刀を盗み出せ。今度は見張りを増やし、寝ずの番をさせるそうだが……」

「今回もあの男が夜食に眠り薬を混ぜて、見張りを眠らせる……」

「なにもかも、前回とやりようはおなじだ。抜かるなよ」

「明日の晩に忍び込めばいいわけですね。まあ任せておいてください」

　細身の男は胸をたたいた。

　梧郎は待ちくたびれていた。さっき四つ半（午後十一時）の夜回りが通り過ぎた。

お純が用意してくれた枇杷《びわ》にガブリとかぶりついたとき、人の気配がした。

「もどりました」

昌吉の声だった。

「どうだった?」

「読みどおり、明日の晩、宣太が安藤家にしのび入ります」

「決まりだなこれで」

梧郎は思わず膝をたたくと、まだ眠らずにいる慎之介に声をかけた。

「慎之介、明後日、父上を嵌《は》めた連中を残らずとっ捕まえてやるぞ」

「ほんとうですか」

「楽しみに待ってろ」

言った梧郎の手に、かじりかけの枇杷が握られていた。

## 八

火付盗賊改方役宅の中庭の松の木に、かじりかけの枇杷の実がぶら下がっていた。

そして四半刻ほどのち、長谷川平蔵と里見梧郎のすがたが、例の腰掛茶屋にあった。

「かじりかけの枇杷は、梅干しへの当てつけか」

湯呑みを手に平蔵が言った。

「長官《おかしら》への連絡を思いついたとき、ちょうど枇杷を食っていましたので」

「口の減らん……まあいい。ところで今日の呼び出しはなんだ？」

「宣太の罪状と、それを操っている傀儡師の正体がほぼ分かりました」

「それは重畳《ちょうじょう》……と言いたいが、確証があってのことか」

「確証となるとなかなか……そこで罠を仕掛けました」

「おまえが仕掛けた罠など、すぐ見破られてしまいそうだが」

「明日、下柳家は安藤家に出向いて、拝領刀を拝謁《はいえつ》します」

「下柳さまが、刀剣に興味をお持ちとは知らなんだ」

「ふふふ」

「きさま、なにか企んだな」

「したがいまして今晩、拝領刀が蔵から持ち出されます」

「そこを宣太が狙うのか」

「ご明察。そして翌朝《よくちょう》、宣太の操り師が安藤家に乗り込んできます。最初の要求は千両。果たして今度はどれくらいふっかけてくるのやら」

「つまりそこを火盗改メの手で捕まえろというのだな」

「おっしゃるとおりです。おれは火盗改メの同心でも召捕方《めしとりかた》ではありません。だからあとはすべて長官におまかせを……」

「こやつ、火盗改メを顎で使いよる。ただ、このわしを動かすには、一分でというわけにはいかんぞ」

「せっかくですが、その一分も払う気はありません。どうぞ職務に励んでください」

「なんとも腹の立つ男だな。しかしまあここは、だまされたと思っておまえの話に乗ってやろう」


安藤家が蔵に収納した拝領刀を、離れ家に運んだのは夜もかなり遅くなってからであった。

年に数回、蔵から出して拝領刀の不具合は点検する。ことに刀を納めた刀袋《かたなぶくろ》である。虫食いや劣化による破れが見つかることはままある。見つかればすぐに修復しておく。

前回、拝領刀を観覧に供さねばならなくなったときは、いちおう点検のためにまえもって蔵から出し、そのあと離れ家に配置しておいた。

当然ながら注意は怠らなかった。三人の腕利きを徹夜で見張りにあたらせた。

だが、見張りがついウトウトとした隙をついて、拝領刀は盗まれたのである。

だから今回は、見張りを倍の六人にした。しかし、盗人の方が一枚上だった。

深夜丑《うし》の刻《こく》（午前二時～三時）、胸騒ぎを覚えて離れ家にやってきた家老の田代勝太夫が見たのは、刀を抱えながら前後不覚《ぜんごふかく》に眠っている警備侍のすがただった。

拝領刀は消えていた。

あとで分かったのだが、小腹《こばら》の足しにと九つ（午前零時）過ぎに茶菓《ちゃか》を配らせたが、その茶のなかに眠り薬が混入されていたらしい。いまにして思うと、前回の警備侍も、やはり眠り薬を嚥《の》まされたのだろう。

大騒ぎになるのを田代が抑えた。

「騒ぐでない。何事もなかったように振る舞うのだ。下手に騒いで拝領刀の紛失を他に知られてはお家の重大事だ。いいか、今回もこのまえとおなじように、静かに、平静に……」

この機転で、家臣や奉公人の大半は、騒ぎが起きたことを知らなかった。かくして安藤家はなにごともなかったように翌日の朝を迎えた。

その男がやってきたのは五つ半（午前九時）になるかならないかのころだった。ずんぐりとした体軀《たいく》で、頭巾《ずきん》で顔を隠している。その隙間からわずかにのぞいた目は、底光りするように光っていた。

男は出迎えた用人に案内されて、離れ家へ向かった。

そこにはすでに家老の田代勝太夫が、男の到着を待っていた。

「まさかもう一度ここにこようとは、予想もしていなかったよ」

男はドスのきいた声で言った。

「それはこちらとておなじこと。再度ご拝領刀を蔵から出すことになろうとはまったくの想定外。ましておなじ被害に遭おうとは……」

「拝領刀を二度と蔵から出すんじゃねえと、老婆心《ろうばしん》ながら注意してやったのに、無駄だったようだな」

「だからこうなったことは想定外……ところでご用件をうかがおうか。聞かずとも分かってはおるが……」

「それなら話しやすい。前回同様、今回も盗み出したやつから、おれが拝領刀を買い取った。それを引き取ってもらいたい」

男は口調に凄みを加えた。

「いかほどで?」

田代は観念したように聞いた。

「注意しておいてやったのに、おなじ手を二度食らったとなりゃ、情状酌量《じょうじょうしゃくりょう》の余地はない。今度は千両というわけにはいかないぜ。そうさな、おおまけにまけて三千両ってとこか……」

「無茶を言うな。このまえの千両でも集めるのに苦労したのだ。三千両などならぬ話だ」

「その気になりゃ、札差《ふださし》や両替商《りょうがえしょう》から借りるって手もあるぜ」

「これまでもかなり借財がある。これ以上借りればお家の経済が持たない」

「そんなこと、知ったこっちゃねえ。方法はなんだっていいんだ。三日待ってやろう。そのあいだに三千両かき集めるんだ」

「…………」

「三日経って金が払えなきゃ、あの拝領刀はおれが金に換える。家康公拝領となりゃ、五千はおろか、万の金を積んでも手に入れたいというやつがあらわれるかもしれねえ」

「…………」

「この三日が勝負だよ、ご家老さん。金ができなきゃ拝領刀が盗まれたことは世間に知れ渡る。この家はおしまいだ。それがいやならなんとしても金をかき集めることさ」

勝ち誇ったように男が言ったとき、

「盗人の言い分としちゃあ、あまりにも虫がよすぎやしないか」

からりと障子が開いて、陣羽織《じんばおり》を着込んだ恰幅のいい侍がすがたを見せた。

「きさま、なにものだ？」

恐喝男は思いがけない闖入者《ちんにゅうしゃ》に声を乱した。

「聞かれれば答えなきゃなるまい。わしは火付盗賊改方長官の長谷川平蔵だ」

「へ、平蔵だと？」

恐喝男は腰を抜かさんばかりに驚いた。まさかこの場に火盗改メの長官があらわれるなど、予想だにしていなかっただけに、その驚きは大きかった。

「話のやりとり、すっかり聞かせてもらったがな、盗人の風上にもおけぬえげつないやり口だな」

「なにがえげつないだ。神君ご拝領の脇差をいい加減に扱ったのはそっちだ。こっちはその不始末に目をつぶってやろうと言ってるんだ。いわばこれは交渉ごと……」

「交渉ごととはよく言えたもんだ。宣太という盗人を使って拝領刀を盗ませ、それをネタにして強請をかける。どこをどう叩きゃ交渉ごとなどという言葉が出てくるんだ」

　宣太の名前を出されて、男は明らかに度を失った。

「ついでに聞かせてやろう。今朝方、宣太は火盗改メの手でお縄になった。ただ、やつは自分を操っている相手の顔も名も知らなかった。よほどうまく立ちまわっていたようだな、伊吹屋の番頭伝吉！」

「ど、どうしてそれを？」

「そのかぶり物を取ってみな。見事な禿頭、それがなによりの証拠だぜ」

このあたりの知恵を、平蔵につけたのは梧郎だった。その推理、見事に当たっていたようだ。

「ついでにもうひとつ聞かせてやろう。いまごろ伊吹屋満助もお縄になってるだろう。詐欺に引っかかってあいた商売の穴を、盗みと恐喝で埋めようなんて、まっとうな商人のすることじゃない。あるじともどもきさまも獄門送りにしてやるから観念しろ!」

突然、伝吉は脱兎《だっと》のごとくその場から逃げ出そうとした。

だが、すでにまわりは火盗改メの与力、同心に取り囲まれている。

伝吉はほとんど抗《あらが》ういとまもなくお縄になった。

醜いわめき声を立てながら伝吉がつれ去られると、離れ家は嘘のように静かになった。

「このたびのこと、まことにかたじけない」

平蔵のまえで、家老の田代勝太夫は深々と頭をさげた。

「このあとさっそく裏庭の稲荷の祠をお調べ願いたい。そこに拝領刀に見せかけた脇差が隠されているはずです」

「もとの刀袋に、似ても似つかぬ脇差を入れておいたのだが、見破られたらどうしたものかと、ハラハラしておったのだ。ところでこのたびの計略、すべて長谷川どのから出たことか」

「私よりも、ねじくれたことを考えるのが好きな部下が一人おりまして」

「いい部下をお持ちだ。わが家臣など、ことが起きるとただうろたえるしか能のないものがほとんどでな」

「はたしていい部下かどうか、評価しかねております。そこでひとつお知らせしておきたいことがあります。拝領刀が蔵から持ち出されたことを、伊吹屋に密告した男がこのお屋敷におります。私の推理では、それは匂坂善助のあとを引き継いで勘定役にすわった須田健助……」

「須田が……？」

田代の声が思わず裏返った。

「動機はおそらく金でしょう。彼の処分はお任せします」

「お家の根太《ねだ》をかじる鼠《ねずみ》が身内におったとは、お恥ずかしいかぎりだ」

「いずれにせよ、神君から拝領の脇差、おいそれと人に見せるものではないと思うのですが」

「仰せのとおり。ただ酒の席で、酔いに任せて殿《との》が安請け合いしたのが間違いのはじまりでな。以後、気をつけよう」

「もしさしつかえなければお聞かせ願えませんか。匂坂善助が腹を切ったのは本人の意志ですか、それとも……」

「本人がお家の不祥事は、自分がかぶると言ってくれたのだ。私は止めたが、そう言うどこかに、彼が罪をかぶってくれればすべてがうまくいくと、そういう思いがなかったとはいえない。身をもって止めなかったという点で、匂坂善助の死には私に大きな責任がある」

「匂坂善助には慎之介という子供がいます。ご存じでしょうが」

「存じておる」

「両親を失って行き暮れていたのを、私の知り合いが拾ってきて面倒を見ております」

「まことか。実にもってお恥ずかしいかぎりだ。匂坂はお家の金を着服したことになっている。だからその子に救いの手をのばせば、そこから隠しごとが露見《ろけん》しまいかと恐れ、手を打つのに躊躇《ちゅうちょ》した。考えてみると我が方の身勝手で、忠臣の子を路頭に迷わせたとなると、これは安藤家の恥だ。さっそく当方に引き取ることにしよう」

田代は苦渋にまみれた表情を見せて言った。

二日後、里見悟郎は長谷川平蔵に言われて、匂坂慎之介を安藤家にとどけることになった。

それを聞き知って下柳由佳もほうせんかに飛んできた。彼女も加わって、ささやかな慎之介のお別れ会が昼過ぎにはじまった。今朝からほうせんかは店を閉めている。

お純の心づくしの料理を食べおえると、慎之介は、

「川藤さまにも、奥方さまにも、そして由佳姉さんにも、ひとかたならぬお世話になりした。このご恩、決して忘れません。みなさんのお力添えで、無事、男子の面目が立ちました」

飯台から立つと、ていねいに頭をさげ、大人びた挨拶をした。

「あちらに行っても、身体にはくれぐれも気をつけるのよ」

お純の言葉には思いの丈《たけ》がこもっていた。何日かいっしょに暮らすうち、肉親の情

に似たものが、たがいのあいだにできあがったようだ。

「ありがとうございます。どうか奥方さまも……」

「その奥方なんだけど……」

お純が困って訂正しようとするのを、梧郎は止めた。

「奥方の心配はしなくていい。おれがついてる」

慎之介が奥方だと信じているならそれでいい。あえて訂正しないでおこうと、梧郎は思ったのだった。

「それにしても残念だったわ。お純さんがなんと言おうと、私、あなたを紀尾井坂《きおいざか》の家につれて帰って、武士の子らしく、読み書きから剣の手習いまで、みっちり教えてあげるつもりだったのよ」

由佳は本気でそう思っていたらしく、その言い方には情がこもっている。そのことにもうお純はなにも言わなかった。

慎之介をつれて梧郎がほうせんかを出たのは、八つ半（午後三時）だった。

安藤家に送りとどけ、いったん火盗改メの役宅にもどったが、退《ひ》けどきごろ、こっそり平蔵の奥方ひさえに呼ばれた。

なにごとかと裏口にまわると、

「これ、すこし旬《しゅん》遅れですが、長官からのご褒美《ほうび》ですよ」

と、鎌倉鰹《かまくらかつお》が手渡された。

「そなたの働きはもちろんですが、面倒をかけたお純さんとやらへの慰労の意味もあるそうです」

よく礼を言って、梧郎は鰹を手にほうせんかにもどった。

まもなく六つ半（午後七時）になろうとしている。世間は薄暗くなりかけていたが、西の山際のあたりにだけ、鮮やかな茜《あかね》が長い帯になって伸びている。

そのあかね色の美しさを目に入れながら、梧郎はほうせんかの表に立った。帰るのを待つと言っていたから、由佳もまだいるはずである。そう思って表障子に手をかけようとした手が、思わず止まった。

「川藤なんて浪人、この店のお客にはいませんよ」

聞こえてきたつっけんどんな声はお純である。

「そんなはずないわよ。知り合いに調べてもらって、ここに出入りしてるって分かったんだから」

聞き覚えのあるその声は、辰巳芸者の浜菊だった。

「ところで、あんた、その川藤とかいう浪人と、どういう関わりなの？」

「せんだって、酔っ払いの侍に絡まれて、あわやというところを助けてもらったのさ。だからお礼を言おうと思って」

「お礼って、助けてもらってすぐには、言わなかったんですか？」

聞いたのは由佳である。

「言ったわよ。探しごとをしてるみたいだったから、いくらかお手伝いもしてやったよ」

「だったらお礼はもうすんでいるんでしょう。わざわざこなくったって」

「野暮《やぼ》な女だね。芸者がお礼を口実に、こんなちんけな飯屋まで足を運んできたんだ。あんたも女なら、女の心情に察しがつくだろうに」

「ちんけな飯屋で悪うございましたわね。とにかくそんな浪人は知らないの。帰ってちょうだい」

お純の声が跳ねあがった。

「わざわざやってきたお客に、帰れなんてよく言えるわね。こうなりゃ意地でも帰ってやらないから」

浜菊は居座る気配である。

梧郎は店に入るに入れなくなった。

浜菊がほうせんかを見つけて乗り込んでくるとは予想外だった。ましてお純とは逢わせたくない相手である。気の強いもの同士がぶつかると、なにが起きるか分からない。

仕方なく梧郎は鎌倉鰹をぶら下げたまま、軽子坂《かるこざか》から神田川縁《べり》に出て、船河原橋《ふなかわらばし》から馬場まで、江戸川沿いを一巡して白銀町にもどってきた。

そろそろ女同士のごたごたに、切りがついている頃合いだろうと思ったのだ。

ほうせんかの表にきて、そのまま梧郎の足はまえに進まなくなった。

女たちの声が以前より高くなって、表まで流れ出ている。なんだか様子が変わっていた。

「普通なら分かりそうな女心を、いくらそれらしく見せてもあの男、気づかないのよ。ほんと、こっちが馬鹿みたい」

声は浜菊である。かなり酔っ払っているらしく、呂律が怪しい。

「たしかにそういうところある。気づいていて知らん顔を決め込んでるのか、ほんとに気づいていないのか」

相槌《あいづち》を打ったのはお純である。こちらもかなり酒が入っているらしい。

「気づいていて知らん顔なら立派だけど、気づいてないのさ。なんたって朴念仁《ぼくねんじん》なんだから」

「そうかもね」

「そうよ、唐変木《とうへんぼく》なのよ、あの男」

話題になっているのは自分のことらしいと、聞いていて梧郎は気持ちが薄ら寒くなってきた。

「そこまでこき下ろさなくったって。あの人はあの人なりにいいところもあるんだから」

仲裁《ちゅうさい》に入ったのは由佳だった。

「これは独り者どうしの話だから、亭主持ちのあんたに口を挟む資格なし」

浜菊は切り捨てるように言った。

「この人もね、結構あの人のことでは苦労してるのよ。裏切られても憎むどころか、あの人の危ないところを命がけで助けてやったりしてさ」

お純が言うのに、

「偉い、あんた偉い。それに比べてあの男、なっちゃいないね。女心の機微《きび》にも気づかない情なしさ」

「そうかもね」

味方のはずの由佳まで乗っかった。彼女もかなり飲んでいるようだ。

「それにしても遅いね。そろそろ帰ってきていいころなんだけど」

お純の言葉にはじめて心配が乗った。

「いくらなんでも、もう帰ってくるわよ」

これは由佳。

「ようし、ここでもうひとつ気合いを入れて……お純さん、銚子が空だよ。頼みますよ、お代わり……」

と、これは浜菊。

「はいはい、しっかり飲んで、今夜こそ言いたいことを洗いざらい聞かせてやろうよ。ねえ由佳さん」

「そうね。たまにはいい薬になるかも。私にもつけてちょうだい、お酒……なんだか楽しくなってきちゃった」

気がつくと、梧郎の背中にべっとり冷や汗が流れている。

ここは下手に関わると大変なことになる。女の怖さを見たようで、彼は表障子をほんのすこし開けると、鎌倉鰹をそこに押し込み、逃げるようにしてほうせんかから遠ざかった。

# 第三話　平蔵誘拐

## 一

その日も長谷川平蔵《はせがわへいぞう》は目黒《めぐろ》へ向かった。

供《とも》もつれず、たった一人の単独行動である。それが今日でまる五日つづいていた。

目黒不動《めぐろふどう》の裏手、崖下《がけした》の細道をすこし西へ入ったところに、小体《こてい》な茶屋がある。平蔵が通い詰めているのは、「杉の屋《すぎのや》」というその茶屋であった。

かるい食事のほか、茶や団子を出す店だが、座敷が二つばかりあって、心付けさえはずめばそこが利用できた。

平蔵はいつも目黒川が見通せる座敷を、借り切るように使っていた。

下目黒《しもめぐろ》通りに向いた杉の屋は、前方一面が田園《でんえん》の広がりである。九月に入って間もない一日、どこかに初秋の兆《きざ》しはなくもないが、まだまだ真夏の気候を引きずっていた。

田んぼの真ん中を目黒川が流れ、座敷からは川越しに永峰町《ながみねちょう》のあたりで分岐《ぶんき》した権之助坂《ごんのすけざか》が手に取るように見えた。分かれたもう一本の道は、行人坂《ぎょうにんざか》へと延びている。

権之助坂から行人坂のあたりには、大円寺《だいえんじ》や明王院《みょうおういん》、上覚寺《じょうかくじ》など大きな寺院がある。つまり、すこし離れて目黒川に沿った感照寺《かんしょうじ》という小ぶりな寺院もあった。

視線をすこし左に寄せると大鳥大明神《おおとりだいみょうじん》の杜《もり》が見え、さらにその左手に金比羅大権現《こんぴらだいごんげん》の甍《いらか》が望めた。畑中の道を三々五々参詣者が通り過ぎていく。まことにのどかな風景であった。

平蔵は飯を食い茶を飲みながら、そんな風景を飽きもせずに眺めていた。

杉の屋の出す蕎麦《そば》と菜飯《なめし》は絶品だった。だからここにくると平蔵は、かならずそれを注文した。季節時《きせつどき》には筍飯《たけのこめし》や筍の煮物も出るが、その季節はもうとうにおわっている。

蕎麦も菜飯もうまいが、食後に出る渋茶《しぶちゃ》は平蔵のお気に入りである。

その渋茶は八つ半（午後三時）になると、頼まなくてもここの老爺が運んでくる。ときには目黒名物の御福餅《ごふくもち》や粟餅《あわもち》がついてくることもあった。

この五日間、平蔵は昼前にきて早い目の昼食を摂《と》り、そのあと二刻半ばかりは、たいてい肘枕《ひじまくら》で横になって過ごした。

いくら見飽きない風景だといっても、五日つづければさすがに飽きがくる。それでも平蔵が辛抱しているのは、じつはここから権之助坂の通行を見張っているのであった。

五日間の見張りには、まあそれなりの成果はあった。それでもなお平蔵が見張りをやめないのには、もうひとつべつな事情がある。

この杉の屋は、多作《たさく》という名の白髪の老爺が客あしらいをやっている。生来無口な質《たち》らしく、平蔵が話しかけても相槌《あいづち》を打つのがせいぜいであった。

調理は若い板前が取り仕切っている。ときどき仲間らしいのが数人、入れ替わり立ち替わり手伝いに顔を見せるようだが、平蔵は板前とも、その仲間とも、まともに顔を合わせたことがない。

ただ、いちど板前と年上の男が立ち話をしているのを物陰から見かけたことがあった。

だいいちの印象が、どちらも目つきの悪い男だというものであった。それが人目をしのぶように、こそこそなにかささやきあっている。

(どうも通常の町人ではなさそうだ)

平蔵は思った。

仕事がら平蔵はこれまで、多くの火付けや盗賊と接してきている。その経験からひと目見ると、相手が悪事を働きそうな人間かどうかが分かるのである。

彼独特の勘働きと言ってしまえばそれまでだが、そういう連中は独特な陰であったり、臭いのようなものを身にまとっている。

その二人には、まさにそのような陰や臭いがあった。

(これは目が離せん)

と、感じたときから、平蔵の目黒通いに新しい課題が加わった。

以来彼は座敷に陣取りながら、一方では権之助坂の通行人を、他方では杉の屋での人の動きに細心の注意を払っていた。

その動きが今日あらわれた。平蔵がきたころから、明らかに客とは違う人の気配が感じられた。その空気は店奥の、もうひとつの座敷から伝わってくる。五、六人は人がいる気配だ。

（いよいよなにかはじめるつもりだな）

平蔵はわくわくしてきた。

彼らに動きが出るとすれば夜である。それを見とどけるまでは帰れない。そうこころを決めたとき、老爺が渋茶を運んできた。

一言も口をきかずに部屋を出て行く親父を見送って、平蔵は湯呑みを片手に縁側に出た。

入道雲が空一面に盛りあがり、そよとも風のない蒸し暑い午後であった。田んぼから雲雀《ひばり》の鳴き声がかしましく聞こえてくる。

湯呑みを口に運ぼうとして、平蔵はおやと思った。茶の香りがいつになく強いのである。ひとくち含むと苦みが口のなかに広がった。

平蔵は口の茶を湯呑みにもどした。これまでなかったことである。親父が茶葉《ちゃば》の量を間違えたとは思えない。

濃い茶を淹《い》れたということは、そこに入れたべつの味を隠すためだと思われる。

（そういうことか）

瞬間にして平蔵は納得がいった。

（なにかやるために、杉の屋に人が集まっていると思ったが、どうやら狙いはこのわしらしい）

もしそうなら、ここは彼らの仕掛けた罠にはまってやろうと、平蔵は決心した。

茶のなかに入っているもの。まず考えられるのは眠り薬である。

平蔵はゆっくり茶を楽しむように湯呑みを傾けると見せながら、縁の張り板の隙間からすこしずつなかの茶を捨てた。

するとおかしなことが起きた。杉の屋が店を閉めはじめたのである。

（やはり見込みは当たっていたようだな）

そう確信すると、平蔵はいよいよ本格的な演技に入ることにした。

しばらくは湯呑みを手に、眺望《ちょうぼう》に目を向けていたが、ふいに上体がゆらゆらと揺れだした。湯呑みが手を離れて庭先に落ち音を立てて割れた。

それでもなお揺れつづけていた平蔵の身体《からだ》が、どたりと倒れて縁先に長くなった。

まず顔をのぞかせたのは老爺だった。平蔵のそばによると様子をのぞき込んだ。

「薬が効きはじめたようです」

つづいてすがたを見せた年配の男を振り返って言った。顎《あご》に髭《ひげ》をたくわえた、商家のあるじといった風情《ふぜい》の男である。

「よくやった」

顎髭は付き従ってきた五人ほどの男たちに、

「隠れ家に運び込め」

と言い、

「元吉《もときち》、荷車は用意してあるだろうな」

小柄な若者に聞いた。

「へえ、酒の空樽《あきだる》ともども、抜かりはありません」

元吉と呼ばれた男が答えた。

顎髭がうなずくと、たちまち平蔵は男たちの手でぐるぐる巻きにされた。

杉の屋の裏口を出たところに荷車が用意されてあった。平蔵はそこに運ばれ、横たえられた。上から筵《むしろ》がかぶせられる。

その上に空いた酒樽がいくつか並べておかれた。こうしておけば人が見ても、空樽を運ぶ酒屋の荷車だと思うだろう。

一人が車の前梶《まえかじ》をにぎり、一人が後押しをして荷車は動き出した。残りのものたちは車から離れてあとについてくる。

車はいったん目黒不動裏の小道に出て、下目黒通りから大鳥大明神の社《やしろ》のまえを左折して、金比羅大権現へと向かった。

平蔵は薄目を開け、筵の隙間からきちんと道筋を見取った。

車は大権現の社を通り過ぎ、六間ばかりさきの細道を右に入った。

このへんまではけっこう人通りもあったが、脇道に入るとばったり人気《ひとけ》が途絶えた。

荷車はぐんぐん奥へとすすんでいく。中目黒村《なかめぐろむら》と呼ばれる農村地はこのさきである。

前方に雑木林に囲まれた別荘風の建物が見え、そこにきて車はとまった。目のまえにある建物は人が住まなくなって久しいらしく、やっと建っているという感じの廃屋《はいおく》である。

抱えあげられた平蔵の身体は、雑草がはびこる庭を通り抜け、板間にドサリとおろされた。

その拍子に平蔵はパッチリと目を開いた。十畳ほどの広い部屋である。目つきの悪い男たちが四人、こちらを見下ろしていた。

平蔵を運んできた男たちらしい。そのなかに見覚えの顔があった。板前とひそひそ話をしていた男である。

「ここはどこだ?」

平蔵はきょときょとあたりを見まわし、しきりに首をかしげる。迫真《はくしん》の演技だった。

二

「気がついたかい」

顎髭男が平蔵のまえにすわると言った。この連中の頭格らしい。四十半ばの肩幅の広い男である。

「きさま、なにものだ?　なにが目的でわしを拐《さら》った?」

「あわてなさんな。まあゆっくりと聞かせてやろう」

「そのまえにこの縄を解いてくれ。これではまともに話もできん」

「それはできねえ」

「こんなすがたになったのも、もとをただせばおのれの不覚だ。恥は知っている。しかも丸腰だ。武士の命たる差料《さしりょう》を奪われては、縄を解かれたからといって、逃げ出すわけにもいかんだろう」

「なるほど、もっともだ。じゃあ縛《いまし》めだけは解いてやろう。ただし不心得は起こすんじゃねえぞ。小助《こすけ》！」

顎髭は左手にいた顎のしゃくれた三十男に声をかけた。

「縄を解いてやれ。いまからおまえはこの男の監視役だ」

そう言ってから顎髭は平蔵に顔を向けると、

「こいつは小助と言ってな。かなりヤットウが遣《つか》える。それに短気が取り柄みたいな男だから気をつけな。まともに立ち合えば勝敗は分からんが、丸腰相手じゃ、小助には赤子を相手にするようなもんだ」

「逃げる気はない。そう言ったはずだ」

顎髭の合図を受けて、小助は縄を解いた。

「とうぜんわしがどこの誰と知っての狼藉《ろうぜき》だろうな」

平蔵は縄目のあとをさすりながら聞いた。

「あたりまえだ。火付盗賊　改　方《ひつけとうぞくあらためかた》の長官、長谷川平蔵と知ってのうえだ」

「よく分かったな」

「どうも気になる客が、毎日のように杉の屋にきていると聞いて、調べさせたのよ」

「なるほど。それじゃ今度はそっちが名乗る番だな」

「おれは四ツ木《よつぎ》の長次郎《ちょうじろう》。隠れもない盗賊よ」

「四ツ木の長次郎？　あまり聞かない名だな」

「江戸では今度がはじめての仕事だ。そこでいろいろとまえもって調べてみたんだ。すると江戸には『鬼平《おにへい》』と呼ばれる火盗改メの長官がいて、こいつがいるかぎり、仕事がうまく運ばねえと分かった。まずこいつからなんとかしなきゃと思っていたんだが、なんとそっちから杉の屋に出向いてきてくれた。飛んで火に入《い》る夏の虫とはこのことだな」

「それでわしを拐ったか」

「そうだ。おとなしくしてれば、命までいただくとは言わねえ。火盗改メの長官を手にかけちゃ、こちらも枕を高くして眠られねえ。とにかく仕事が片付くまで、おとなしくしてくれてりゃそれでいいんだ。一時お預かり申し上げるだけなら、大した罪にはならねえだろう」

「考えたな」

「頭は使うためにある。押し込んで金《おたから》さえちょうだいすれば、それでおしまいなんてもんじゃねえ。盗んだ金を使い切らねえうちに、手がうしろにまわるようなことじゃ、無駄骨ってもんだ」

「よく分かっているではないか。しかし心配はいらん。わしはここのところちょいと疲れ気味でな。これを機にゆっくりさせてもらおう」

「いい心がけだ」

「ところで聞くが、わしの身代金はいかほどだ？」

「さっきも言ったように、長官の身柄を預かるのが目的だ。身代金など考えちゃいねえ」

「しかしなにか手を打っておかないと、具合が悪いのではないのか。長官のわしが突然いなくなれば、火盗改メは大騒ぎになる。当然行方探しがはじまる。町奉行所も手を貸すだろう。まさに江戸をあげての大捜索だ。きさまたちの仕事がしにくくなるぞ」

「たしかに……それはちょいと困りものだな」

「火盗改メをおとなしくさせるための手を打っておくことだ。脅迫状はどうかな。わしの身柄を預かっている。下手に騒いでことを公《おおやけ》にすれば命は保証しない。静かにしていれば、そのうち無事に返してやる。そういう文面を受け取れば、火盗改メもおとなしくせざるを得ないだろう」

「なかなかの知恵だな」

「きさまに負けてはおられんからな」

「いい思いつきだが、あいにくおれは字を書くのが苦手でな」

「誰か書けるものはいないのか」

「いろはくらいなら書けるのもいるだろうが……」

「困った連中だな。では仕方がない。紙と硯《すずり》を持ってこい。わしが代筆してやる。火盗改メがおとなしくしてくれないと、わしもゆっくりできんのでな」

平蔵は平然と言った。

「ここしばらく、長官《おかしら》のすがたを見かけませんな」

火付盗賊改方書誌役《しょしやく》の部屋で、同心の前田文作《まえだぶんさく》が顎の無精髭《ぶしょうひげ》を撫《な》でながら言った。

夏のおわりの朝陽が中庭に落ちている。さすがにいっときのようなぎらつきはないが、それでもまだまだ焼けつくような暑気《しょき》は失っていない。

「ここ五日間ほどは、朝の四つ（午前十時）ごろに出かけて、もどりは夕方。いったいなにをやっておいでやら……」

「なにかよほど大切なお調べなんでしょうね」

里見梧郎《さとみごろう》はあまり興味なさそうに相槌を打った。

「ところがなにをやっておいでか、与力さえ知らない様子です」

「どこかに女でもできたとか……与力にも内緒《ないしょ》だとしたら、落ちつくところはそのへんなんじゃありませんか」

梧郎はいたって無責任に言った。

そのとき、何気なく目を中庭に向けた前田が、

「おや？」

と、つぶやきを漏らした。

「なにかめずらしいものでも？」

書類から目をあげずに梧郎は聞いた。

「今朝も長官はお出かけかと思いましたが、どうやら在宅のようですよ。ほら、例によっておかしなものが松の木にぶら下がってます」

言われて梧郎はあわてて目をあげた。なるほど、松の枝になにかぶら下がっている。よく見ると油揚《あぶらあげ》だった。

梧郎はあわててその場から立ちあがる。指定の時刻にギリギリだった。

「出かけます」

当然のように言った。

通寺町《とおりてらまち》から横寺町《よこてらまち》に入り、長源寺《ちょうげんじ》の腰掛茶屋が見通せるところにきて、梧郎の足が釘付《くぎづ》けになった。

こちらに背を向けて縁台に腰掛けた人影は見える。だが、いつも見る長谷川平蔵とは似ても似つかない後ろ姿であった。

どう見ても女である。頭巾をかぶった恰好が妙になまめかしい。

ここのところの平蔵の外出を、無責任にも女ではないかと言った梧郎である。その想像が当たっていたのかと思った。

恐る恐る梧郎は腰掛茶屋へと足を運んだ。平蔵の女が、なにか訴えにやってきたのかと勝手に邪推《じゃすい》した。

気配に気づいて、女がこちらを振り向いた。

「あっ!」

梧郎はつい大声をあげてしまった。

女は長谷川平蔵の妻、ひさえであった。

「お忙しいところを、お呼び立てしてもうしわけありません」

ひさえは縁台から立ち上がろうとした。

「どうかそのまま。それにしても奥方からのお呼びだしとは、思ってもみませんでした」

「主人がやっているのを、ちょっと真似てみましたの」

そういう抜け目のない女性《にょしょう》だった。

「おれになにかご用でしょうか」

「合図の油揚、意味はお分かりに?」

「油揚ですから、当然、鳶《とび》に油揚を……」

「拐われましたの、長谷川平蔵が……」

「なんですって？　長官が拐われた？」

梧郎は腰を抜かさんばかりに驚いた。すぐには信じられなかった。

「今朝早く、私宛の脅迫状が火盗改メの門前にとどきました」

ひさえは胸元に挟んだ書状を、梧郎に手渡した。

それを手にしたとたん、梧郎は飛び上がった。

「この書の文字、長官のものではありませんか」

「ええ、主人が書いたものに間違いございません」

「するとなんですか、誘拐された長官が、自分の手で脅迫状を書いた？」

「曲者《くせもの》たちは字が書けなかったので、代筆してやったのでしょう」

「誘拐された人間が、脅迫状の代筆をしたとおっしゃるのですか」

「そういう惚《とぼ》けたところのある人ですから」

平蔵のことは、さすがにお見通しだった。

梧郎は書状を開いてみた。こんな文面だった。

長谷川平蔵の身柄は預かった　我々が無事目的を果したあかつきには　身柄をそちらへ引き渡す　危害は加えないと約束する
ただし火盗改メが静かにしていることが条件だ　もし騒げば人質の命はないものと思え　騒がずうろたえず　ただひたすら日常の執務に精励せよ
火盗改メがおとなしくしていれば　人質の命は保証するから安心しろ　人質を生かすも殺すもそちらの動き次第だ

四ツ木の長次郎

「どうもこの文面、長官が脅《おど》されて書いたというより、自分の意志で書かれたようですね。もちろん脅されたからといって、唯々諾々《いいだくだく》と従うような方ではありませんが」

「私もそう読みました。『ただひたすら日常の執務に精励せよ』なんていうところなど、主人の伝言でしょう。すると主人は誘拐されたというより、自分から進んで渦《か》中《ちゅう》に飛び込んだのではないでしょうか」

「考えられます。なにしろ桁《けた》の外れたことが大好きな方ですから」

「なにか狙いがあって、火盗改メはしばらく動くなと釘を刺したかったのでしょうね」

「するとまずは、長官の居所を突き止めなきゃなりませんね。ところでこのところ長官は留守が多かったようですが、行くさきに見当はつきませんか」

「なにも申さないので分かりません。ただ、この五日間に二度ばかり、土産物を買って参りましたの。いちどは桐屋《きりや》の飴《あめ》、あといちどは秀屋《ひでや》の御福餅……」

「どちらも目黒不動の名物ですね。長官は奥方への土産で、それとなく行くさきを目黒と知らせようとされたんですよ」

「そうかも知れません」

「とにかくおれなりに、長官の居所を探ってみましょう。ところで誘拐のこと、火盗改メにはお知らせになりますか」

「しばらく伏せておいて、様子を見てからと思っているのですが」

「それがいいかもしれません。そっちの処置は奥方さまにお願いします。こっちの方はお任せください。なにか分かればすぐお耳に入れます」

## 三

長源寺の腰掛茶屋でひさえと別れると、里見梧郎はまっすぐ目黒へと向かった。まず訪ねたのは目黒の不動堂《ふどうどう》である。

長谷川平蔵が桐屋の飴や秀屋の御福餅を、妻のひさえへ土産にしたことから、この五日間の訪問先が目黒であるらしいと想像はついた。

目黒不動は今日も参拝客であふれていた。

この寺の興《おこ》りは、慈覚大師《じかくたいし》が下野国《しもつけのくに》から叡山《えいざん》に向かう途中、この地に投宿し、夢のなかで、長くこの地にとどまり、群生《ぐんじょう》を救済せよとの霊示《れいじ》を受けたことに拠《よ》っているという。

天台宗《てんだいしゅう》で泰叡山《たいえいざん》滝泉寺《りゅうせんじ》とも呼ばれるこの寺は、つねに参拝客の絶えることはないが、十二月十三日の煤払《すすばら》い御開帳《ごかいちょう》時には、参詣者は群れをなして、途切れるところを知らない賑わいを見せる。

梧郎は石段をのぼって本堂に出た。そこからは御殿山《ごてんやま》が手に取るような位置に見えた。こうして眺めおろす目黒の風景は、見渡すかぎり一面の田園で、大いなる田舎という風情である。

本堂を裏手にまわると、大日如来座像《だいにちにょらいざぞう》や役行者像《えんのぎょうじゃぞう》、平井権八《ひらいごんぱち》と小紫《こむらさき》の悲恋を哀れんで建てられた比翼塚《ひよくづか》などがある。

ぐるりとひとまわりして、梧郎は参詣客でごった返す境内を抜けた。

(長官《おかしら》が訪ねたさきはここではないようだ)

梧郎は思った。

ここ数日平蔵は出かけている。行く先は目黒らしいと分かった。

平蔵は目黒で誰かを待ったのではないか。あるいは何者かを見張っていたかであろうと、梧郎は考えている。

その平蔵が誘拐された。

するとなにかを見張ったとするより、誰かを待ったと見た方が筋は通る。

五日間通い詰めて、平蔵は目的の誰かに逢ったのだ。だが逢った人物にとって平蔵は危険な存在だった。そこでその人物は身の安全をはかるため、平蔵を誘拐したのである。

平蔵は目黒にきて誰かを待った。するとまずは待った場所がどこかということだ。人でごった返す不動堂の境内は、人を待つのに適当ではない。

（するとこの近くのどこかだろう）

梧郎は目黒不動をあとにすると、御殿山《ごてんやま》に向かった。桜の時期は人であふれかえる名所だが、夏も終わりのこの時期、人のすがたはちらほらである。

いまの時期なら、むしろ東海寺《とうかいじ》あたりに密集する三十あまりの寺院への参詣客の方が数は多い。しかしそこも、人と待ち合わせるのにとても適当な場所とは思えない。

そこから目黒川沿いに東へとると、品川北本宿《しながわきたほんじゅく》に出る。人を待つなら東海道筋《とうかいどうすじ》は最適の場所である。だが、東海道をくる誰かを待つなら、平蔵はその場所を品川のどこかにとったはずである。目黒は東海道筋からはかなり北に入り込んでいる。

半日近く歩きまわったが、ついに梧郎は平蔵が身をおいたらしい場所に見当をつけることができなかった。

気がつくと目黒不動のあたりにもどっていた。

喉《のど》がからからである。火盗改メの役宅を出てから水の一滴も口にしていない。腹も空いていた。

茶屋を探す梧郎の目に、それが飛び込んできた。

岩屋弁天《いわやべんてん》の西側に、杜《もり》に隠れるようにして「杉の屋」と汚れた看板をかけた茶屋がある。引かれるようにそっちに足を向けた。

白髪の老爺が梧郎を出迎えた。

「お茶を一杯……」

「へい」

「それになにか食い物はできるか」

「菜飯ならございますが」

「じゃあ、それをもらおう」

梧郎は縁台に腰をおろすと、老爺が運んできた菜飯をまたたく間に平らげた。

「うまかった」

じっさいに鰹出汁《かつおだし》をきかせた菜飯はうまかった。

お茶を飲みながら梧郎は表に目をやった。通りをへだてて見えるのは、青い穂を茂らせた一面の田んぼである。

そのとき梧郎は店の狭さに気がついた。表から見たときは、もうすこし間口があったように思う。いま彼がすわっている背後は、板張りの壁である。

壁の向こうに座敷でもあるのではないか。そう思い老爺に聞いた。

「この壁の向こうはどうなってるのかね」

「座敷になってございます」

「ちょっと見せてもらってもいいか」

梧郎は頼んだ。壁向こうの座敷からなら、眺望がきくにちがいないと思ったのだ。

「どうぞ」

老爺は梧郎を座敷に案内した。

思った通り座敷からは、行人坂や権之助坂に通じる道が一望できた。

目黒川も、それに架《か》かる太鼓橋《たいこばし》も、明王院や上覚寺などの寺院も、さえぎるものなく目に飛び込んでくる。そのあいだに武家屋敷がぽつんぽつんと点在していた。

(長官は人を待ったのではなく、なにかを監視していたのではないだろうか)

目のまえの風景を見て、梧郎の思案が変化した。

そう思わせるほど、中目黒村《なかめぐろむら》から品川台町《しながわだいちょう》あたりまでを広汎《こうはん》に見通せるここは、監視にはもってこいの場所であった。

「親父、ちょっと聞くが、最近、この座敷を利用した客はいなかったか」

梧郎は言い、ざっと平蔵の特徴をあげてみた。

「ああ、その方なら、毎日のようにおいでになっていました」

老爺はうなずきながら言った。

梧郎はほっとした。ようやく探しあてた平蔵の消息であった。

「いつも昼前にこられて、ここで昼飯をとり、あとは二刻半ほど休憩されていました。ところが昨日からすがたを見かけなくなりましてね」

「こなくなった前後に、なにか気になるようなことでも起きなかったか」

「べつにそのようなことは……」

「その人のところへ誰かが訪ねてきたとか、そういうことはなかったか」

「いつもお一人でした」

礼を言って梧郎は店を出た。

平蔵が毎日足を運んださきは杉の屋と知れた。そこでいつも二刻半あまりを過ごしている。意味もなくすわっていたとは思えない。平蔵はそこで誰かを待ったか、なにかを監視していたかである。

茶屋の老爺の言葉を信じるなら、平蔵を訪ねてきたものはいなかったという。嘘を言っているようには感じなかった。

するとやはり平蔵はやはり眺望のよく利く座敷にすわって、根気よくなにかを監視していたのだ。

しかし見張ったことと、平蔵が誘拐されたこととのあいだに、どういうつながりがあるかとなると、うまい答えが出てこない。

四谷《よつや》あたりまでもどったところで日が暮れた。牛込御門《うしごめごもん》の近くで急に雨が降り出した。激しい降りだった。

びしょ濡れになってほうせんかに飛び込んできた梧郎を、

「よっぽど雨に好かれてるんじゃないの」

お純《じゅん》は笑いながら迎えた。

最初に梧郎がほうせんかにやってきたのも、急な雨に降り込められてである。お純の笑いはその思い出につながっていた。

あらかじめ預けてある着物に着替えて、梧郎は飯台にすわった。雨のせいか客のすがたはない。

「目黒までの往復だ。さすがにくたびれた」

梧郎はめずらしく弱音を吐き、お純がぬる燗《かん》を盃《さかずき》に注《つ》いでやった。

「また、危険なことに巻き込まれたんじゃないの」

鮎《あゆ》の塩焼きと、茄子《なす》の田楽《でんがく》の皿を飯台におきながら、お純の顔がすこしくもった。

「なあに、たんなる人探しだ」

「人探しだって、ことと次第じゃ危険を伴うわよ」

「そりゃそうだが、まあ今度はその心配はないだろう」

梧郎はとにかくお純を安心させておいて、盃を口へと運んだが、

「しかし、たった一日歩いただけだが、人探しって骨の折れる仕事だな」

つい本音が出た。

「で、なにか手がかりはつかめたの？」

飯台の向かいにすわって、梧郎のために鮎の身をほぐしてやりながら、お純は聞いた。

「探す相手の足取りは分かった。目黒の茶屋に毎日足を運んでいた。ただ、そこでなにをしようとしていたかが分からない」

「茶屋で誰かを待ったんじゃないの。それともなにかを見張っていたか」

お純は言った。誰が考えることもおなじらしい。

「どうやらなにかの動きを見張ってたようなんだ」

「目黒のあたりだと、結構お寺が多いんじゃない？」

「まあ、多いな」

「寺への出入りを監視していたとか……」

お純は言ったが、べつに深い思惑があってのことではない。単に思いつきを言ったにすぎない。ところがあとから思うと、このお純のひと言は見事に核心を射ていたのである。

「寺よりむしろ、おれは武家屋敷のどこかを見張っていたような気がするんだがな」

梧郎が言ったものだから、寺の話はそこでおわってしまった。

四

廃屋の広間に七人の男たちが顔をそろえていた。

真ん中にすわるのは四ツ木の長次郎と名乗る男である。それを取り巻く顔ぶれのなかには、杉の屋の多作のすがたも、板前のすがたもあった。

ただ、小助と呼ばれた男のすがただけはない。べつの部屋で平蔵の監視に張りついているのだろう。

「長谷川平蔵のことを根掘り葉掘り聞いていったという侍だがな。火盗改メの役人のようには見えなかったか」

長次郎は多作に目を向けて聞いた。

「役人というより、人の良さそうな浪人ものでした」

多作が答えると、

「またくるようなら気を抜かず監視するんだ。怪しい動きでもあれば、すぐに知らせてくれ」

「承知しました」

そこで長次郎はコホンとひとつ意味ありげな咳払《せきばら》いをすると、

「さて、みんなに集まってもらったのはほかでもない。三田《みた》の薬種問屋《やくしゅどんや》『佐原屋《さわらや》』に押し込む日が決まったんで、知らせておこうと思ってな」

座に声にならないざわめきが起きた。どの男の目にも、目覚めたように光が宿った。

「引き込みに入らせている新兵衛《しんべえ》から連《つな》ぎがきた。今月の十六日というからあと十日あまりだ。この日、佐原屋の娘と山王町《さんのうちょう》の古物商『荒尾屋《あらおや》』の跡取りとのあいだで、結納《ゆいのう》が取り交わされる。それがおわってから、佐原屋は奉公人を集めて内々の祝い事をするそうだ。酒も出るだろうし、気持ちもゆるんでいる。押し込むのにまたとない好条件だ。みんなこの日に備えて、手抜かりのねえように準備を整えておけ」

「すると手順は打ち合わせどおりでよろしいんで？」

すぐ右手にすわっていた、肩の肉の盛りあがった猟師《りょうし》を思わせる強面《こわもて》の男が聞いた。

これが集団のまとめ役らしい。

「そうだ、すべて十蔵《じゅうぞう》が取り仕切ってくれ」

「盗んだ金の運搬はどうします？」

「金杉川《かなすぎがわ》まで車で運び、あとは舟を使うつもりだ。佐原屋は大手の薬種問屋だから、三千や五千の金は金蔵《かねぐら》で眠っているだろう。有金《ありがね》ごっそりちょうだいしよう」

「分かりました」

「それからその晩は、誰もが酒やごちそうを食らって気持ちよく寝入っているだろうから、まあ邪魔は入らねえと思うが、十分に気をつけてな。あとに足がつくような手がかりは間違っても残さねえことだ」

「そのへんは十二分に飲み込んでおります」

「盗んだ金は車町《くるまちょう》の稲荷堂《いなりどう》へ運び込む。そこで分配して、木戸が開くのを待ってこの江戸を抜け出す。つぎの仕事にも見当はつけてある。そのつなぎが入るまで、それぞれおもしろおかしく暮らすんだな」

座にざわめきが起きた。みんながすでに金を手にしたような気分になって、自分勝手に都合をしゃべり出した。

そのとき、隣の部屋とを仕切るふすまが開いて、小助が困ったような顔をのぞかせた。

「大事な話の途中に、あいすんません」

「どうした、長谷川平蔵から目を離していいのか。油断禁物だぞ、あの男……」

「その平蔵なんですが、ぜひお頭に話したいことがあるそうでして」

「おれに？」

「強盗《おっとめ》に関わる、重要な話だとか」

きた。

「なにか知らんが、まあここにつれてこい」

小助はいったん引っ込んだが、すぐに平蔵の背中に短刀を擬《ぎ》しながら広間に入ってきた。

「なんだ、おれに用とは？」

長次郎はことさら見下したように平蔵を見て言った。その態度に位負《くらいま》けを意識した卑屈《ひくつ》さが、逆に露呈《ろてい》した。

「隣の部屋で、一部始終《いちぶしじゅう》を聞かせてもらったんだがな」

平蔵は長次郎のまえに胡座《あぐら》をかいてすわると、言った。

「邪魔しようたって、囚《とら》われの身じゃなにもできねえぜ」

長次郎は一瞬身構える恰好になった。

「そっちがどこへ押し込もうが、いまのわしにはなにも言えないし、なにもできん」

「わきまえてるなら、おとなしく引っ込んでな」

「こうして人質になってるとな、おかしなもので、きさまたちとのあいだに、なんとなく気持ちが通い合うような気分になってくる。そこで二つばかり忠告しておいてやろうと思ってな」

「黙ってやがれ！　火盗改メの言うことなぞ、聞く耳は持たねえ！」

「うまく言いくるめて、おれたちを罠《わな》にはめようたって、そうはいかねえぞ！」

「火盗改メの出る幕じゃねえよ！」

座にいる連中から口々に罵声《ばせい》が飛んだ。

「そうか、じゃあしかたがない。まあ好きにするさ。勝手にやって、勝手に捕まるがいい」

そう言って平蔵が腰をあげようとするのを見て、長次郎があわてた。

「きさまら黙ってろ」

部下たちを一喝《いっかつ》すると、

「話だけは聞いてやろうじゃねえか」

平蔵に言った。

「そうかい。じゃあ話して聞かせてやるとするか」

平蔵はすわり直すと、

「あんた、わしを生かしたままにしておくのは、後腐れがないようにするためだと言ったな。そのときはなかなかの知恵だと感心した。ところで聞くが、運悪く店のものに見つかったときは、まさか息の根を止めたりはしないだろうな」

「ときと場合によるさ。悪くするとそうしなきゃならねえときもあるだろう」

「それは了見違いだな。火盗改メの与力や同心たちが、いちばん燃えるのがそれさ。おなじ盗みに入っても、家人や奉公人に手をつけなきゃいいが、殺しがからめば彼らの目の色が変わってくる。地獄の果てまででも追いつめてでも、お縄にせずにはおくものかという執念になる」

「………」

「火盗改メがその気になれば、まず、きさまたちは逃げ切れないだろう。品川や板橋《いたばし》などの宿場が押さえられ、江戸から逃げだせなくなる。そのうえ町奉行所の手も借りて、江戸中総ざらえだ。たとえうまく江戸から逃げ出せても、火盗改メは決して手をゆるめない。以前に日本橋の生糸問屋に押し入って、家人と奉公人をみな殺しにした盗賊を、三年がかりで京都に隠れ住んでいるのを見つけ出してお縄にし、獄門台に送ったこともある」

「………」

「人を手にかけていなければ、情状《じょうじょう》を酌量《しゃくりょう》されることもあるが、手にかけてりゃ死罪は免《まぬか》れぬ。畜生働きというやつは、自分で自分の命を食いつぶしているようなもんだ」

座は妙にシンとしてしまった。平蔵に反感を持っていた連中も、なにも言わずに聞いている。

「それから二つ目だ。盗みに入るさきが大手であろうが中くらいだろうが、有金をごっそりもって行くのは考えものだぞ。絶望した家人が首をくくるとか店に火をつけるとかしてみろ、人を殺したのとおなじことだ。明日の商いに困らない程度の金は残しておいてやる。それは店のためというより、自分たちの安全のためなんだ。盗人がそういう気配りをしたと分かれば、人情というやつが働いてつい火盗改メの探索の手もゆるむ」

「…………」

「それからもうひとつ言って聞かせることがあった。盗んだ金をすぐに使わないことだぞ。だいたい持ちつけない金を持つと、ついつい調子にのって散財したくなる。これは考えものだ。火盗改メは急に金遣いが荒くなった連中に目をつける。徹底的に金の出所《でどころ》を探る。金というものはな、盗むより使う方がむずかしい。とにかく盗んだ金にはしばらく手をつけないことだ。分かったか」

そこで平蔵は咳払いをすると、

「まあ、捕まえる方の手の内を明かしてやったんだ。あとはみんなでいちばん賢くて、いちばん安全な手を考えることだ。どうも邪魔をしたな」

平蔵はよいしょと立ち上がると、小助をうながして隣の部屋に消えた。

## 五

里見梧郎は別料金を払って、杉の屋の座敷にすわっていた。どうやら長谷川平蔵はこの座敷から、なにかを監視していたらしいのである。

すると平蔵を拐ったのは、監視に気づいたなにものかということになる。その相手は平蔵に、のっぴきならぬ事実を押さえられた。だから口封じに拐った。

そこまではなんとなく見当はついたが、そこからさきに推理がすすまない。誘拐犯のしっぽに、まだ指のさきもとどいていないのである。

(なんとか今日中に、長官《おかしら》の消息の片鱗《へんりん》でもつかまなければ……)

梧郎は焦っている。わずかでも成果を出さなければ、梧郎を信じて託してくれた奥方にもうしわけが立たない。

だが、焦ったからといってどうなるものでもない。まずはここにすわって、平蔵が監視していたものがなにか、それを探り出すことだ。それが分からなければ、誘拐犯にまではとても手がとどかない。

白髪の老爺が運んできた渋茶に口をつけたとき、上覚寺から西へのぼる権之助坂を、一挺《ちょう》の町駕籠のくるのが見えた。四つ半（午前十一時）をすこし過ぎた時刻である。

駕籠の横に立派な風采の武家が一人付き従っていた。

梧郎はおやと思った。

武家が町駕籠を使うことはべつにめずらしくはない。ただ、その駕籠を護衛するように付き従う侍の存在が気になった。

駕籠に乗っているのはそこそこ身分のある人物だろう。身分が低ければ伴侶《はんりょ》などつかないし、かりについてもせいぜい中間《ちゅうげん》か小者《こもの》である。

（すると、駕籠の主《ぬし》の外出は、人目をはばかるものらしい）

と、見当がついた。

そこでまず思いつくのは、駕籠の主《ぬし》がどこかでこっそり人と逢おうとしている場合である。

普通なら気にもとめなかったはずの風景が、梧郎の勘どころに引っかかった。

駕籠は坂をのぼり、目黒川沿いを脇道に入った。

脇道に沿うようにして、近くの他の寺院にくらべると見劣りのする、小ぶりな寺があった。

感照寺《かんしょうじ》という名の寺である。昨日、このあたりを歩きまわったとき、その寺のまえも通ったので覚えていた。

寺の門は開いている。だから駕籠は担がれたまま、山門を入っていった。

駕籠を飲み込むと、開いていた山門が閉じられた。

（駕籠の人物は、そのすがたを誰にも見られたくないのだろう）

と思い、その秘密めいた行為が、梧郎の興味をかき立てた。

そのまま感照寺から目を離さずにいると、待つほどもなく門扉《もんぴ》は開かれ、駕籠とお付きの侍が出てきた。そのままもときた道を引き返していく。

駕籠を送り出すと、寺の門はもと通り開いたままになった。

門を閉じたのは、やはり駕籠から降りる人物を隠すためだったようだ。

何者かが人と逢うために寺を利用しようとしている。あるいは単なる参拝かもしれない。どちらにしてもすぐにはすみそうもないので駕籠はいったん引き上げた。

そんなことを考えながら、梧郎は老爺が運んできた昼飯の蕎麦を食い、床柱《とこばしら》にもたれて食後のお茶を楽しんでいると、権之助坂をべつな町駕籠がのぼってくるのが見えた。さっきとおなじように、身なりのいい侍が従っている。

坂をのぼりきった駕籠は、やはり感照寺へと入っていった。同時に門が閉じられる。おなじような様子の駕籠が、二挺つづいてやってきて、感照寺へと入っていったのである。

(あの寺になにか裏があるな)

梧郎は思わず身を乗り出した。

まもなくその駕籠も山門をくぐって脇道に出てきた。侍を同道して坂道を帰って行く。

梧郎は刀をつかんで立ちあがった。

秘密の話し合いのために、二人の人物が感照寺で落ち合ったのだろう。考えられるとしたら、まずそのへんだ。

そこのところをたしかめてやろうと梧郎は思った。

すぐにもどると声をかけて杉の屋を出ると、梧郎は大鳥大明神の鳥居のまえを右に曲がり、目黒川を越えた。感照寺はすぐだった。

山門は開いている。梧郎は遠慮なく寺内へと踏み込んだ。草履《ぞうり》の裏で砂利《じゃり》がかさかさと音を立てた。

こうして見ると、感照寺の造りは小さいながらなかなか立派である。使われてある材木もよく吟味《ぎんみ》されたものらしいと、素人目《しろうとめ》にも分かった。よほど由緒《ゆいしょ》正しい寺院らしい。

梧郎は寺内《じない》をひとめぐりしてみたが、本堂に講堂、庫裡《くり》とそれにつづく狭い僧堂《そうどう》、そして別棟の経蔵《きょうぞう》を持つだけの小寺院である。

おかしなことに、庫裡以外はどこにも人の気配を感じなかった。

(さっき二挺の駕籠からおりた人物は、いったいどこに消えてしまったのだろう)

梧郎は首をかしげた。

もしかすると、駕籠が人を運んだと考えたのは間違いだったのかもしれない。ならばあの駕籠は、いったいなにを運んできたのだろう。

立派な侍が付き従っているのだから、いい加減なものを運んだのではない。

庫裡には人がいる気配だった。そこでちょっと話を聞いてみようかと、梧郎がきびすをめぐらしたとき、そのまえにこちらに気づいた寺男が、庫裡からやってくるのが見えた。

「当寺院になにかご用でしょうか」

寺男は口ぶりだけはていねいに聞いた。だが、目は警戒の色をのせて探るように光っている。

「なあに表を通りかかったんだが、小さいが立派な寺らしいので、つい興味を持って、ふらふらと寄ってみた」

「そうでしたか」

寺男はうなずいたが、疑心はまだ解いていない様子だ。

「拝見したところ、かなり由緒ある寺のようだが」

「谷中《やなか》の感応寺《かんのうじ》、つまり天王寺《てんのうじ》さまの末寺《まつじ》でございます」

得意そうな口ぶりになって、寺男は言った。

「道理で……」

「五万石のお旗本、小泉家《こいずみけ》の肝いりで建てられた寺でもあります」

「小泉家というと、若年寄の……？」

「はい、小泉信濃守《しなののかみ》さまの先々代が信心深い方だったとか……」

よほどここに入った駕籠のことを聞こうかと思ったが、秘密めいたその行動になにか裏がありそうで、聞くのはやめにした。下手に相手に警戒心を持たせるのは考えものだった。

背中を向けた梧郎に、寺男は言った。

「申し上げたようないきさつで、ここは小泉家の檀那寺《だんなでら》でもございます。墓もここの敷地にありますし、法要もすべてこの寺で……」

それが自慢のようで、寺男はことさら声を大きくして梧郎に告げた。

梧郎は杉の屋にもどった。見張りをつづけながら考えていた。あの二挺の駕籠の、感照寺訪問の目的をである。

人を乗せてきたのではなかった。すると駕籠に乗せていたものはなんだったのだろう。

たとえば家宝のようなものを運んだとしたら、侍が護衛についた意味は分かる。しかしそれなら町駕籠を使うというのもおかしな話だ。

町駕籠を使ったということは、家宝のように重要なものではなく、持つには重すぎるか嵩張《かさば》りすぎるものを運んだのであろう。

ただ、それでも、二つの家が日を同じくしてそれを運んだというのは、なんとも納得がいかない。

しかも運んださきが寺である。寺でなにかはじまろうとしているのだろうか。

境内をひとめぐりした印象からすると、そんな気配はどこにもなかった。寺内は森閑としていて、聞こえるのは鳥の鳴き声と、樹木を渡る風のざわめきだけである。

だいいち秘密めいたことが計画されていない証拠に、寺男に見とがめられるまで、梧郎は寺内を好きに通行できたのである。

そこで梧郎の思案は行き詰まってしまった。

陽はゆっくり西に傾きだしている。夏の名残《なごり》の強い日差しがようやく弱まりを見せはじめた七つ（午後四時）過ぎ、また一挺、侍が付き従った町駕籠が権之助坂をのぼってきた。

急いで払いをすませると、梧郎は杉の屋を飛び出して感照寺へ向かった。

目黒川を越えたとき、いったん閉じていた門が開いて、駕籠と侍が出てきた。

梧郎はかなりあいだをあけてあとを尾《つ》けた。

駕籠と侍は、永峰町をまっすぐ東へ向かって白金《しろがね》に入った。

瑞聖寺《ずいしょうじ》を過ぎ白金町四丁目の辻にきて、侍は左手の道へ逸《そ》れ、駕籠はそのまま白金通りをくだっていく。

梧郎はどちらを尾けたものかと考えてから、駕籠を追うことにした。あとで駕籠舁《かごか》きに聞けば、侍がどこの屋敷のものかは分かるだろう。

駕籠は二本榎《にほんえのき》を北に向かい、やがて伊皿子台《いさらごだい》町の駕籠屋「駕籠辰《かごたつ》」に着いた。

梧郎はしばらく待つことにした。

もどる途中、「今日はこれで上がりだが、どうでい、どこかでいっぱいやるか」と前棒が言い、「きょうはちょっと……」と後棒が渋るのを、「また女のところかい。お安くねえな」と二人で大笑いしたのを聞いている。

待って仕事あがりの前棒をつかまえるつもりだった。

やがて汗を流した二人は、普段着に着替えて店から出てきたが、出てすぐの辻角で別れると、前棒の男は芝《しば》田町《たちょう》へとくだる道を身軽に歩いて行った。

梧郎はそのあとを追った。

街道に出たところで追いつくと、

「お疲れのところすまないが……」

梧郎は声をかけた。

不意に呼び止められて、男は不審そうな目をこちらに振り向けた。

「おれになにか用かい？」

「あんた、ついさっき目黒の感照寺へ出入りした駕籠屋だな」

「そうだが」

「ちょっと話を聞かせてもらっていいかな」

「仕事に関わる話だったら、口外しないようにと、親方から止められてるんでね」

用心して脇を固めた。

「大したことじゃないんだ。立ち話もなんだから、そのへんで一杯やりながらってのはどうだい」

よほどの酒好きらしく、一杯と聞いて男の表情がだらしなくゆるんだ。

梧郎は男を連れて車町《くるまちょう》にある居酒屋に入った。

まだ薄明かりが残っているせいか、店に客のすがたはすくなかった。二人は奥の飯台の樽の腰掛けにすわった。

しばらくは酒を注いだり注がれたりしながら、相手の顔に酔いが出るのを見計らって、

「なにかを駕籠に乗せて、感照寺へ運んだようだが、運んだものはなんだね」

梧郎は単刀直入に聞いた。

駕籠舁きの男は答えなかった。

「駕籠には武士が付き添っていたようだが、あれはどこの屋敷の家臣だね？」

やはり男は口を閉じたままだった。

「こんなことを聞くのはほかでもない。目黒のあのあたりの寺に、子供を誘拐した下手人が、身代金を運ばせるらしいと聞いたもんでね」

長谷川平蔵の誘拐にからませて、話を作った。

そのひと言が思った以上の効果をあらわした。

「冗談じゃねえ。身代金なんて、白金の丹羽《にわ》さまに失礼すぎるぜ」

男はむきになって反発した。

「そうか、駕籠に付き添ってたのは、丹羽家の侍か」

男はうっかり口を滑らせた失敗に気づき、あわてて口を押さえた。

「それに身代金と聞いて、すぐ反応したところを見ると、運んだものは金だな」

男は身体を硬直させてしまった。盃を持つ手がブルブル震えている。

「心配しなさんな。あんたから聞いたって、誰にもしゃべらない」

男の顔にすこし安堵《あんど》がもどった。

「まあ、飲みな」

酒をすすめながら、梧郎はぽつりと言った。

「やっぱり運んだのは金か……」

男は思わずつられてうなずいた。

ある程度その予測はあった。

最初は家宝のようなものを考えた梧郎だったが、これは捨てている。かわって金かも知れないとの仮説を立ててみた。これなら監視役に侍が相伴してもおかしくない。

どうやらこの仮説が当たっていたようだ。

ふつう寺に金を運ぶとなれば寄進《きしん》である。もしそうなら、なにも駕籠に隠して運ぶ必要がない。

駕籠で運べば、一見して、まさかそこに金が積まれているとは誰も思わない。それを狙ったのだとすると、駕籠に積んだのは、表に出すのがはばかられる、秘密を要する金ということになる。

そんなことを梧郎が思案していると、駕籠舁きの男が気弱そうな声で、

「運んだのが金だったかどうか……この目で見たわけじゃねえのでね。積んだのは二尺四方ほどの桐の箱で、持ったときずしりと重かったから、中身は金だろうと勝手に想像しただけだ」

と、言った。

「丹羽家から頼まれて桐箱を運んだのは、今度がはじめてかね」

「半年ほどまえにも一度……」

「なるほど。ところでおれが駕籠に目をつけたのはな、おまえよりまえに、おなじように侍が付き従って感照寺に運び込まれた駕籠が二挺……」

「へえ、するとあっしらのが三挺目？」

「おなじことがこうもつづきゃ、誰だっておかしいと思うだろ」

「するとまえの二挺は、どこの駕籠だったたんだろう？」

　男はぼそりと独り言を言った。

「ひとつは前棒も後棒もよくこれで駕籠が担げると思うほど小柄だった」

「すると駕籠仲《かごなか》の源《げん》と秀《ひで》だな」

「もうひとつの駕籠は、前棒が臑《すね》もはだけた胸元も、熊を思わせるほど毛むくじゃらな男だった」

　梧郎は思い出しながらつけ加えた。

「だったら駕籠常《かごつね》の条助《じょうすけ》だ」

「駕籠仲にも駕籠常にも、出入りの旗本家があるんだろう？」

「駕籠仲は愛宕下《あたごした》の大久保《おおくぼ》家《け》、駕籠常は赤坂《あかさか》の戸田《とだ》家《け》へ出入りが許されていると聞いてるがね」

　梧郎は満足した。予想以上の収穫だった。

　車町の居酒屋を出ると、丹羽家の様子を見るために、白金町へ寄り道した。

門前に立って見るかぎり、屋敷の大きさは我善坊谷《がぜんぼうだに》の我が家とあまり変わらない。せいぜい三百石から五百石取りというところだろう。

それを見とどけて、梧郎は赤羽橋《あかばねばし》を渡り、飯倉町《いいぐらまち》へとつづく道に出た。

駕籠舁きの証言で、大筋だが、おかしな動きに筋道が見えてきた。

駕籠に積まれていたのは金だった。金高には想像がつかない。

金を積んだ駕籠は今日一日で三挺、白金の丹羽家、愛宕下の大久保家、赤坂の戸田家から、目黒の感照寺に運ばれた。

目的は分からない。ただ手がかりは、感照寺が若年寄小泉信濃守の檀那寺であるということだけである。

感照寺をあいだに、若年寄と旗本家がつながったとして、それがなにを意味するか梧郎には見当がつかない。幕府内の仕組みには不案内である。

これまでそういうことになると、長谷川平蔵が役立ってくれていた。だがいまその頼みの平蔵がいない。

書誌役の先輩前田文作同心も博識《はくしき》ではあるが、三百や五百石程度の旗本の事情すべてに通じているとは思えない。

我善坊谷の父に聞いてみようかとも思ったが、元来が他人のことにほとんど関心を持たない性格である。役に立ってくれそうになかった。

誰か話を聞ける人はいないかと、頭のなかを総ざらえしているうち、一人の人物の名前が思い浮かんできた。ただ、逢うのにあまり気の進まない相手であった。

向こうは三千五百石。三百石の里見家とは格が違う。しかも里見家の主筋にあたる。それればかりか、いまは収まっているが、いっとき梧郎は相手の家にただならぬ迷惑をかけた。

それを思うと、つい足が重たくなるのだが、このさいほかに頼るさきがない。

決心をつけて梧郎は喰違《くいちがい》の土橋を渡り、紀尾井坂に向かった。登り切ったところに下柳家《しもやなぎけ》があった。

あるじの下柳太兵衛《たへえ》は御書院番頭《ごしょいんばんがしら》である。おもな任務は将軍の護衛である。毎日登城して虎の間に詰める。自然、城内のいろんな消息に精通している。

聞けばいろいろ教えてくれると思ったのだが、いざ門前に立つと、さすがに気後れした。

仕方なく下柳由佳《ゆか》を呼んでもらった。

あらわれた由佳は、突然の梧郎の来訪に驚いたようだったが、事情を聞くと、

「案外気が弱いのですね。遠慮なんかしないで。父もちょうど食事をおえたところで、暇をもてあましていますからどうぞ」

気軽に言って、梧郎を書院造《しょいんづく》りの客間に案内してくれた。

「由佳どのも同席願えるか」

「かまわないけど、おかしなところで遠慮するんですね。梧郎さんらしくもない」

由佳は武家の若妻らしくない物言いを残して廊下にすがたを消したが、すぐに太兵衛を伴って引き返してきた。

「さあ、なんでも遠慮なく聞いてちょうだい。父には因果を含めときましたから」

ますます武家の若妻らしくない口を利くと、座敷の隅にすわった。

「それがしに聞きたいとは、どのようなことかな」

太兵衛はにこやかに問いかけてきた。

梧郎はこれまでのいきさつをざっと話した。ただ、平蔵が誘拐されたことだけは伏せた。

「丹羽兵庫《ひょうご》、大久保清定《きよさだ》、戸田兵四郎《へいしろう》なら、ともに六百石の旗本だな。いずれも作事《さくじ》

方《かた》で、丹羽は大工頭《だいくがしら》、大久保は勘定方《かんじょうがた》、戸田は御畳奉行《おたたみぶぎょう》だ。それぞれ石高からすれば不足のある役所《やくどころ》といえるだろう。ところで昨月《さくげつ》、御作事奉行《おさくじぶぎょう》堀内頼母《ほりうちたのも》どのが病気で退《ひ》かれ、そのあとが空席になっている。おそらくその座を三人はねらっているのであろう」

太兵衛はよく知っていて、即座に答えた。

「ところでその三人と、若年寄小泉信濃守さまとのつながりですが……」

「小泉さまは新参で、若年寄としてはまだ末席の存在だ。ところがこの人物なかなかの知恵者でな。面倒くさがる先輩たちから、弱小旗本の人事を押しつけられたのを幸いに、いつかそちらで力を発揮するようになった。と、そこまで申せばおよその想像がつくだろう」

「たしかに……」

「それがしの口から言えるのは、まあそこまでだな」

十分だった。

梧郎はよく礼を言って、下柳太兵衛のもとを辞した。

紀尾井坂を下り、外濠沿いの並木道を四谷御門《よつやごもん》に向かって急ぐ梧郎を、

「梧郎さん」

と、由佳の声が追ってきた。

待つほどもなく、提灯を提げた由佳が追いついてくる。

「なにか隠しておいでですね」

追いついて最初に言ったのがそれだった。

「おれがですか？」

「そうです。父には話せなかったとしても、どうして私にまで黙っておられるのです。水くさい」

「なんのことでしょう」

「歩きながら話しましょう」

言うと由佳はさきに立って堀端の道を歩き出した。足もとで提灯の灯が丸くておぼろな輪を作っている。

「目黒の茶屋から、偶然、三軒の旗本家が、感照寺へ駕籠でお金を運ぶのを見たとおっしゃいましたね」

「言いました」

「目黒の茶屋に行かれたきっかけはなんだったんです？」

「…………」

「理由がなければ、わざわざ目黒までは出かけないでしょう」

「…………」

「目的があって、その茶屋でなにかを監視されていたんじゃありませんか。そこへ偶然旗本家の駕籠が通りかかったか、あるいはそれを見張るのがそもそもの目的だったか……」

「由佳どのに隠しごとは通用しないようですな。降参です。じつは故《ゆえ》あって茶屋から通りを見張っていたのです。そして偶然問題の駕籠を……」

「故あってとおっしゃいましたが、その故とはなんでしょう」

由佳は手を休めず追い打ちをかけてきた。

「その見張り、長谷川さまから命じられたお仕事ですか」

「…………」

「おかしな噂を耳にしています。長谷川さまはお身体をこわされたとかで、この数日、役宅にすがたを見せておられない。目白台《めじろだい》の自宅にもおいでにならない。どこで静養されているのかがさっぱり分からない」

火盗改メでは平蔵の留守が、体調不良で静養中ということになっている。静養先は本人の意志で教えられない。そう伝えたのはひさえである。

「どこにおられるのか分からない長谷川さまからの命令を、どこで受けられたのですか」

梧郎は追い詰められた。これ以上黙っていて曲解されても困る。

由佳が相手なら事実を聞かせても大丈夫だろうと判断した。

「じつは、長官は誘拐されたのです」

「誘拐?」

さすがに由佳の声がとびはねて高くなった。

梧郎は自分が知るいきさつを由佳に語って聞かせた。

「すると長谷川さまは、その茶屋から旗本家の動きを探っておられたようなのですね」

「たったいま、あなたの父上からの話を聞いて、まず間違いないと確信しました。若年寄小泉信濃守は、弱小旗本たちの人事をほしいままにできた。彼らを生かすも殺すも信濃守のさじ加減ひとつ。そこで信濃守をめぐって旗本たちの出世競争が激化する。出世を願う旗本たちは賄賂《わいろ》を贈ってでもいい地位を得ようとする。ところが松平定信公の改革で賄賂は厳しく禁止されている。表だってそれはできない。そこで考えたのが、小泉家の菩提寺でもある感照寺に金をとどける。これを法事にかこつけて小泉家が引き上げていく。まったく人目につかない贈賄《ぞうわい》。考えたものです。おそらく長官《おかしら》は、目黒の茶屋でこれを監視しておられたんです」

「そこを何者かに拐《さら》われたというわけですね」

「長官に感づかれたと知った、どこかの旗本が拐っていった。おれはそう見てます」

梧郎の言葉を由佳はしばらく頭のなかで推考《すいこう》していたようだったが、ふいに足を止めると、梧郎の顔に目を据えて言った。

「その見方、どこかおかしくありません？」

「おかしいですか？」

「だって旗本が拐って行ったのなら、脅迫状は自分の手で書いたでしょう。長谷川さまに代筆を頼んだということは、拐った下手人は字が書けなかったということではありません？」

梧郎は頭を思いっきり殴られた気がした。そのようなごくあたりまえのことを、うっかり見逃していた自分のうかつさに腹が立った。

「長谷川さまが拐われたとしたら、見張っていた茶屋が怪しくありませんか。それならひそかに眠り薬を飲ませるかして、拐っていくのにさほど苦労はありません」

梧郎は重ねてびんたを食らった心境だった。

杉の屋で厠《かわや》に立ったとき、いちどだが板場の男と顔を見合わせた。人を突き刺すような鋭い目つきの男だった。茶屋の調理人にはふさわしくないと感じたのだが、そのことはすぐに忘れた。

(杉の屋は盗人宿ではないのか。そして長官はやつらの手でどこかに閉じ込められている)

そんな単純なことに気づかなかった自分に、梧郎は激しい嫌悪《けんお》を感じた。

「由佳どの、今度は刀ではなく、知恵で危ういところを救われました。なによりもの助太刀です。ありがとう」

そんな言葉が自然に梧郎の口をついて出た。

## 六

里見梧郎はぶらりと杉の屋に入ってきた。

とっくに昼はすぎている。店に客はいなかった。客がいなくなるのを見越してきたのだから当然である。

「いらっしゃい」

老爺は愛想よく出迎えた。

「しばらく座敷を借りるつもりだったが、その必要はなくなった」

梧郎が答えた。

「すると？」

「おれの仕事は片付いたよ。だからもうここにくることはない。そうなると、ここで食った蕎麦と菜飯の味が忘れられなくてな。それでわざわざ食いおさめにやってきた」

「それはそれは、商売冥利《みょうり》に尽きます」

老爺は梧郎を飯台のひとつにすわらせ、蕎麦と菜飯を運んでくると、自分もそのまま向かいにすわり込んだ。

「ここに五日ほど通いつづけて、ぱたりと見かけなくなったお武家さんのことを調べておられたんでしたね」

「そうだ」

「すると消息が知れましたので？」

ふだん無口な老爺は、めずらしくよくしゃべった。

「まあ、そういうことだ。行方知れずになっている武家は、火盗改メ長官の長谷川平蔵という方でな。おれが頼まれて様子を探っていたのだ」

まっすぐ老爺の顔に目をあてて言った。

「するとお武家さまも、火盗改メのお方？」

「なあにおれは見てのとおりの浪人ものだ。ただ火盗改メに知り合いがいて、ぜひにと長官の探索を頼まれた。どうも火盗改メには動けない事情があるようなのだ。だからおれにお鉢がまわってきた」

「それで居所は分かったんですね」

「分かった。どことは言えないが、この近くで人質になっているとだけは教えておいてやろう」

長谷川平蔵が人質になっている場所が、ここから近い場所だろうというのは、梧郎の当推量《あてずいりょう》である。

杉の屋が誘拐の場所と考えれば、人質をそう遠くまで運べるはずがない。

聞いていた老爺の顔色が変わった。

「このあと、その場所を火盗改メに連絡して、それでおれの仕事はおわりだ。いずれ火盗改メが人質をつれもどしに駆けつけてくる」

「すると火盗改メへの連絡はまだ?」

「飯を食ってからだ。それにしても誘拐犯のやつら、なにがうれしくて火盗改メの長官など拐《かどわ》かしやがったのか」

言い捨てるようにして、梧郎は菜飯を口に掻《か》き込んだ。

「そろそろ蕎麦もあがってくるでしょう。すぐに持ってまいります」

老爺はそう言って板場にすがたを消した。

しばらく板場でごそごそと話し合う声が聞こえていたが、そのうち板前の男がそっと店から抜け出して行く気配がした。注進《ちゅうしん》に走ったのだろう。

梧郎は気づかぬふりで菜飯に熱中している。

やがて老爺が蕎麦と渋茶を持ってやってきた。

「どうぞごゆっくり。菜飯のお代わりなら、いくらでも言いつけてください」

そう言い残して老爺はいったん表に出たが、すぐに引き返してきて板場に消えた。表に出たとき小さな木札をぶら下げたようだった。おそらく「支度中」とでも書いた木札だろう。

すべてが計算通りにすすんでいた。

蕎麦を食いおわって、梧郎は湯呑みを取りあげた。煮出し過ぎたのか濃い渋茶だった。

(なるほどこの手で、長官に眠り薬を飲ませたのか)

梧郎は心のなかでうなずいた。

湯呑みを取りあげると、渋茶をゴクリと飲んだ。飲んだ振りをしてみせただけで、中身は袖口で隠すようにして蕎麦の器に空けた。

板場から老爺が監視しているはずである。

店の空気がかすかに揺れた。注進を受けて駆けつけてきた連中らしい。

（そろそろいいだろう）

梧郎は飯台にもたれてコクリコクリと居眠りをはじめたが、そのうち飯台のうえに半身を預けるように突っ伏した。

床に転がり落ちた湯呑みが音を立てて割れた。梧郎の身体はピクリとも反応しなかった。

「薬が効いたようだな。さあ、さっさと運んじまえ」

はじめて聞く男の声がして、梧郎の身体は抱えあげられた。

雑木林に隠れるようにして建つ廃屋に運び込まれるのを、梧郎は薄目を開けて見とどけた。

（なるほど、こうして長官も運ばれたか）

放り出されたのは十畳ほどの広間だった。五、六人の男がこちらをのぞき込んでいる。

「火盗改メへの連絡は、まだだと言ったんだな？」

「へい」

聞いたのは顎髭の年配で、答えたのは杉の屋の老爺だった。

「多作の機転《きてん》でことなきを得たが、危ないところだった」

「この男の言ったこと、そのまま信じていいんですかね」

この声は、さっき杉の屋で聞いたそれだった。

「十蔵よ、たとえ火事にならなくても、火の用心はするに越したことはねえ。それとおなじよ」

言った顎髭は集団の頭で、十蔵と呼ばれた男が二番手らしい。

そのときである。

「おやおや新入りの人質かい？」

声がしてすがたを見せた男を、薄目を開けてみた梧郎は仰天した。

長谷川平蔵だった。

縄目も受けず涼しい顔で扇子《せんす》を使っている。いかにも人質らしくない。

梧郎はわけが分からなくなった。

「どれどれ、なかなか苦み走ったいい男ではないか」

平蔵は縛られて横倒しになった梧郎をのぞき込み、

「だが、うかうかおまえたちの人質になっただけのことはあって、どこか阿呆面《あほうづら》をしておるわ」

人にさんざ心配と面倒をかけておいて、その言いぐさはないだろうと、さすがに梧郎はムッときたが、面と向かって抗議するわけにもいかない。

こみあげる怒りはぐっと飲み込んだ。

「この人質を罵《ののし》る資格があんたにあるのかね」

言ったのは顎髭である。敵ながらこのときは後押しをしたくなった。

「それを言われるとひとこともないな」

平蔵は豪快に笑い飛ばした。

「聞くところこの男は、火盗改メから頼まれて、あんたを探していたようなんだが、知った顔かい？」

「知らん顔だ。火盗改メの誰かと知り合いなのかもしれんが、わしは知らん」

「そうかい。それにしても厄介なことだ。あんたひとりに小助がかかり切りなのに、人質が増えては、また一人手を割《さ》かなきゃいかん」

言われて梧郎は平蔵の背後に、くっつくようにして短刀を擬している男に気がついた。これが平蔵の監視役で、小助というらしい。

「なあに、新しい人質の監視はわしが引き受けてやろう。見るところこの男、かなり遣える。きさまらの手には負えんだろう。それにおそらくわしのように物わかりはよくなさそうだ。刀を取りあげたからって、安心はできん。小助がわしを見張る。わしが新入りの人質を見張る。これなら新手《あらて》の監視役に人を割く必要がない」

しばらくのあいだ顎髭は、疑わしそうに平蔵を見あげていたが、ほかにいい手も思いつかないようで、

「じゃあそうしよう。ただし裏手の離れ家に移ってもらう。あそこなら表から鍵がけられるのでな」

「ゆっくり骨休めができるなら、わしはどこでも文句は言わん」

「そうと決まったら十蔵、その男を離れに運ぶんだ」

「へえ」

と、答えてから十蔵は、思いっきり梧郎を蹴飛ばした。

「いい加減に目を覚ましやがれ！」

つれて行かれた離れはかなり使っていないらしく、畳からも家具からも黴《か》びた臭い

がした。

平蔵はいっこうに苦にならないらしく、腰窓障子《こしまどしょうじ》を引き開けて庭を眺めている。庭といっても一面雑草に覆いつくされた庭である。どこがおもしろいのか、平蔵は飽きもせずそれに目をやっていた。

梧郎は蹴飛ばされた横腹をさすりながら、そんな平蔵を横目でにらみつけていた。

「四ツ木の長次郎の話だと、この部屋には鍵がかかるらしいが、この腰窓障子など、その気になれば一蹴りではずれそうだな」

平蔵が小助に顔を向けて言った。

「安心するのは早いぜ。その窓には雨戸がたてられるようになっているんだ。まあ言ってみればいまはお情けで開けてやっている。どこもかも締め切っては、息が詰まるからな」

「お情けに感謝する。まあそこまでしなくとも、わしは逃げ出そうなどと思ってもいないがな。いい骨休めができて、こちらからお礼を言いたいくらいだ。そうそう新入りの人質も、ここから逃げ出そうなんて不心得を起こすんじゃないぞ。ここにいればなにもしないで三度の飯にありつける。それもとびきりうまい菜飯だ。三日もいればどこへも帰りたくなくなる」

からかうように梧郎を見て、平蔵はカラカラと笑った。

梧郎の目的は、計略にはまったと見せかけて、その身を盗人たちの隠れ家に担ぎ込ませ、平蔵を助け出すことであった。

どのような扱いを受けているのかと、かなり心配もしたが、こうして見るかぎりでは、平蔵はおよそ人質らしからぬ態度を取っている。

いったい平蔵がどのような手品《てづま》を使ったのかは知らないが、人に心配させといていい気なもんだと、梧郎はますます肚《はら》が立ってきた。

その平蔵が「逃げ出そうなんて不心得を起こすな」と言った。忠告とも指示ともとれるひと言である。しばらくは下手に動かずおとなしくしていろということだろう。

そのあとも平蔵は、おもしろくもない雑草だらけの庭に目を向けている。梧郎はところどころ剝げ落ちた壁にもたれて無聊《ぶりょう》をかこっていた。

そのうち平蔵はごろりと破れ畳のうえに横になった。

「おまえも寝転んだらどうだ」

梧郎が答えずにいると、

「わしはおまえの監視を買って出た。人質が起きてるのに、監視役が寝転ぶわけにもいかん。横になれ」

命令口調である。

しかたなく言われるまま梧郎は横になった。その耳もとで、

「おまえがここにきたということは、わしが杉の屋に張り込んでいたことを突き止めたということだな」

声をひそめて聞いた。

梧郎は驚いた。いくらなんでも監視の男がいるまえでする話ではない。

その表情をおかしそうに見て、平蔵は顎で小助の方を促した。

監視役の小助は出入り口の襖《ふすま》を背に、身体を二つに折るようにして居眠りをしている。

「気の毒な男だ。仮眠をとるときだけ交代はくるが、ほとんどわしの監視につきっきりだ。相当くたびれているのだろう」

平蔵が横になれと言った意味が、ようやく飲み込めた。寝転べば居眠りの監視に気づかれずに話ができる。

「わりあい早く杉の屋にたどりつけました」

梧郎は声を落として応じた。

「わしがあそこの座敷でなにを見張っていたかも突き止めたか」

「下級の旗本連中が我を争って、若年寄小泉信濃守の菩提寺である感照寺へ賄賂を運んでいるのを突き止めました」

「感心、感心。短期間でよくやった。それにしても、信濃守が下級旗本家の人事を掌握していること、よく調べだしたな」

「下柳太兵衛さまの知恵を借りました」

「なるほど」

「おれがそのことに気づいた日には、一日に丹羽、大久保、戸田の三家が駕籠に積んだ金を感照寺に……」

「わしが張っていた五日のあいだには、十二の旗本の駕籠が出入りしよった」

「今日も出入りはあったと思うのですが、長官を助け出すのがさきだと思い、監視は中止しました」

「今日は昨日より多いかもしれん。小泉家の月法要は十三日で、信濃守自ら感照寺に足を運んで回向《えこう》を行う。そのさいに寺で預かりおいた金品を、引きあげていくという寸法だ。今月の法要まであと五日。特にいまは御作事奉行に大番組頭《おおばんぐみがしら》、御徒頭《おかちがしら》と役務に三つも空きがある。それを狙って下級旗本のあいだで、出世争いがますます激化していると聞く。舟に乗り遅れるなとばかり、賄賂を持って感照寺に押しかける。寺への出入りは日を追って多くなる」

「あなたがそれを見張ってみようと思われたのは、どこからか指示があってのことですか」

「いや、感照寺のからくりに気づいたとき、これは放ってはおけぬと思ってな。ただ、ことがらは旗本に関わることだし、管轄は寺社奉行だ。不正が分かったとしても火盗改メはなにもできん。だからといって知らぬ顔を決め込むのはなんとも気色《きしょく》が悪い。そこでとりあえずは、誰にも知らせずわしひとりで張り込みをはじめたのだ」

「あなたが人質になったのも、おそらく計算ずくでしょう」

「さあ、どうかな」

平蔵は薄笑いを浮かべたが、否定はしなかった。

「ところでこれだけは教えておこう。四ツ木の長次郎などと名乗っておるが、やつらはみんな盗人のトウシロウだ。どいつもこいつも人を泣かせたことのある小悪党のようだが、集団で盗みを働くのははじめてだとすぐに分かった。わしは本物の盗賊を嫌というほど見てきている。そいつらとはどこか肌合いが違うのだ。ここにいるのは長次郎が寄せ集めたにわか作りの盗人集団だな」

「よくそこまで見分けましたね」

「やつらはわしを、火盗改メの長官と知ってここに監禁している。生かしておくのは後腐れを避けるためだと言いおったが、なあに、自分たちの身になにかあったとき、わしを切り札に使おうとしているのだ」

「なかなかの知恵ではありませんか」

「知恵の出所は長次郎だろう。あの男だけは小才が働くようだ。それにわしを片付けようにも、それほどの遣い手はいない。そこで居眠りをしている監視役など、ヤットウの心得があるというが、まあ、刀を振りまわせるというていどだな」

「すると、逃げだそうと思えば、いつでも逃げ出せたわけですか」

「まあ、そうだ」

「やはり……ところでわざと人質になっている狙いはなんですか？」

「それは内緒。まあ結果をごろうじろだ」

それで話はすんだとばかり、平蔵は寝返りを打ってこちらに背を向けたと思うと、すぐに寝息が聞こえてきた。

（暢気《のんき》なもんだ）

さすがに梧郎も呆れてしまった。

七

その夜、廃屋の広間に九つの顔が、四ツ木の長次郎を真ん中にして集まっていた。なかにひとつ新顔が混じっているのは、薬種問屋佐原屋へ引き込みに入っているという新兵衛だろう。

まず、その新兵衛が口を切った。

「十六日に予定されていた結納が、故障が入って半月ほど先延ばしになる様子なんで」

「先延ばし？　けど結納が取り交わされるのは間違いねえんだろう？」

聞いたのは長次郎である。

「それは……故障というのは荒尾屋で決済のごたごたがあって、それを片付けてからということらしいですから、取りやめってことにはならねえと……」

「じゃあ押し込みを延ばすよりしようがねえだろう。たとえ先延ばしになったって、これまでの手順に支障をきたすことはねえだろうし……」

長次郎がそう言ったとき、隣の部屋との襖が開いて長谷川平蔵が入ってきた。その後ろに梧郎。さらにその後ろに監視役の小助がつづく。

「佐原屋への押し込みが延期になるのか」

平蔵は立ったままでいきなり言った。

「あんたにゃ関わりのねえことだ。引っ込んでおいてもらおう」

「そうもいかんぞ。予定に支障が入ったということは、止めておけという神さまの啓《けい》示《じ》かもしれん。いっそのこと、佐原屋への押し込みなんかあきらめてしまえ。わしがもっと楽して稼げる方法を教えてやる」

平蔵は長次郎のとなりに控えている十蔵を押しのけるようにして、そこにどっかりと腰をおろした。

「余計なさしで口はしねえで、人質は人質らしく、おとなしくしていてもらいてえ」

不快そうに眉根《まゆね》を寄せて十蔵が言った。

「文句はわしの話を聞いてからにしたらどうだ」

「聞きたくねえよ、きさまのご託《たく》なんぞ……」

さらになにか言いつのろうとする十蔵を、長次郎が止めた。

「まあ、とにかくその楽して稼げる方法ってのを、聞かせてもらおうじゃねえか」

「さすが頭領だけのことはあって、聞き分けがいい。じつは絶好の押し込みさきが、ここから目と鼻の先にあるのだ」

聞いていた梧郎は思わず声をあげそうになった。

平蔵が言おうとしているのは、まちがいなく感照寺のことである。それを盗人たちに教えて、いったいどうしようというのだ。

「目と鼻のさき？」

「目黒川の向こう岸に感照寺という寺がある。知ってるだろうが……」

「ああ、よく知ってる」

「あそこの経蔵には金がうなっている。これは知らないだろう」

「本当か？」

長次郎の目の色が変わった。

「どんぶり勘定だが、およそ一千両というところかな」

「嘘をつけ。そんな話がにわかに信じられるか」

十蔵はかみついた。よほど平蔵のひと言ひと言が癇《かん》に障るらしい。

「まあ聞け。ある事情があって、あの寺には金が運ばれてくる。もちろん表向きにできる金ではない。わしが見張っていたあいだだけでも、金箱を積んだ駕籠が十二挺、感照寺に入っていった。そのあとも駕籠の出入りはつづいているだろう。訳あってその金は十三日に引き上げられる。それまであと六日。これから駕籠の出入りはいちだんと多くなるはずだ。わしの皮算用《かわざんよう》だとその数は三十を下るまい。一挺の駕籠が運んだ金の見当を三十両から五十両とすれば、多くて千五百両。少なくて九百両。どうだ
こう聞いても興味はないか」

「うまい話には罠があるというからな」

これも十蔵である。

「その方、よほど痛い目ばかり見てきたようだな。だが、禍福《かふく》はあざなえる縄のごと

しという。そろそろいいことに出くわす順番だ。駄目なやつはものごとを悪い方にばかり考える。成功するやつはものごとをいい方にいい方にと考える。どうだこのへんで気持ちの切り替えをしては」

　言い返せず、十蔵は黙り込んでしまった。

「ところで感照寺だが、住職と僧侶が二人、それに寺男と使い走りの下男がいるだけだ。夜になると庫裡と僧堂とが彼らの寝室になる。彼らが寝ついたところを縛りあげれば、監視役に二人残せば十分だろう。あとのものは経蔵から金を運び出す。さてここで問題は、経蔵の鍵を開けられるものがいるかどうかだが……」

「それなら新兵衛に任せれば心配いらねえ。鍵開けは新兵衛が得意なはずだ。そうだったな？」

　長次郎に聞かれて、新兵衛は自信たっぷりにうなずいた。

「じゃあ決まりだな」

　平蔵が言うと、

「待ちな。いまの話が本当ならありがてえことだが、そうそううまい話がそこいらに転がっているとは思えねえ」

長次郎は慎重だった。

「疑うなら自分たちの目でたしかめるさ。さっきも言ったが、感照寺に集めた金は、十三日に引き上げられる。すると押し込むのは、蔵の金が最高になる前日だろう。今日が七日だから、十二日まであと五日ある。そのあいだに、気づかれないように寺に探りを入れてみな。わしの言ったことがほんとうかどうか、すぐに答えが出る。あと、寺に押し込むか押し込まないかはそっちの判断だ」

「そうしよう。ただ、どうにも納得のいかねえことがある。火盗改メのお頭という地位にいるものが、どうして盗みをそそのかすような話を聞かせるんだ？」

「べつにそそのかしてはいない。近くの寺でこういうことがあると教えてやっただけだ。知ってのとおり寺は寺社奉行の管轄でな。火盗改メとは直接の関わりはない」

そう言い残して、自分の役割はすんだとばかり平蔵は広間を出ていった。

梧郎と平蔵を離れにつれもどすと、小助は腰窓障子の雨戸を繰り、出入りの戸口に鍵をかけて、さっさとすがたを消した。広間での話し合いに参加しにいったらしい。

「長次郎の言葉ではありませんが、火盗改メの長官が盗みの手引きをするなんて、いったいどういう了見なんです？」

梧郎は破れ畳にすわり込むと、呆れた表情をそのままで言った。

しかし平蔵は、笑いを浮かべただけで答えない。

「まさか、あなた、彼らを使って汚れた金を感照寺から……」

「しっ！」

平蔵は急いで唇に手を当てると、

「そこからさきは言わぬが花だ」

そう言いすててごろりと横になったが、すぐさまはね起きると、

「床下に人の気配がするが……？」

目をまっすぐ梧郎に向けた。

「いざを考えて、安吾《あんご》を呼んであります」

「そつがないな」

「おれがわざと捕まったのは、あなたを救い出すためです。なにかの場合も考えて安吾に手助けを頼んでおいたのですが、人質がこれほど我が物顔に振る舞っていようとは……要らぬ心配だったようですね」

「どのように振る舞っていようと、人質は人質。じつに不便なものだ」

そう言って平蔵は拳《こぶし》で畳を二つ三つ叩いた。

「安吾、聞こえるか」

「聞こえております」

安吾のくぐもった声がもどってきた。

「広間での話の始終は耳にとめたか」

「はい」

「聞いたことをそのまま火盗改メの北畠《きたばたけ》与力に伝えてくれ」

与力の北畠政之助《まさのすけ》は、平蔵の信頼厚い人物である。

「承知しました」

「あとひとつ、わしらの差料をやつらはどこに隠しているかだが……」

「長次郎が使っている奥の間の、押し入れのなかと思われます。取りもどして参りましょうか」

「いや、場所さえ分かればそれでいい。それよりいまのこと、早く北畠与力に伝えてくれ」

九月十二日の夜がやってきた。

子の刻（午前零時）を過ぎてまもなく、黒い布で顔を包んだ一団が忍ぶように中目黒村の廃屋をあとにした。

四ツ木の長次郎はこの日の決行を決断するまで、八日から十一日の四日間、手下たちを手分けして感照寺の監視に当たらせた。

彼らが持ち帰ってくる知らせは、長谷川平蔵の言葉の正しさを証明していた。

九日の夕方、汗と泥にまみれた顔で、手下の松平《まつへい》と治兵衛《じへえ》がもどってくるなり報告した。

「昨日と今日とで、七挺の駕籠が感照寺に入りました」

十日の夕方には治兵衛がうわずった声で告げた。

「今日は五挺です」

十一日には、

「駕籠に乗せられているのは、みんなおなじ大きさの桐箱でして、相伴してきた侍が差し出すのを、住職がうやうやしく受け取って、そのたびに経蔵にしまい込んでいました」

感照寺の屋根裏に忍んでいた十蔵が、廃屋にもどって長次郎に告げた。

「桐箱のなかは間違いなく金だろうな」

長次郎が聞くと、

「まちがいありません。侍が帰ったあと、住職は坊主二人を立ち会わせ、箱の中身をたしかめたうえ、金高を口頭で読みあげて、それを坊主の一人が帳面に書き入れていました。なかには三十両というのもありますが、ほとんどが五十両……」

「すると平蔵の言葉通り、千五百両は外れていないようだな」

「忍び込んだついでに、感照寺のことも調べてきましたがね。押し込むのにさほど苦労は要りませんよ。こんないい話、指をくわえて見逃す手はない」

最初は話を信じず、平蔵にかみついた十蔵の、びっくりするほどの変わり身だった。

この調べの結果を聞いて、長次郎は感照寺への押し込みを決心した。

「十二日の夜に押し入る。盗んだ金はいったんここに運び込み、山分けしたあと、ちりぢりになろう。あとは顔を見合わせるようなことがあっても、おたがい知らん顔だ。まちがっても足のつくような言動には注意しろ。長谷川平蔵も言ってたが、特に金の使い方には細心の注意を払え。人から不審を持たれないようにな」

そして迎えた今夜である。盗人たちにとってはうってつけの闇夜だった。

ことは計画どおりにとんとんと運んだ。いちばん身軽な元吉が土塀を乗り越えて、内側から山門の戸を押し開き、仲間を招き入れた。

十蔵が小助と直次郎《なおじろう》を連れて僧堂と庫裡に踏み込み、短刀を突きつけて脅しながら、住職と僧二人、それに寺男と下男を縄でぐるぐる巻きにした。

それを庫裡に押し込むと、あとを小助と直次郎に任せ、十蔵は経蔵へと急いだ。ちょうど経蔵の鍵が、新兵衛の手で開けられたところだった。蔵のなかには桐箱が四十近く、行儀よく積みあげられてあった。

それを用意した荷車に積み込むと、長次郎の指揮のもと一同は感照寺を出た。小助と直次郎もあとを追ってきた。

彼らはひとかたまりになって、目黒川を越え、田畑のあいだの道を急いだ。大鳥大明神の社が、闇のなかに黒々とかすんで見えるところにきた。隠れ家までもうすぐだ。誰もがこころをゆるめた。

そのときである。

それまで隠されていた高張り提灯が、闇のなかにあかあかと持ち上げられた。その明かりのなかに、二十人は下るまいと思える集団が立ちふさがった。

陣笠《じんがさ》をかぶった男が、一歩まえに踏み出して大声で呼ばわった。

「火付盗賊改方である。盗賊ども神妙にお縄につけ!」

## 八

四日経った。

長谷川平蔵は、火盗改メの仮牢《かりろう》につながれている四ツ木の長次郎を、白洲《しらす》に呼び出した。

長次郎は頬がそげ、髭も伸び放題ですっかりやつれた様子だったが、白洲から平蔵を見上げると、

「まんまといっぱい引っかけやがったな。もちろんきさまの話を信じたおれが馬鹿だったんだが」

目玉をひんむくようにして、こちらをにらみつけた。

「まあ、そう怒るな」

「これが怒らずにいられるか！」

「どうも気持ちに行き違いがあるようだな。わしはおまえたちに感謝しておるのだ」

「感謝だと？」

長次郎は怪訝《けげん》な顔つきを見せた。

「そう、感謝。そうではないか、寺内のことは寺社奉行の管轄で、火盗改メは手がつけられぬ。そこに隠された金を、おまえたちが外に運び出してくれたおかげで、われわれの手で扱うことができた」

「……？」

「そこまで協力してもらった相手に、四日間も不自由な牢屋暮らしを我慢させたのは、おまえたちの昔を調べたいと思ったからなのだ」

「おれたちの昔を？」

「そうだ。ひと目見たときからおまえたちが、とても玄人《くろうと》の盗人集団とは思えなくてな。調べて分かったことだが、中目黒村の廃屋に巣くっていた連中はすべて長次郎、おまえが呼び集めた素人ばかりなんだろう」

「……！」

「もちろんみんな、喧嘩《けんか》や詐欺《さぎ》やこそ泥の経験がある小悪党だ。しかしあえて咎め立てるほど、人を泣かせてはいない。新兵衛にしたって、家具職人でちょっと手先が器用だというだけのことで、べつに盗人集団にいた鍵師というわけではない」

「…………」

「長次郎、おまえにしたってそうだ。以前、薬種問屋の佐原屋で、間もなく手代《てだい》の声がかかろうかというほど、まじめな勤め人だったというではないか。つまり盗賊の経験などまったくない。ただ、薬種問屋にいた人間なら、眠り薬の扱いはお手のものだわな」

「そこまで調べがついてるなら、隠してもしようがねえ。たしかにおれは佐原屋に勤めていた。ところがありもせぬ罪を着せられて、あそこを追い出されたのだ」

長次郎の顔に、憎悪がむき出しになった。

「らしいな。佐原屋のあるじだが、博打《ばくち》好きが高じて店の金に穴をあけ、その穴埋めに困ったあげく、長次郎、おまえが盗み使いしたということにして、ことを収めた。それは調べて分かっている」

緊迫したやりとりのなかに、どこからかのんびりとホトトギスの鳴き声が流れてきて、そのときだけ緊張の糸がほぐれた。

「そのとおりだ。だからおれは佐原屋を憎んでいる。なにか仕返しをしてやらないと気がすまないんだ」

しばらくして、長次郎は強い口調で言った。

「その仕返しが、佐原屋への押し込みだったたんだろ」

「金にからんでありもしない罪を着せられたのだ。だったら金で始末をつけてやろうと思ったのさ。店を辞めるとき佐原屋はこっそりと三十両を餞別《せんべつ》にくれた。口止め料のつもりだったんだろうな。ところがつぎの勤めがなかなか決まらない。不始末を起こして馘《くび》になった男を使ってくれるところなんてありゃしない。手持ちの金は底をつきかけている。うかうかしてると餞別の三十両に手をつけることになる。おれはあの金を、佐原屋への仕返しの資金《もとで》に使ってやろうと考えてたんだ」

平蔵は口を挟まず黙って聞いている。

「そうこうするうち、神明町《しんめいちょう》のちいさな居酒屋であの連中と知り合ったんだ。十蔵も小助も新兵衛もみんないいやつだった。ところが運が悪いというか、なにをやってもうまくいかねえ。文句のもって行くさきがないから、世の中を恨んでは酒を飲んでおだをあげていた。ある日、おれから押し込みの話を持ちかけた。一も二もなくみんな乗ってきた。世の中に対する鬱憤《うっぷん》がたまりにたまっていたのだろう。盗みがそのはけ口だったんだ」

「………」

「まず目黒に手ごろな空き店を見つけて、杉の屋をはじめた。直次郎は板場の経験があったし、多作爺さんは茶店をやっていたことがある。そこを盗人宿にするつもりでいたんだが、中目黒村に廃墟に近い屋敷を見つけて、根城はそこにした。そこからさきは説明の必要はねえだろう」

「それにしても盗みの素人が、盗人宿だとか引き込みだとか、よく知ってるじゃないか」

「あれは耳にしたことを、ちょっと真似てみただけだ。だが真似たにしては上出来だった。杉の屋に火盗改メの長官という大物が、そっちから飛び込んできてくれたんだからな。これを人質に取れば火盗改メをおとなしくさせられると思ったし、いざのときの切り札にも使える。いまから思うと、それがおれたちの運の尽きだったようだが」

「おっとあきらめるのはまだ早いぞ。おまえたちは実際になにもやっていない。しかも罪に問うべきまえもない。だったらここに留め置く理由はないわけだ。これからさきは、おまえたちは好きにしていいぞ」

「なんだって？　おれたちを解き放ちに……？」

「そうだ」

「待ってくれ。おれたちは盗みを働いている。感照寺に押し入って……」

「さっきも言ったように、おまえたちは盗みに入ったのではなく、火盗改メが動きやすくするために手を貸してくれたんだ」

「手を貸すなんて、そんな恰好のいいもんじゃ……」

「長次郎、そういうことにしておこうじゃないか。そうすれば八方丸く収まる」

平蔵はいたずらっぽく瞬《まばた》きをして見せた。

それを見て長次郎は、ようやく平蔵の深慮《しんりょ》に気がついた。とたんにグイと胸にこみあげてくるものがあった。

「ここに五十両ある。これは火盗改メからおまえたちへのお礼だ。これを長次郎、おまえに預ける。すくないかもしれんが、この金を有効に使って、それぞれのこれからの暮らしが立っていくようにはからってやってくれ」

「ありがたく……」

いまの気持ちを口にしようとした長次郎だったが、言葉が口には出てこず、言葉の分だけ、白洲の砂利のうえに涙がこぼれ落ちた。

火付盗賊改方役宅の中庭の松の枝で、三度笠が風に揺れていた。里見梧郎がつり下げたものである。

やがて長源寺の腰掛茶屋に、長谷川平蔵と梧郎のすがたを見いだせる。

「賄賂の金を、感照寺から長次郎たちに運び出させ、寺社奉行から文句の出ないところまできてからご用にする。はじめからそこまで考えて人質になられたのですか」

梧郎は熱いぜんざいを口に運びながら、平蔵に問いかけた。いちどどんなものかと食ってみたぜんざいだったが、以来、ちょっと癖になりかけている。

そのぜんざいを梧郎に勧めた張本人の平蔵は、涼しい顔で冷やしたわらび餅を食っていた。

「ことと次第では、火盗改メが寺社に踏み込むこともできなくはないのだが、千両を超える金が絡むと知れば、寺社奉行はおとなしく引っ込んではいてくれまい。そこでお寺社とはことを構えず、すんなりと賄賂の金を押さえるには、この手がいちばんかと思ってな」

平蔵は酒井《さかい》屋敷の塀の、いまは雛《ひな》が育って空になった燕《つばめ》の巣を眺めながら、のんびりと言った。

「ところで、よく分からないところがあるのですが」

「なんだ？」

「感照寺に納められた金を引きあげたとして、信濃守にはどれがどこの旗本からの賄賂か、区別がつくんでしょうか」

「ちゃんと手は打っていたようだ。出世を願う弱小の旗本たちは、まずは信濃守の屋敷へ陳情に行く。そのとき下足番が履き物を預かって代わりに番号札を渡すそうだ。その下足札に書かれてある番号で、どこの誰かが分かる仕組みになっているらしい」

「つまり金箱に下足札をくっつけて、感照寺に運んだんですか」

「そうだ」

「それにしても三十両や五十両の金を、ご大層に駕籠で運ぶなんて、誰が考えついたんでしょう」

「さあな。ただ駕籠を使えば、そこにちっぽけな金箱が積んであるとは誰も思わない。まして相伴する武士がついていると、よほど身分のある乗り手のお忍びかと、見る方は勝手に想像する。誰が考えたか知らないが、ちょっとした知恵だ。あとはみんなそれを真似た」

「もうひとつ聞かせてください。四ツ木の長次郎たちにやった五十両、あれはどこから出た金ですか」

「さあな」

「ちょっと耳にした話ですが、北畠与力は感照寺から長次郎の一党が金を盗み出すのを、物陰から見張っていたそうですね。総勢十人だったと与力は言ってるらしい。ところがお縄になったのは九人。数が合わないのです」

「北畠の見まちがいだろう」

「これはおれの想像ですが、実際には十人いたのではありませんか。ところが途中で一人消えた。感照寺では盗みのあと、信濃守からの指示で預かり帳を焼却している。するると実際は経蔵にいくらの金があったか、たしかなところは分からない。密偵の誰かを集団のなかに忍び込ませて桐箱をひとつ横取りしても、足のつく心配がない」

「まるでそれをわしがやらせたかのような口ぶりだな。つまりわしも盗みの片棒を担いだことになるのか」

「まあ、そこまでは言いますまい。知っていて知らぬ顔をするのが、江戸っ子の粋《いき》というものです」

「ありがたい話だ。ところで今日ここに呼び出したのはそっちの方だぞ」

「そうでした」

「三度笠とはどういう意味だ。どうもおまえが使う合図には品《ひん》がない」

「しばらく旅に出ていただこうかと……」

「わしにか？」

「今度のことで、ずいぶん奥方はこころを痛められたと思います。それに謝する意味で、熱海《あたみ》あたりへ湯浴《ゆあ》みにお出かけになっては？」

「馬鹿をいえ。長いこと火盗改メを留守にしたせいで、仕事がたまりにたまっておる」

「十日や半月留守にされても、火盗改メはびくともしません。それが今度の誘拐事件で証明されました。長官がいなくとも北畠与力がしっかり切り盛りされます」

「まるで、おまえなんかいなくてもいいと言われてる感じだな」

「まあそう僻《ひが》まずに奥方孝行を。これは些少《さしょう》ですが費用の足しに……」

梧郎は紙に包んだ金を縁台においた。嵩《かさ》から十両というところか。

「この金はどうした？　まさかおまえのふところから出てはいまい」

「北畠与力は感照寺の賊の総勢を十人と読まれたそうですが、じつはもう一人、読み落としておられたのです」

「安吾か」

「ご明察。おれが頼んで箱をひとつ持ち出してもらいました」

「安吾のやつ、二股《ふたまた》をかけよったな」

「するとあなたが使った密偵も、安吾……？」

「北畠は頭数を読み違えたと思っているらしいが、あの男、まちがえたりするものか。ちゃんと十で合っている。ただこのことは、黙っておいてくれ。それも江戸っ子の粋というやつだ」

「承知しております」

平蔵はしばらく縁台に置かれた金包みを見下ろしていたが、

「いくらなんでも、このわしが不浄の金と知って手をつけるわけにはいかんな」

「不浄の金だという証拠はどこにも残っておりません」

「温泉に連れて行くだけが女房孝行ではない。まあこれから金のかからない女房孝行というやつを、わしなりに考えてみよう」

平蔵は縁台におかれた金包みをふところにしまうと、

「これはわしからしかるべきところへ納めておく。結局、三度笠はなんの役にも立たなかったな。これからはもうすこし知恵を使って、わしを降参させるような合図の品を考えろ。人の女房孝行を心配するまえに、まずこの年寄りを喜ばせてやろうという努力をすることだな」

軽やかな笑い声を残して、平蔵は横寺町の人混《ご》みにまぎれるように消えていった。

# 第四話　驟雨《はしりあめ》

## 一

一年のうち、しのぎやすい気候というといくらもない。晩春と初秋のほんの一時期だけである。

いまがそのしのぎやすい時期であった。

夏のやりきれない暑さが去って、秋風が庭木をそよがせて吹き渡ってくる。空は気持ちがいいほどに澄み渡り、ゆっくりと雲が流れていく。

夏着でいるとなにか重ね着がほしくなり、袷《あわせ》はまだしばらく敬遠《けいえん》したい。着るものに無頓着《むとんちゃく》な里見悟郎《さとみごろう》に、こういう季節はありがたかった。着るものに気を遣わなくてすむし、松茸《まつたけ》やら柿やら栗やら、うまい食いものが豊富に出まわる。

（今夜あたりお純《じゅん》に言って、茸飯《きのこめし》でも炊《た》いてもらおうか）

こころで舌なめずりしながら、梧郎がそんなことを考えていると、

「おやおや、今朝もまたおかしなものが吊り下がっていますね」

火付盗賊改《ひつけとうぞくあらためかた》方役宅の書誌役《しょしやく》の部屋から、中庭を眺めていた同心《どうしん》の前田文作《まえだぶんさく》がのんびりと言った。

なるほど松の枝に、うまそうな色合いに焼きあがった煎餅《せんべい》が、ブラリブラリと風に揺れている。

「飯田町《いいだまち》の御菓子所『福屋《ふくや》』の瓦《かわら》煎餅ですね」

「そのようですな」

「このまえは三度笠、今度は瓦煎餅。そろそろ知恵も出尽くしたのか、このところ趣味の褒《ほ》められないものばかり吊り下がりますね」

梧郎は思わずムッとした。三度笠をつりさげたのは彼である。

「福屋の瓦煎餅にはいろいろ謂《いわ》れがある。ご存じですか。たとえば……」

前田同心が得意のうんちくを傾け出すのをいい加減に聞き流して、梧郎は席を立っ

た。

長源寺門前の腰掛茶屋に、まだ長谷川平蔵《はせがわへいぞう》のすがたはなかった。

無愛想《ぶあいそう》な親父が出す熱い茶をすすりながら、酒井屋敷の塀越しの青々とした楓《かえで》の葉に目を向ける。どこかでひよどりの甲高い鳴き声がした。

梧郎が柄《がら》にもなく一句ひねってみようかと、ありもしない風流心を呼び起こそうとしたとき、横寺町からやってくる平蔵が見えた。驚いたことに手に瓦煎餅を持っている。

梧郎と背中合わせに縁台《えんだい》にすわると、親父が運んできたお茶で、嬉しそうに煎餅にかじりついた。

「どうだ、おまえも食うか」

平蔵は背中で聞いた。

「遠慮しときます」

「福屋で一箱買ったのだが、合図に一枚使っただけで、残りが余ってしまった。もったいないのでわしが食っている」

「それです。松の木にぶら下がっていた瓦煎餅。あの意味するところはなんですか」

「これを見たか」

平蔵はふところから一枚の瓦版《かわらばん》を取り出してきた。

「瓦版に瓦煎餅をかけましたか。じつに他愛《たあい》のない」

「三度笠にくらべりゃまだ趣味がいい。それよりとにかく、読んでみろ」

梧郎は受け取ると瓦版に目を通した。


『男の欲望に無残《むざん》につみ取られた　乙女《おとめ》の幸せ』

まず、そんな禍々《まがまが》しい文字が飛び込んでくる。
事実を必要以上に誇張《こちょう》して、ことさらおもしろおかしく話を作り、読むがわの気持ちを刺激する。こうした儲《もう》け優先の悪質な瓦版はこのところ多く出まわっていた。
ざっと読んでみると、
【某料亭《ぼうりょうてい》に仲居《なかい》として勤める女性某《なにがし》は、まもなく商家の跡取りと祝言《しゅうげん》を挙げる運びになっていた。ところが料亭に客としてきていた某旗本が、酒に酔ったいきおいでこの女性を手込めにするという乱暴に及んだ。乙女のしるしと幸せを一度に失ったこの女性は、前途を儚《はかな》み、神田川《かんだがわ》に身を投げたが死にきれず、某旗本を恨みながら今日も生きている】

そんな内容だった。

こうした記事の例として、某女性も某料亭も、おそらく某商家の跡取りも、存在しない人物か、仮にいても、瓦版の書き手に利用されている場合がほとんどだ。

なお、記事にはつづきがあった。

【われわれが調べて、女をもてあそんだ某旗本の正体をついに突き止めることができた。その人非人《にんぴにん》の名は、新学問所世話心得役下《しんがくもんじょせわこころえやくしも》 柳平四郎《やなぎへいしろう》。教育にたずさわるものの、許すまじき行いである】

瓦版の書き手の意図は明々《めいめい》だった。

被害者の女の名を隠しながら、加害者の名前を暴露《ばくろ》している。明らかに特定の人物をおとしめるために書かれた記事であった。

それより梧郎を驚かせたのは、下柳平四郎という名前である。彼は下柳由佳《ゆか》の夫なのだ。

「驚いたろう。下柳家にとんでもない厄災《やくさい》が降りかかろうとしている」

平蔵は表情をひきしめて言った。

「これは明らかに下柳平四郎を狙い撃ちにした記事ですね。それにしても彼に、足をすくわれるような事情でもあるのでしょうか」

由佳の夫とはいいながら、梧郎は平四郎についてほとんど知るところがなかった。

「昌平坂《しょうへいざか》に新学問所が置かれようとしている。それは知っているな」

平蔵は言った。

梧郎はうなずいた。

田沼意次《たぬまおきつぐ》によって金銭至上主義に偏《かたよ》った治世《ちせい》を引きもどすべく、松平越中守定信《まつだいらえっちゅうのかみさだのぶ》が種々《しゅじゅ》の改革案を打ち出したことは、繰り返し述べた。

その改革のひとつに幕吏《ばくり》の育成がある。田沼時代、官吏《かんり》たちは例外ないほどに賄《まいない》の汚れを身につけていた。そこで定信は幕府のために尽くす良質な幕吏を生み出す仕組みを、作り出さねばならないと考えた。

そうするには、まず手をつけるべきが「教育」である。

その頃、幕府における教育の中核《ちゅうかく》を担《にな》っていたのは林家《りんけ》であった。

徳川家康《とくがわいえやす》に登用され、諸法度《しょはっと》の起草《きそう》や、外交文書の起案《きあん》などを託されたのが林羅山《はやしらざん》である。

その後も秀忠《ひでただ》や家光《いえみつ》にも重用《ちょうよう》され、上野山内の忍ヶ岡《しのぶがおか》にある羅山の別荘を私塾《しじゅく》として、「孔子廟《こうしびょう》」と称することを許された。

以後、ここが幕府の学問所となり、羅山の血を引く林家が支配した。

元禄三年、学問所の機能は忍ヶ岡から湯島《ゆしま》一丁目に移され、湯島聖堂と呼ばれるようになったが、林家の支配に変わりはなかった。

この移設に際して、聖堂から神田川にくだる坂道を、孔子の生地である「昌平郷《しょうへいごう》」にちなんで、「昌平坂」と呼ぶようになった。

林家の支配は変わらなかったが、わずかに学問吟味役《がくもんぎんみやく》という役職だけが、幕吏の手で行われていた。

武家の子弟《してい》は十二歳になると、四書五経《ししょごきょう》の素読《そどく》など、いわゆる儒生試験《じゅせいしけん》を受ける。

この試験に合格しておかないと、出世はおぼつかない。

試験を実施するのが学問吟味役である。しかし、教育全般は林家の主導だったから、試験というわずらわしい手続きだけが、幕吏に押しつけられた恰好だった。

定信にとって大いに不満だったのは、物欲重視の田沼治世に、

（心を重んじるべき林家の教育者が、歯止めをかけられなかった）

ことであった。

それればかりか教育者のなかに、賄賂《わいろ》まみれになったものも多くいたのである。

そこで定信は、

（教育は幕府の手によって行わねばならぬ）

と、考えた。

それを受けて湯島聖堂に隣接して、幕府直轄の幕吏養成機関としての新学問所が設置されることになった。完成したあとでそこは、「昌平坂学問所」あるいは「昌平《しょうへい》黌《こう》」と呼ばれるようになる。

「この新学問所の運営を幕府の手で進めるべく、組織から制度作りまでを、学問所世《せ》話心得役《わこころえやく》という役職を設け、それに任せることにした。これに任じられたのが下柳平

四郎だ」

ちなみにこの学問所世話心得役は、その後、学問所世話心得頭取という役職として引き継がれる。

「平四郎のいまの役職は学問吟味役副頭《ふくとう》だが、もともと彼は好きで飛び込んだ世界だけに、三千五百石取り旗本が就く役職としてはいかにも過小だ。そこで定信公は、いずれできあがった新学問所は彼に預けるつもりで、世話心得役を命じられたのだろう」

「すると、それをおもしろく思わない連中が多くいるわけですね」

「それが世の常だからな。新学問所の設置を快く思わない筆頭《ひっとう》は、林家の連中だろう。いわばこれまで独占してきた教育が、幕府の手に移ってしまう。事実、新学問所の立ち上げに、定信公は意識して林家を排除しておられる」

「それに異学《いがく》として、教育界からはじき出された連中も、おもしろくないでしょう」

定信は教育を幕府の直轄《ちょっかつ》におくのに、いろんな学派が入り乱れてははなはだ困ると考え、朱子学のみを正学《せいがく》と位置づけ、それ以外を異学として禁じた。「異学の禁令《きんれい》」がこれである。

当然、異学を学ぶものは黙っていない。彼らは幕府への反発から、新学問所作りには批判的であろう。それが下柳平四郎つぶしにつながったことは十分予想できる。

「下柳平四郎もまた大変なときに、大変な役目をいいつけられたものですね。まるで火中に飛び込むようなものだ。すると例の瓦版の記事には、平四郎に醜名《しゅうめい》をかぶせて葬り、新学問所の設置に待ったをかけようとする邪心《じゃしん》が裏で動いていると見ていいわけですか」

「そう考えてもいいだろう。すでに平四郎は老中連に呼び出され、詰問を受けたそうだ。瓦版の記事に思い当たるところがあるかどうかと……」

「それにしても素早い老中の動きですね」

「老中の誰かに、密告したものがいたんだろう」

「すると瓦版は、すでにその効果をあげかけている。ところで老中に問われて、平四郎はどう答えたのです？」

「答えなかったそうだ。あの記事が無実であることを証明するものはなにも持ち合わせていない。だから答えられないと……」

「まずいですな。たとえそうでも、潔白だけは主張しておかなきゃ」

「どうも平四郎というのは、真《ま》っ直《す》ぐすぎる男のようだ。しかも老中の一人があろうことか、万が一それが事実なら腹を切るかと問い詰めた」

「……！」

「それには、腹を切るのを恐れるものではないが、いま切れば悪名だけが残る。身の潔白が証明されたあとなら、切れと言われれば、いつでも切りましょうと答えている」

「………」

「その老中はさらにおっかぶせて、潔白を証明するのに、どういう手立てを考えているかと聞いた」

「どう答えました？」

「真実は刻《とき》を経《へ》ればおのずと明らかになるものですと答えたらしい」

「つまり自分からすすんで、潔白を証明する行動は起こさないと？」

「そういうことだ。しかし、放っておいて解決する問題ではなかろう。誰かがその潔白を証明してやらないと、平四郎は人非人の汚名をあの世にもっていかねばならぬ」

　梧郎は思わずあっと叫んだ。

「つまり、それをおれにやれと……?」

「適任ではないか。おまえは下柳家に大いなる迷惑をかけたうえに、由佳どのから再三危ないところを救われている。ひとかたならぬ世話になった相手だ。受けた恩は返さねばならん」

梧郎は言い返せなくなった。

二

長谷川平蔵から言われなくても、里見梧郎としては、聞けば放っておけなかった。

下柳平四郎とは祝言の席で挨拶を交わしただけで、和泉《いずみ》姓のときから、顔を見かけたことはあっても、言葉を交わしたことはない。

平四郎に特別義理があるわけではないが、由佳の夫としての災難なら見て見ぬ振りはできない。

さてどこから手をつけようかと考え、まず本人に逢っていろいろ聞いてみるのがいちばんかと思った。

しかし、いい話ならともかく、醜聞《しゅうぶん》をあれこれ詮索するのは気がすすまないし、聞かれる本人も嫌だろう。

逢うならべつの相手にしたいと考えたとき、一人の男が頭に浮かんできた。学問吟味で平四郎の上にいた吟味役頭《がしら》である。彼なら立場上、ことの次第には通じているだろう。

そう決めて梧郎は湯島聖堂に向かった。桜ノ馬場《さくらのばば》を左に折れて、重厚な門構えの聖堂の表に立ったとき、門の奥から走り出てきた若者が、梧郎にぶつかりそうになった。

「失礼しました」

詫びを言うのをつかまえて、

「学問吟味役頭に逢いたいのだが、どこへ行けばいい？」

と、聞いた。

「柴田《しばた》さんでしたらいまは来客中のようですが、お待ちになりますか？」

「待たせてもらう」

梧郎が言うと、若者は「どうぞこちらへ」と、奥まった一室に案内した。板間の中央に机を並べただけの殺風景な部屋だった。会議にでも使うのだろう。

片隅に積み上げた座布団を一枚運んでくると、

「ここでお待ちください。お客が帰ればここにお見えになるよう伝えておきますから」

そう言いおいて出ていった。親切な男である。

そこで梧郎はかなり待たされた。さほど遠くない部屋から、詰問調《きつもんちょう》の怒号《どごう》が漏れ聞こえてくる。それもかなりの人数らしい。

なにを言っているのか分からないが、相手はかなり興奮した様子である。吟味役頭の来客とは、この連中らしい。

やがて怒号が止み、しばらくすると草履を引きずる足音がして、大柄な、歳よりは老けた風貌《ふうぼう》の温厚《おんこう》そうな男が顔を見せた。

「お待たせしました。学問吟味役頭の柴田要助《ようすけ》です。私にご用とか？」

柴田は隅から座布団を引きずってきて、梧郎のまえにすわると聞いた。

「おれは下柳平四郎とはちょっと縁あるもので、里見梧郎という。じつは彼のことですこし聞きたいと思ってな」

梧郎は支障はないとみて本名を名乗った。

「下柳さんは大変な目に遭われました。でも、言っときますが瓦版の記事はまったくのでたらめですよ」

「おれもそう思う。どうもあの瓦版には裏があるんじゃないかと……」

「そうですよ。あの実直そのものの人が、茶屋の女を手込めにするはずがありません」

「あんた、事件の様子などをくわしく知らないか」

「じつをいうと私、下柳さんの事件にまんざら無関係ともいえないのです。というのも、八日ほどまえのことでした。仲間が十人ばかり集まって、上野北大門町《うえのきただいもんちょう》の『水月屋《みなづきや》』という小料理屋で、世話心得役就任のお祝いの会をもったのです。いずれ新学問所が動き出せば、下柳さんがそのまま、責任者に着任されるだろうというのが、みんなの見方でしたから」

「なるほど」

「下柳さんは心得役になることを出世とは思っておられなくて、再三出席を辞退されたのですが、結局、私が口説《くど》き落としました」

「…………」

「あの人は酒には強くないのですが、そのときはしたたか飲まされて、すっかり酔っ払ってしまって……私も調子に乗って飲ませたのが悪かったと、あとになって反省していますが……酔っ払うとその場で寝てしまうのがあの人の癖でして、そのときもそうでした。それで私が店に頼んで座敷をひとつ空けてもらい、そこに下柳さんを寝かせました」

「………」

「宴《うたげ》がはねてから様子を見に行ったのですが、下柳さんはぐっすり眠っていて……だから女将《おかみ》に頼んで、私たちはさきに帰ったのです。あとから思うと、あのとき担いででも連れて帰るべきだったんです」

「それからどうなった？」

「これは下柳さんの口から聞いたのですが、われわれが帰ってからしばらくして目を覚まされたようです。喉が渇《かわ》いたので水を飲もうと身体《からだ》を起こしかけて、すぐ横に女が寝ているのを知ってびっくりされた。しかも女は全裸《ぜんら》だった。わけが分からないまま下柳さんは布団から飛び出した。それを待っていたように、女は『誰か助けて！』と金切《かなき》り声をあげた。驚いて駆けつけた女将に、女は廊下を通りかかったところを、いきなり布団に引きずり込まれ、無理矢理犯されたと告げたそうです。下柳さんにはそんな覚えはまったくなかった。とにかくその場を女将はなんとか収めた。ところがどう漏れたか、瓦版にすっぱ抜かれたのです」

「どうも女に嵌《は》められたようだな。で、女の名前は？」

「お久《ひさ》という仲居です」

事件の概要はそれで見えてきた。瓦版が隠した某料亭は北大門町の水月屋。手込めに遭ったと主張するのは、お久という女だった。

ここまで聞くと十分だった。梧郎が腰をあげようとしたとき、なにか考え込んでいた柴田がぽつりと言った。

「もしかして下柳さんは、新学問所設立反対の連中に陥《おとしい》れられたんじゃないでしょうか」

「そう思う根拠でもあるのかね」

「さっきここにきていた連中は、本郷《ほんごう》五丁目にある青葉塾《あおばじゅく》の塾生たちですが、陽明学《ようめいがく》を教えるところで、新学問所の設立には反対なんです」

「彼らはなにを言いにここへきたんだ？」

「女を手込めにするような男は、新学問所の世話心得役にふさわしくない。すぐ辞退させるべきだというのです」

「そんな苦情、柴田どのに申し入れても仕方なかろうが」

「下柳さんは正式には、まだ学問吟味役に籍をおいてる身なんです」

「それであんたに辞退させるよう強要してきたのか」

「そうなんです。でも彼らの狙いは、下柳さんを糾弾《きゅうだん》することではなくて、瓦版を逆用して新学問所つぶしを企んでいるんです。このところ朱子学に反対の人たちが、毎日何組も糾弾にやってきます」

「反対の連中というのは、どれくらいいるんだね」

梧郎はこの機会に、新学問所設立の勢力図がどうなっているのか、しっかり知っておこうと、あげかけた腰をふたたび座布団におろした。

「朱子学を正学にすることに反対する勢力ならかなりあります。さきほどやってきた青葉塾に代表される陽明学派、山鹿素行《やまがそこう》の流れを汲《く》む古学派《こがくは》、各学説のいいところ取りの折衷学派《せっちゅうがくは》などです。それに朱子学派にだって反対の連中がかなりいます」

「朱子学を正学にするのに、朱子学派にも反対があるのか」

「朱子学派のなかにも、解釈の違いでいくつもの学派があります。それに林家だって、新学問所設立をかならずしも喜んではいない」

「らしいな」

林家が新学問所の設立を快く思っていないという話なら、平蔵から聞いている。

「反対勢力がそれほどまでに多いとなると、下柳どのはまるで小舟に乗せられて、嵐の海に放り出されたようなものじゃないか」

「そうなんです」

「あんたも大変だな。これからもそういう連中が押しかけてくる」

「まあ、なんとか耐えるしかないでしょう。下柳さんほどの人を、こんなことで挫折《ざせつ》させるわけにはいきませんからね」

柴田は平四郎を持ちあげた。それもうわべだけではなく、心底《しんそこ》そう思っているようだった。

「ずいぶん彼の評価は高いんだな」

梧郎が言うと、

「私だけではなく、みんなが認めるところですよ。いくら背伸びしても、私はあの人にとても追いつけません」

柴田はしみじみと言った。

梧郎は湯島聖堂をあとにした。柴田からの話を聞いて、平四郎をとりまく輪郭に触れた気がした。

瓦版がでっち上げた記事の目的は、幕府の新学問所計画に従えない連中が、計画つぶしの口実として利用することにあるらしい。

漠然《ばくぜん》とだが事件の背景が見えてきたと梧郎は思った。

三

つぎに里見梧郎が向かったのは、上野北大門町にある小料理屋水月屋だった。

瓦版には某料亭とあったから、大きなところを想像していたのだが、あまり目立たない小体《こてい》な店である。これなら懐具合が豊かとは思えない聖堂勤めの面々が、手軽に利用できそうだ。

打ち水をした玄関を入ると、応対に出た女中に梧郎は女将に逢いたいと伝えた。

しばらく待たされてあらわれたのは、四十に近い太り肉《じし》の女だった。

お久という女に逢わせてほしいのだと言うと、女将は困った顔をした。

「お久はもうここにはいないんですよ」

おずおずと女将は答えた。

「いない？　辞めたのか、辞めさせたのか、それとも……」

梧郎が言いかけるのを、

「ここで話すのもなんですから」

と、女将は奥の一室へ案内した。

「じつはどこへ行ったのか、例の事件の翌日からぱったりすがたを見せなくなりましてね。三崎町《さんさきちょう》の弥平店《やへいだな》の住まいにもいないんです」

腰を落ちつける間も惜しむように、女将は言った。

「逃げたということか」

「でしょうね。そうとしか考えられません」

もはや平四郎が罠にはめられたことは疑うべくもなかった。お久は自分の役目をはたして、騒動に巻き込まれるのを恐れて逃げたのだ。

そこへ女中がお茶を運んできた。

その女中が去るのを待って、女将は、

「お久がここに勤めるようになってまだ半月ほどでしてね。なにを考えているのか分からないところのある女《こ》でした。特に金銭には汚かったようです。あまり長つづきはしないとは思っていたんですが、こんな騒ぎを起こしていなくなるとは……」

「………」

「下柳さまがお久を手込めにしたなんて、この店のものは誰も信じてませんよ。私だって、騒ぎを起こして、下柳さんから小遣い銭を巻きあげようとしているのだと思ってました。誰からも白い目で見られて、ここには居づらくなったのかもしれませんね」

「どうも騒ぎはお久の知恵で起こしたのではなく、裏で彼女をあやつったやつがいるようなんだ」

「そんなことがあったなんて、ちっとも気がつきませんでした。それにしても相当な女ですね。いなくなってくれてせいせいしました」

女将は本心、ほっとしたようだった。

「ついでに聞くが、お久には婚約者がいたかい？」

「いませんよ、そんな相手……」

「手込めにされて絶望し、神田川に身を投げたというのは？」

「そんなしおらしい女じゃありませんよ」

女将の言葉に毒がこもった。

水月屋を出ると、梧郎は下谷御成街道《したやおなりかいどう》をすこし東に入ったところにある花房町代地《はなぶさちょうだいち》へ向かった。あの瓦版を刷った鳩甲堂《きゅうこうどう》がそこにあった。

歩きながら梧郎は考えをまとめていた。

お久という女が引き起こした騒動は、仕組まれたものだったことはまずまちがいない。

酔って眠っている平四郎の布団にもぐり込み、彼が目覚めるのを待って騒ぎを起こした。平四郎に犯されたというのだが、彼の人柄を知る誰からも信じてもらえないことは、はじめからの計算ずくだったのだろう。

（騒動が起きたという事実さえ作れば、それでお久の目的は達せられた）

のである。

水月屋を出てお久が向かったさきは鳩甲堂だろう。

すでに鳩甲堂は準備万端を整えて吉左右《きっそう》を待っていた。計画どおり手込め騒ぎが起きたことをお久から確認して、待機していた摺師《すりし》が動きはじめる。想像で書きあげられた版は、すでに彫りあがっていた。

できあがった瓦版は、翌朝からいっせいに売り子の手でばらまかれる。

その段階で、

（平四郎の醜行《しゅうこう》は既成事実になってしまった）

のだ。

もちろんこの企みは、お久や鳩甲堂が考え出したことではない。計画を組み立て、それを彼ら彼女らに実行させた仕掛人がいる。

（その仕掛人は、新学問所の設立に反対する勢力の誰かであろう）

とまでは分かるのだが、その仕掛人へつながる糸は切れたままである。

（とにかくまずは鳩甲堂を締めあげてみるか）

逃げたお久の行方を探るより、その方が近道のように思われる。

花房町代地についたとき、すっかり陽は暮れ落ちていた。涼風《すずかぜ》が軒端《のきば》を吹き抜けていく。思いがけない風の冷たさに、梧郎は季節の進行のたしかさを感じ取った。

この時刻、誰もいないのではと思ったが、鳩甲堂の内部《なか》は人いきれでむんむんしていた。


考えてみると、朝に摺りあがったものを配るとしたら、いまが瓦版屋にとって、いちばん忙しい時期《とき》かもしれない。

さして広くない店内に、十人近い男たちがひしめいている。木くずの匂いと墨の匂いが鼻をついた。

半数の男たちが、台のうえにかじりつくようにして版木《はんぎ》を彫っている。

それをのぞき込みながら、ぎょろ目の男が口やかましくあれこれ指示していた。六尺を超える巨体と、すっかり禿《はげ》あがった頭はまさに海坊主《うみぼうず》と呼ぶにふさわしい。

この海坊主が鳩甲堂のあるじらしく、こと細かく彫師《ほりし》に注意を与えている。どうやら瓦版の記事を作るのはこの男らしい。

彫師たちからは離れて、手持ちぶさたに将棋などをさしている残りの男たちは、摺師なのだろう。

普通は彫師と摺師とは独立して商売をしている。まったく質のちがう技《わざ》を求められる仕事だから当然のことだ。

だがここでは、二つの仕事が共存している。迅速を命とする仕事だけに、版木ができあがれば、すぐ摺りにかかれるよう摺師は待機しているのだ。

梧郎のすがたを見ても、摺師たちはチラとこちらに目を向けただけで、誰もなにも言わない。客への応対はおれたちの仕事ではないという割り切りが露骨に見えた。

そのうち、海坊主が梧郎に気がついた。

「どなたさんで？」

彫りをのぞき込む姿勢は変えず、声だけで聞いてきた。

「ちょっと聞きたいことがあってきた」

「いまは忙しい最中でね。またにしてくれ」

「手間は取らせん。すぐにすむ」

「はっきり言って、客の相手をしてる暇なんかねえんだ。帰ってくれ」

とりつく島もない海坊主の態度だった。

「おれは下柳平四郎の知り合いのものだ。きさまのところの瓦版で大迷惑している」

下柳平四郎と聞いて、海坊主の身体はピクリと反応はしたが、

「もうすんだことだ。話すことなどなにもねえ」

「そっちになくとも、こっちにはあるんだ。瓦版では隠していたが、某料亭が上野北大門町にある小料理屋の水月屋で、女性某がお久という女であることは分かっている。それにあの瓦版の記事がでたらめであることもな……」

さすがに海坊主は捨てておけないと思ったのか、部屋を出て梧郎のところにやってきた。

「言いがかりはやめねえか。あの記事はお久という女から聞いた話をもとに、忠実に書いたんだ。因縁をつけられる筋合いはねえよ」

「じゃあ聞くが、下柳平四郎がお久を手込めにしたという、確たる証拠はあるのか」

「やられた本人が言ってるんだ。これ以上たしかな証拠はねえだろう」

「だったらその女の言ってることが、嘘ではないことをこのおれに証明して見せてくれ」

「それは……」

海坊主は思わず言葉に詰まった。

「お久に婚約者がいたというのも、世を儚んで神田川に身を投げたという話も怪しいもんだ」

「なにが怪しいもんか。すべてお久の口から聞いたことだ」

「するとここにお久を呼び出して、本人の口から真相を聞くしかないようだな。呼んでくれるか、お久をここへ。知ってるんだろう彼女の居場所……」

「知らねえな」

「知らないはずはなかろう。相手は大事なネタ元だ。どうせ大金も払ってあるんだろ。まともな瓦版屋なら、ネタ元の居場所はきちんとつかんでいるはずだ」

「三崎町の弥平店に居やがったんだが、そのうちすがたが見えなくなって……」

「ネタ元が消えたんじゃ、記事が本物だったとは主張できないわけだ」

「いってえなにが言いたいんだ？」

「お久が演じた猿芝居。それを瓦版にした鳩甲堂。すくなくともこの筋書きは、お久やきさまの頭から出たことじゃあるまい。その知恵の出所を知りたいと思ってな」

「そんなものはいやしねえ。お久の話を聞いて、おれが記事にしたんだ」

「だったらなにが狙いで、その記事を書いた？」

「女を泣かせた人非人の存在が許せなかったんだ。まあ言ってみれば正義のためだ」

「婚約者がいたことも、川に身を投げたこともでっち上げておいて、なにが正義だ。知らないようだから教えておいてやろう。いま幕府は昌平坂に新しい学問所を作ろうとしている。その世話心得役に命ぜられたのが下柳平四郎だ。ところがこのお上の計画をぶっ潰《つぶ》そうとしているやつらがいる。やつらはそのために平四郎の不始末をでっちあげ、世話心得役の座から引きずりおろし、新学問所の計画を挫折させようと企んだ。つまりきさまはそれに手を貸した。お上に逆らえばどうなるか、教えなくても分かっているだろう。まあ気をつけな。そのうちその手が後ろにまわることになるかもしれん。こんなおれでさえ、瓦版の裏に隠された真相をここまで追ってきたんだ。奉行所や評定所《ひょうじょうしょ》なら、ここにたどり着くのにそう手間はかからないだろう」

聞いているうちに海坊主の顔は蒼白《そうはく》になり、やがてがくがくと身体が小刻みに震えだした。自分が手を貸したことが、それほど大がかりなものだったとは知らなかったらしい。

ちょっと脅しが利きすぎたかと苦笑しながら、梧郎は鳩甲堂を出た。

そのまま武家屋敷が並ぶ一角の天水桶《てんすいおけ》の陰に身をひそめた。このあたり、陽が落ちると人の影を見ることがない。身を隠すのに困らなかった。

鳩甲堂の出入り口は、神田相生町《かんだあいおいちょう》とのあいだを抜ける辻に向いている。ここなら人の出入りを見落とすことはない。

鳩甲堂がやったことは、幕府に逆らう行為だったと、梧郎は脅しをかけた。そこまでは知らなかったと見えて、鳩甲堂は顔色を変えた。

身の危険を感じた彼は、仕掛人に泣きつくだろう。

梧郎はそう読んだ。それも、お上の手がとどくのは、そうさきのことではないと言ってある。動くとすれば今夜だろう。

四つ（午後十時）をすこし過ぎたころ、仕事をおえた摺師がぞろぞろと帰っていった。梧郎は天水桶の陰から出て、鳩甲堂の戸口に身を寄せた。

しばらく住まいのなかで、人の気配がしていたが、そのうち明かりが消えて静かになった。鳩甲堂は眠ったらしい。

今夜動くと思ったのは外れだったようだ。

それでも梧郎はあきらめずに張りついていた。鳩甲堂から離れたのは、子《ね》の刻《こく》を告げる番太の拍子木の音を聞いてからだった。

もうお純は眠っているだろうと思いつつ、やってきたほうせんかだったが、裏口は引くと抵抗なく開いた。居間の方から明かりが漏れてくる。

「まだ起きてたか」

梧郎は落とした声で聞いた。

「きっとくるような気がしたから、待ってた」

お純はまだ着替えもせずに、卓袱台《ちゃぶだい》のまえにすわっていた。一人で飲んでいたらしく、銚子が一本台のうえにおいてある。

「飲む?」

お純は聞いた。

「頼む。それになにか食うものは残ってないか。腹がぺこぺこだ」

「由佳さんの旦那のことで走りまわっていたんでしょう」

言いながらお純は板場に立っていった。

「知ってたか」

「ここのなじみ客が瓦版を持ってたので、もらっちゃった。卓袱台においてあるわよ」

なるほど銚子の下敷きになって、長谷川平蔵に見せてもらったのとおなじ瓦版がおいてあった。

「由佳さんのこと心配になったんで、店を早く閉めて、ちょっと様子を見てきたの」

「紀尾井坂まで行ってくれたのか」

「だって放っておけないじゃない。旦那があんなことに巻き込まれて、由佳さんきっと動転《どうてん》してると思ったの」

「で、どうだった？」

「なにかあったのって顔してた。ちょっとしたことぐらいで動じない人だけど、でも今夜の由佳さん、空元気《からげんき》を張ってるなって、すぐ分かった」

「そうだろうな」

下柳平四郎があんなことになって、さすがの由佳も冷静ではいられないだろう。それを空元気で隠すなんていかにも彼女らしい。

お純がぬる燗《かん》のちろりと、冷や奴、そして芋の煮物の小鉢を持ってもどってきた。

「由佳さんの話だとね、旦那はあんなことを瓦版に書かれても、さほど気にしていないらしいの。任命された新学問所の世話心得役は、めどがついたところで辞めて、そのあと御書院番頭を継ぐんだって」

「そうか、平四郎はちゃんと下柳家のさきのことも考えてたんだな。彼は教育の仕事から離れられないんじゃないかと、おれは思ってたんだが」

「ただ、いずれ辞めるにしても、降りかかった災難は、きちんと片付けておくつもりだと、ご亭主は由佳さんに言ったそうよ」

「そうか。彼なりにやはり潔白を晴らす気にはなってたんだな」

梧郎はなんとなくほっとした気持ちになった。

たちまちちろりが空になる。

「代わり、つけてこようか？」

「酒は止めておこう。明日も忙しくなりそうだからな」

「あなたがそんな殊勝《しゅしょう》なこと言うの、はじめて聞いたわ。やはり由佳さんのこととなると黙って見てられないのね」

「誤解しないでくれ。ただ、おれは……」

「いいわけはいいの。それより由佳さんと話してて思ったんだけどね、ここへくるときまって、結婚は退屈だとかなんとか不満ばっかりこぼしてたけど、本当はご亭主のことこころから信頼してるみたい。ちょっと不幸な振りをしてみたかったのね、きっと……」

「いいことじゃないか。今度の事件が、二人をいっそう堅く結びつけるきっかけになってくれればいいいんだが……」

「今度の事件にあなたが関わってくれてると知ったら、由佳さんきっと安心するわよ。いちど彼女に逢ってあげたら」

お純は言ったが、梧郎はその気にはなれなかった。

逢って声をかけるにしても、なにを言えばいいのか、適当な言葉が思い浮かばないのだ。ありきたりの慰めを言うだけの訪問なら、したくはなかった。

四

翌朝、里見梧郎は花房町代地《だいち》へと向かった。昨夜、鳩甲堂は動かなかった。とすれば動くのは今日だろう。

仕掛人は遅く訪ねては具合の悪い人物なのかもしれない。だから夜の訪問は避けた。梧郎は勝手にそう決めていた。

須田町《すだちょう》二丁目代地の角をまがったとき、妙に梧郎の勘に引っかかったものがある。見たところどことといって風景に変化はないのだが、なにか分からないが、どことなくざわついているのだ。

鳩甲堂の表戸は閉まっていた。だが、潜り戸から人が出入りしている。明らかに奉行所の役人と見て分かる風采《ふうさい》である。いやな予感がした。

それを遠巻きにして、山本町《やまもとちょう》代地まえの空地に人の集団ができている。

梧郎はそっちに足を運んだ。

「鳩甲堂さんでなにかあったのかね」

聞くと、四十過ぎの太った女が顔を振り立てるようにして言った。

「あそこの大将が殺されたんだってよ」

「殺された？」

叫びかけた梧郎の声が、思わず喉に詰まった。

「鳩甲堂が殺されたのかね？」

念を押して聞いた。

「そうなんだって。死体はお花畑あたりで見つかったらしいよ」

それで鳩甲堂へ役人が出入りしていたのだ。納得がいった。

だが納得のいかないことが、ひとつ残った。

「鳩甲堂に裏口はあるのか」

昨夜、見張りのまえに、よく調べたがそんなものは見当たらなかった。

(すると昨夜、鳩甲堂はどこから外出したのだろう?)

率直な疑問である。それを聞いた。

「裏口はないけど、抜け穴があるらしいよ。見たわけじゃないけど、顔見知りの摺師がそんなことを言ってたね。裏庭にちいさな井戸があるんだって。でもそれは、井戸に見せかけた抜け穴で、塀の向こうの仲町《なかちょう》の路地に通じてるんだってよ」

太った女が答えた。

「そんなのがあったのか」

梧郎は出し抜かれたと気づいて、がっかりした。

「あんな仕事をしてると、人に恨まれることも多いだろ。なにかあったときに逃げ出す手はずをととのえていたんだね」

話をしまいまで聞かず、梧郎はお花畑へと急いだ。

昔、上野御門主のお花畑があったことから名づけられたその場所は、不忍池《しのばずのいけ》東岸北側にあった。

右手には上野の山がせりあがって、昼でも人通りがすくない。まして夜となると人気《ひとけ》は途絶える。

鳩甲堂がどこへ行こうとしたのか知らないが、凶行をはたらくには絶好の場所である。

梧郎が着いたとき、もう死体は片付けられていた。帯に十手《じって》を差した岡っ引きらしき男が、所在なげにあたりを歩きまわっていた。

「昨夜、殺しがあったそうだな」

梧郎が聞くと、岡っ引きはうさん臭そうに、じろりとこちらに白い目を向けた。

「辻斬りかね」

「さあ、どうかな。背中からばっさりさ」

それだけ言うと岡っ引きはこちらに背を向けた。

梧郎はゆっくりとお花畑から離れた。

鳩甲堂が瓦版を書かせた相手を訪ねようとしていたことは、まずまちがいないだろう。その相手はこの近くに住んでいる。

鳩甲堂からいきさつを聞いた仕掛人は、後腐れのないようまず彼の口を封じておこうと考えた。そこで口実を使ってお花畑に誘《おび》き出し、息の根を止めた。

そこまできてふと梧郎の頭をよぎったのは、湯島聖堂を訪ねたときの柴田要助の話であった。

彼は新学問所設立に反対する勢力が多くあると言い、陽明学派や古学派、折衷学派などの名をあげた。

それぞれがどういう主張点のちがいから対立しているのか、梧郎には見当もつかないが、幕府が朱子学を正学にしたことが、大きな混乱の嵐を呼び起こしている。

しかも、朱子学を正学にすることに、朱子学の中心である林家にも反対があるというのだ。

その林家の別荘が忍ヶ岡にあると聞いた。目のまえの上野山内一帯を、昔は忍ヶ岡と呼んだらしいが、いまは東叡山《とうえいざん》のあたりを指す。

梧郎はすこし道を引き返すと鐘撞堂《かねつきどう》へつながる坂道をのぼった。中堂《ちゅうどう》沿いに延びた道を行くと、東叡山の御本坊《ごほんぼう》に出る。

林家の別荘はすぐ見つかった。かつてはここに孔子廟がおかれ、まさに学業の中心地としての栄華を誇ったらしいが、孔子廟とともにその主たる機能は湯島聖堂に移され、いまは昔の面影はない。

しかし、一角に学塾だけは残っていて、いまでも教えを乞う子弟《してい》たちが多く出入りをしているらしい。

梧郎は塀外に立つと、しばらく土塀に張り出した樹木の茂みに目をやっていた。

鳩甲堂を動かして、下柳平四郎の不品行を瓦版に書かせ、彼の失脚をはかることで新学問所の設立を妨害しようとした疑いは、ここ林家にもある。

現在の林家のあるじは、八代目の述斎《じゅっさい》である。人望厚い人だと聞いている。そんな人が下劣な手段を用いて、幕府の計画の妨害に出るとは思えない。

しかし、あるじが知らないところで、弟子たちが勝手にやっている公算はなきにしもあらずだ。

梧郎の脅しに身の危険を感じた鳩甲堂が、林家を頼って駆け込み、口を封じられたのかもしれない。ここからだと凶行現場は近い。

まず林家は、容疑から外せないなと思いつつ、梧郎が塀向こうの樹木の茂りを見る

ともなく見ていると、

「里見梧郎どのではありませんか」

いきなり声をかけられた。驚いて振り向くと、中肉中背の、理知的な目の色をした男が立っている。下柳平四郎だとすぐ分かった。

「これは……意外なところでお目にかかります」

梧郎はあわてて頭をさげた。

「奇遇ですな。こんなところでお目にかかるとは……」

平四郎も感慨深い声を出した。

「どうしてこんなところに？」

梧郎が聞くと、平四郎はかすかな笑いを頰に乗せた。

「柴田さんから聞きましたが、私の事件に興味を持っていただいてるそうですね」

「下柳家の災難と聞くと放ってもおけません。頼まれもしないのにお節介を買って出てます。まして由佳どののご亭主のこととあっては……」

「妻のことでは、いつもご迷惑ばかりおかけしているようで」

「迷惑と言われると、由佳どのが怒るかもしれませんよ。どちらかというとおれにとっては、感謝しなければならない方が多い」

「妻が聞けば喜ぶでしょう。ところでなんの用でこんなところへ?」

「瓦版を書いた鳩甲堂が殺されました。ご存じでしょうが……」

「知ってます。それでお花畑に行き、その足でここにきました」

「おれもおなじです。じつは鳩甲堂を追い込んだのはおれでしてね。そうすれば首謀者のところに駆け込むと計算したのですが、ちょっと手違いがあって、こんな結果になってしまいました。そこで鳩甲堂が駆け込んだのは、凶行現場からはそう遠くないところだろうと見当をつけて、ここにきました」

「考えることは誰もおなじですね。ここ林家は新学問所の設立に好感を持っていませんのでね。私をはめるために、瓦版を利用した疑いはなきにしもあらずです」

「たしかに。お花畑に近いというと、まず考えられるのはここですからね」

「いえ、もう一か所あるのです」

「本当ですか?」

「陽明学を教える青葉塾が、本郷五丁目にあります」

「そうでしたね」

うっかりしていたが、柴田要助がたしかそう話したのを思い出した。

「すると鳩甲堂が駆け込んだのは、青葉塾だとも考えられるわけですか」

二人は肩を並べるようにして、上野山内をくだった。

梧郎としては、平四郎と親しく話をするのはこれがはじめてである。

教育に関わる仕事をしているというので、もっと堅苦しい人物を考えていたが、平四郎は思ったよりくだけたところのある男のようだった。

「由佳どのも、今度のことではさぞこころを痛めているでしょう。嵐はいずれ通り過ぎるものだと、おれがそう言ってたと伝えてください」

「伝えておきます。今度のことが起きたあとも、妻の態度はほとんどふだんと変わりません。あの芯の強さは、あらめて見直す思いです」

「いやなこと、不快なことは、じっと自分の胸に抱え込んでいるのでしょう。そういう人です」

「どうも妻のことに関しては、あなたの方が私よりよく理解されているようですな」

べつに深い意味もなく言ったのだろうが、そのひと言は梧郎の胸にわだかまって残った。

た。

（この事件に、あまり深入りしない方がいいのではないか）

どうも由佳との仲を平四郎に誤解されているようで、梧郎は思わず弱気になりかけた。

筋違御門《すじかいごもん》でふたりは別れたが、その別れぎわに、

「あの瓦版はいま幕府の方針に反対する勢力に利用されていますが、もともとはやはり私を貶《おとし》めることにあったのではないでしょうか。まだ噂にすぎませんが、彼ら反対勢力は、私の罷免を求めて大集会を計画しているそうです」

「大集会を計画しているのは、どういう勢力ですか。林家と青葉塾だけは分かっていますが……」

「おそらく古学を教える報徳校《ほうとくこう》、折衷派の西州塾《せいしゅうじゅく》などは青葉塾と行動をともにするでしょう。異学の禁令に激しく抗議しておられる、亀田鵬斎《かめだほうさい》、山本北山《やまもとほくざん》、市川鶴鳴《いちかわかくめい》などの諸先生方にも不穏な空気はあります。ただ、常識を十分にお持ちの先生方ですから、軽薄な行動はされないかとは思いますが、亀田先生のところなど、たくさんいた旗本の門人がいっせいに去ったため、塾を閉めざるを得なくなったといいます。あとに残された子弟のなかに、幕府許すまじという過激なのが多くいるとか……」

「そこまで大変なことになっているのですか」

「騒ぎが大きくなれば、幕府としても黙認はできなくなる。私の首をすげ替えるだけですめばいいが、そのていどでは片付かないでしょう。悪くすると新学問所の計画そのものを、白紙にもどさねばならないかもしれません」

そう言いおいて去っていく平四郎の後ろ姿が妙にわびしく見えて、梧郎は胸を締めつけられる思いがした。

五

里見梧郎は役宅にもどった。

いつまでも留守にするわけにはいかない。居たり居なかったりの配分の具合が、蟬の抜け殻を決め込むのに大切なのだ。

梧郎がいちばん苦労するのは、長谷川平蔵から命じられて探索にあたることよりも、仲間の目に映る空蟬同心の存在を、維持し継続することだった。

「つねに目立たないようにしろ」

それが平蔵からのお達しである。そのために長期の留守は厳禁である。いつも居るような、居ないような存在でありつづけねばならない。

その日は夕方まで席を温め、六つ半（午後七時）になって役宅を出た。先輩の前田文作同心はすでに帰ってしまっている。

「おまえが居残りとは、天気が変わらなければいいが」

菅《かん》野《の》一郎《いちろう》太《た》同心の嫌みを背中に、梧郎はほうせんかに向かった。

顔なじみの客に会釈《えしゃく》をして、梧郎はいちばん奥の飯台にすわった。

お純が運んでくれたぬる燗を、焼魚とほうれん草のおひたしと冷や奴を肴《さかな》に飲みながら、

（どうも困った展開になってきた）

腹のなかでつぶやいた。

鳩甲堂に揺さぶりをかければ、かならず首謀者のところに出向くだろうと考えたのは当たっていた。ただ、見張っていた梧郎の目を出し抜いて鳩甲堂は行動を起こし、そして殺されたのだ。

首謀者の手にかかったと見て、まずまちがいはないだろう。そしてその下手人は、

殺害現場となったお花畑の近くに住まいを持っている。

いまのところ、忍ヶ岡に別荘を持つ林家と、本郷町の青葉塾が容疑の対象に浮かんでいる。

だからといって林家や青葉塾に乗り込んで、らちの明く問題ではない。そのまえに下手人を特定する材料を持たねば、話し合いにもならない。

（鳩甲堂を死なせたのは痛かったな）

梧郎は臍《ほぞ》を噛む思いだった。瓦版を使って卑劣な計画を立てた人間を追い詰める手立てを、ひとつ失ったのだ。

（残るのは平四郎を罠にはめた、お久という女だが……）

残念ながら彼女はすでに行方をくらましている。探そうにもなんの手がかりも残していない。

気がつくと客は帰ったと見えて、お純が暖簾《のれん》を取り込んでいた。

「ひどく疲れた顔をしてるわね。なにか思わしくないことでも起きたの」

「例の瓦版の版元が殺されてね」

「まあ！　口をふさがれたってこと？」

「だろうな。しかも厄介なことに、平四郎を罠にかける手伝いをしたお久という女が、行方知れずになってしまっている」

「それは困ったことね」

お純は飯台の向こうにすわって、自分も遅い夕食をはじめたが、

「どんな事情があったにせよ、そのお久って人、すぐつぎの勤め先を探すんじゃないかしら」

箸を止めて言った。

「罠にかけるのを手伝って、そこそこ金は手にしているはずだ。すぐに暮らしに困ることはないんじゃないか」

「もしお久というのが、堅実な人なら臨時の稼ぎには手をつけず、なにかのときのために残しておいて、毎日の糧《かて》を稼げる仕事を探すと思うの。もし彼女が浪費家だったならなおさら、思いがけず得た金はすぐに使っちゃうだろうから、やっぱりつぎの仕事を探すんじゃない？」

「なるほどな。とにかくそのあたりから手をつけてみるか。仲居をしていた女なら、似た仕事を探すだろう」

「水月屋でその人が勤めるようになったいきさつを聞いてみたら？　なにかつかめるかも知れないわよ」

いつになくお純は前向きだった。由佳への懸念《けねん》が、そんな形であらわれたのかもしれなかった。

翌日、梧郎は目立たないようにこっそりと役宅を抜け出し、北大門町の水月屋を訪ねた。

「今日はなんのご用でしょうか？」

女将は小首をかしげるようにして聞いた。

「お久のことだが、彼女がここに勤めるようになったいきさつを、教えてもらおうと思ってな」

「ああそれでしたら、金沢町《かなざわちょう》にある『田之倉《たのくら》』という口入れ屋さんを通して、ここにきたんです」

「江戸育ちの女のようだったかね。それともどこかから流れてきた……」

仲居にはけっこう流れ者が多い。それで聞いた。

「よそ者には見えませんでしたね。でもそういう話はいっさいしませんでした」

「なにか人に知られたくない過去でもあったんだろうか」

「もしかしたら、いいところのお嬢さんの出なのかもしれませんね。というのも、着物は上物ばかり持ってたようだし、櫛《くし》、簪《かんざし》なんかにも金をかけてましたよ。ふつうの仲居の稼ぎじゃとても買えないようなものばかりで……でもいいところのお嬢さんにしちゃ蓮《はす》っ葉《ぱ》なところがありましたね。とにかくよく分からない女でしたよ」

その女将の言葉を背中に、梧郎は水月屋をあとにした。

向かったのは金沢町の口入れ屋、田之倉だった。

応対に出たのは四十過ぎのちょっと苦み走った男で、梧郎の問いに、

「突然飛び込んできて、どこかいい勤め先はないかというんでしょう。それで水月屋から仲居を一人頼まれていたのを思い出して、紹介してやったんですよ。そんなわけでお久という女に関しては、身元からなにからくわしいことはなんにも分かりません」

と答えた。お久の消息をたぐろうにも、手がかりはそこで途絶えた。

落ち込んだ梧郎を見て、気の毒に思ったのか田之倉のあるじは、

「私の印象ですが、あの女、どうも金に執着心が強そうに見えました。するとすぐつぎの仕事を探すのじゃないかな。ここへはきにくいでしょうから、行ったとしたら下《した》

谷長者町《やちょうじゃまち》の『関口《せきぐち》』か、神田松永町《かんだまつながちょう》の『田岡《たおか》』あたりでしょう。この近くの口入れ屋というと、その二軒です」

と、教えた。

田之倉を出ると、梧郎はまず松永町に向かった。金沢町からだと、長者町も松永町もおなじような距離である。

運がよかったというか、口入れ屋の田岡でお久の消息がつかめた。

「その人なら、松坂町《まつざかちょう》一丁目の『鈴村《すずむら》』という小料理屋に紹介しました」

場所を聞くと回向院《えこういん》のすぐ裏手だという。それなら両国橋を渡ればすぐである。

だが、せっかく訪ねた鈴村にお久はいなかった。

「お久ならいませんよ」

子豚のようにころころ太った女将は、眉根《まゆね》に皺《しわ》を寄せて言った。

「辞めたのか？」

「辞めたんでしょうね」

女将はおかしな言い方をした。

「どういうことだ？」

「昨日、突然なにも言わずにいなくなったんですよ。本人から辞めますと言ってきたわけじゃないから、事情がわからないんです。それにたったの三日いただけですから」

「最初から腰掛けのつもりだったのかな」

「ちがいますよ。ここに勤めると決めてから、すぐ亀沢町《かめざわちょう》の裏店を借りる手を打ってましたから、居着くつもりだったんじゃありませんか」

「いなくなったのは昨日なんだな」

「そうですよ」

おそらくお久は鳩甲堂が殺されたことをどこかから聞きつけ、つぎに狙われるのは自分だと思い、逃げ出したのではないだろうか。

「よほどあわてたらしく、裏店に身のまわりのものをほとんど残していました。買い物好きとみえましてね、ここにきてからも着物や化粧道具など、惜しげもなく買い込んでいたようです。よほど蓄えがあるんだろうと感心してたんですが、それもみんな残したままで……」

どうやらお久という女は、かなりの浪費家だったらしい。

鈴村にきてからも、惜しげもなく買い物をつづけていたようだ。すると平四郎を陥れて得た金は、すでに使い果たしているのではないか。ならば暮らしていくのに、すぐにでもつぎの働き口を探さねばならない。

しかし、今度はうかつに職探しには動けないだろう。鳩甲堂を殺した殺人鬼の目が、どこで光っているか分からないのだ。

これまでお久は下谷から神田、両国、そして本所へと動いている。しかし、命の危険を感じて逃げたとしたら、もうそのあたりへは近寄らないだろう。

(どうもこのさき、お久の消息を追うのは容易ではなさそうだ)

せっかく追い詰めたと思った獲物だったが、また手のとどかないところに逃げ込まれてしまった。

梧郎は暗い顔になって鈴村を出たが、出たところで思いがけない人物と鉢合わせしそうになった。

下柳由佳だった。

「由佳どの！　どうしてこんなところへ？」

驚いた梧郎の声がうわずった。

「まあ、こんなところで出くわすなんて！」

由佳も驚きを隠せない。

「お久という女の消息を追って、ここまできたんですが……」

梧郎が言うと、

「だったら私もおなじです。鳩甲堂とかいう瓦版屋が殺されたと聞いて、するとつぎに狙われるのは、お久という女ではないかと思いましてね」

「それにしても、よくここが分かりましたね」

「瓦版に書かれていた某料亭が水月屋だと突き止め、そこの女中からお久のことをあれこれ訊ねたんですが、そのときの一人が、本所の鈴村という小料理屋から出てくるところを見たと教えてくれたものですから」

由佳は意外なところに近道を見つけたようだった。

「お久はもうここにはいませんよ」

由佳を引っ張るようにして、竪川沿いの道までくると、梧郎は言った。

「いない？」

「逃げたようです。鳩甲堂が殺されて、つぎは自分と思ったんでしょう」

「すると主人の事件に手を貸したものが、二人そろって消えてしまったのですか」

「まあ、お久はまだ生きているでしょうから希望はありますが、鳩甲堂の二の舞になってはたいへんです。そうなるまえになんとか探し出さなきゃ。といっても、これは口でいうほどたやすくはない」

「そのようですね」

　由佳は見ていてはっきり分かるほど肩を落とした。

「あなたが真相を探ってくださってると主人から聞いて、安心はしていたのですが、だからといって、なにもせずに屋敷でじっとしてはいられなくて……」

「由佳どのならそうでしょうね。待つよりも、自分から行動を起こすほうが性に合ってる。そういう人ですから」

「でも、困りました。これからどうすればいいのか……」

「あなたの性格に反するようですが、このままじっとしていてください。かならずおれが真相を突き止めますから」

「分かりました。あなたを信じてそうすることにします。ほんとに主人のこと、よろしくお願いします」

深々と頭をさげる由佳を見て、梧郎はなんとなく複雑な気持ちになった。彼女の言葉に、平四郎を気遣う強い思いが見えたからだった。

夫婦である以上、それは当然のことである。罠に落ちた平四郎を気遣うのは、妻としておかしなことではない。ごく自然なことだ。

だが、平四郎に向けた由佳のこころの向きを知って、よかったと思いつつも、胸のどこかに吹き込んでくるすきま風に気づいて、梧郎はなぜか動揺している自分が信じられなかった。

六

一刻《いっとき》ほどあと、里見梧郎は桜木町《さくらぎちょう》の猿屋《さるや》の座敷にすわっていた。密偵《みってい》の昌吉《しょうきち》がやっている茶屋である。

窓のあたりは薄暗くなりかけている。店じまいをすませて昌吉がやってきた。

「安吾《あんご》はなんとかやっていそうか」

まず梧郎が聞いたのはそれだった。

　これまで昌吉の店を手伝っていた安吾が、十日ほどまえから指ケ谷《さすがや》に手頃な空き店を見つけて、そっちの開店準備に忙しかった。ようやく昌吉の手を離れて、独立することになったのである。

「大丈夫でしょう。覚えは遅かったが、そのぶん頭にたたき込んだことには手を抜かない。店のこしらえさえすめばいつでも店が開けられます」

　そう言うと昌吉は、持ってきた徳利の酒を湯呑み二つに注いで、

「話を聞きましょうか」

　と、座り直した。

「かなり厄介な頼みごとをしにきたんだ」

「厄介でない頼みごとをされたことがありましたっけ？」

「皮肉な言い方だな。けど今度は正真正銘の厄介ごとだ」

「とにかく聞かせてください」

「幕府が朱子学を正学として採用することになった」

「待ってください。いきり朱子学って言われても、あっしにゃさっぱり……」

「おれだって分からん。分からんでもいっこうにさしつかえない。まあ聞いてくれ」

「聞きましょう」

「朱子学が正学になると、それ以外の学問をやってるところは、そうですかでは納まらない」

「そりゃそうでしょう。自分たちの不利になることですから」

「ところが面と向かって幕府に否《いな》やは言えない。そこで搦《から》め手から攻めようと考えた。幕府が作ろうとしている新学問所の世話心得役の不始末をでっちあげ、それを糾弾《きゅうだん》することで新学問所の計画を遅滞させようという手に出た」

「よこしまな考えを持つやつは、得てして悪知恵が働くものです」

「その人身御供《ひとみごくう》にされたのが、下柳平四郎。由佳どのの亭主だ」

「そうと聞きゃ放っておけません」

昌吉はすわり直した。

「昨日耳にした話だが、新学問所設立に反対の連中が、平四郎糾弾の大集会を開こうとしているらしい。もしそうなったら平四郎は窮地に追い込まれる。そこでその連中の動きを探ってもらいたいんだ。彼らがどう動こうとしているかが分かれば、なんとか阻止する手段を講じることができる」

「そういうことなら探ってみましょう。ところでどういう連中に目をつければいいんですか」

「まず忍ヶ岡にある林家の学塾。本郷五丁目にある青葉塾。御徒町《おかちまち》の報徳校。三河《みかわ》町《ちょう》三丁目の西州塾。そこの門弟の動きを探ってみてくれ」

「分かりました。しかし、調べるさきがそう広いと、あっしひとりの手には負いかねます。安吾さんにも話して手伝ってもらいましょう」

「安吾を引きずり出して、店の方は大丈夫だろうか」

「なあに彼なら商売より、こっちの仕事を喜びますよ。五日ほど待ってください。とにかく返事はほうせんかに持っていきます」

昌吉はトンと胸をたたいた。

その五日間、梧郎はお久探しに努力を傾注《けいちゅう》した。

成果はあがらなかった。いくら探し歩いても、お久の消息は杳《よう》としてつかめなかったのである。

ただ、亀沢町に残された着物や帯、足袋《たび》に化粧道具、風呂敷や手ぬぐいなどは、どれもみな高価なものばかりだった。

たとえば風呂敷である。梧郎などの感覚ではものさえ包めればと思うのだが、お久のそれは絹や絞りなど、見るからに高そうなものである。

あとは推して知るべしで、化粧品でも麴町《こうじまち》五丁目の玉井《たまい》の伽羅《きゃら》の油や紅粉《べにこ》をそろえている。

お久はたんなる浪費家ではなく、おなじ買うにしても高価なものを買いあさる癖《へき》があったらしい。これではいくら稼いでも追いつかない。それで下柳平四郎を罠にかける手伝いをしたのだろう。

梧郎は鈴村で働くようになってからの、お久の買い物を調べてみることにした。その結果分かったのは、ここにいた三日間に、お久はおよそ十両近い金を使い果たしていたことであった。

狂言の片棒を担いで得た金はいくらかは分からないが、おそらく彼女の手には、もうほとんど残っていないのではないだろうか。

生きていくために、すぐにでもつぎの仕事を得たいところだが、殺人鬼の目を恐れてそれもできない。

すると残る手段は、

（金に困ったお久は首謀者のところへ、金の無心にあらわれるのではないか）

梧郎に思い浮かんだのはそのことであった。

自分を殺そうとしている相手のところにあらわれる。まずあり得ない想定である。

しかし、追い詰められた人間は、なにをしでかすか分からないものだ。

身の安全の手段さえ講じておけば、首謀者はまたとない金づるである。

（悪巧みの共犯者こそ、ひとつちがえば恐喝者に変身する）

すると待てば、金の無心にお久は首謀者のところにすがたを見せるだろう。

そう思いついたものの、待つにせよ、首謀者がどこの誰かさっぱり見当がつかないのである。これでは見張ろうにも見張りようがない。

五日間をそんなことに費やしたものの、お久は依然闇のなかに消えたままであった。

そのあいだにも二度、梧郎は湯島聖堂へ柴田要助に逢いに行った。反対派の動きを知りたいと思ったのだ。

二度目のことだった。梧郎の顔を見たとたん、柴田はなんともいえぬ複雑な表情を見せた。

「このまえこられたときは、報徳校の子弟が十人ほど抗議にきていたでしょう。ところがそれを最後にこの三日、申し合わせたようにぱったりと誰もやってこなくなったのです」

「向こうも抗議疲れしたんじゃないのか」

一瞬、急な抗議行動の中止が、平四郎から聞いた大がかりな抗議集会と関わりのありそうな気がしたが、それはおくびにも出さず、梧郎はわざと無責任な言い方をした。

「かも知れませんね。だったらまたやってくるでしょう。おかしなものでしてね。毎日あの連中を相手にしてきたでしょう。誰も抗議にこないとなると喜んでいいはずなのに、妙に拍子抜けしたような心境でして」

それが柴田の複雑な表情の持つ意味だった。

約束の五日目の夜、昌吉は安吾を連れてほうせんかにやってきた。

彼らはお純が軒行燈を消し、暖簾を取り込むのを待っていたようにすがたを見せた。

「だいたいのところがつかめましたよ」

昌吉がくたびれた顔も見せずに言った。

「ゆっくり聞かせてくれ。そのまえにうまい酒を用意してある」

上方池田《いけだ》からの下《くだ》り酒を梧郎はまず振る舞った。

「こりゃどうも」

二人は恐縮しながら盃を受け、

「なるほどこれはとびきりの酒だ」

一口飲んで、昌吉は声をあげた。

「ところであっしが林家と青葉塾を、安吾が報徳校と西州塾と手分けして張り込んだのですがね、その必要はありませんでした」

お純が運んできた料理にちょっと箸をつけて、昌吉は報告をはじめた。

「というのも、見張ってまもなく、青葉塾の子弟の代表らしい三人が本郷の学舎《がくしゃ》を出ましてね、御徒町の報徳校へ向かったんです。そして今度は報徳校の三人が加わって三河町の西州塾へ行き、そこでまた代表らしい三人が加わり、九人が近くの小料理屋にあがって、一刻近くなにか相談をしていたようでしたが、その日はそのまま別れました」

昌吉が一息つくと、安吾が説明役を代わった。

「明くる日は八つ（午後二時）頃、昨日とおなじ顔ぶれが、おなじ小料理屋で顔を合わせました。そこで私が天井裏に忍び込みました。彼らは声をひそめているので、よくは聞き取れませんでしたが、自分たちの計画に林家も参加してもらおうと、そういう相談だったようです。結局それぞれの派から一人ずつ代表が出て、林家の説得に当たるということになって、さっそく選ばれた三人は小料理屋から出て行きました」

「三人が行ったさきは、当然忍ヶ岡だな」

梧郎が質問をはさむ。

「そうです。彼らは学塾の裏手にまわり、まもなく二人の塾生をつれて信濃坂《しなのざか》をくだり、坂本町《さかもとちょう》一丁目の『ほたる』という小料理屋に入りました。今度は密談がよく聞き取れるように床下にもぐり込みましてね、一部始終を聞き取りました」

「林家は三派の誘いに乗ったのか」

「なかなか慎重でした。林家といえばなにしろ名門ですからね、軽々《けいけい》には動けないと思ったんでしょう。でも三派の代表の熱意に押されましてね、返事を一日待ってほしいということで、その日は別れました」

銚子が空になったと見ると、手早くお純が酒のお代わりを運んでくる。

「すみませんね、お手数をかけて……」

火照《ほて》った額《ひたい》をピチャピチャ叩きながら、昌吉はご機嫌で報告を代わった。

「翌日はあっしが床下にもぐり込みました。その日は林家からの参加者は五人に増えていましたが、いろいろ条件をつけたうえで、三派への合流を承知しました」

「条件とはなんだ？」

「それぞれの師には内密にしておく。参加は全員ではなく賛同者だけにかぎる。決行日までの行動は隠密裡《おんみつり》に行う。そんなことでした」

「なるほど」

「その日はそれで別れ、それぞれが仲間とよく相談して、明日再度集まって決起の日取りを決めようということになりました。もちろん翌日もあっしが忍び込んだのですが、彼らは日にちの調整に手間取っていましたが、ようやく決行日を今月の二十二日と決めました。二十二日午《うま》の刻《こく》（正午）に心法寺《しんぽうじ》まえの空地に集合し、麴町通りを半蔵御門《はんぞうごもん》まで下柳平四郎糾弾の行進を行おうというのです」

やはり彼らは大集会を計画していた。だからちまちまとした抗議の必要はない。湯島聖堂への抗議が日を追って少なくなり、やがて途絶えたのはそのためだった。

「二十二日なら、あと三日しかないじゃないか」

思わず梧郎の声が高くなった。

「それにいまの話だと、そこまで調べるのに四日かかってる。すると昨日のうちに報告は聞けたんじゃないのか。このさいの一日は大きいぞ」

つい咎める口調になる。

答えたのは昌吉だった。

「亀田一派にも声をかけたらどうかという意見が、林家から出されましてね。折衝《せっしょう》には林家のものが当たるとして、その返事を聞けたのが今日なんです」

「やはり亀田派を引きずり出す作戦に出たか」

「亀田派ってどういう一派なんです?」

「昌吉に話してなかったな。悪かった。じつは幕府が異学の禁令を出したことに、五人の学者が異議を唱えた。とはいえどれも一流の学者だ。堂々と抗議はするが、幕府の足をすくうような姑息《こそく》な行動にでる面々ではない。ところが亀田鵬斎という人の門弟のなかに非をならすものがいるとは聞いていたんだが……」

「その連中も参加することを決めたようですよ。五派が集まって糾弾行進をやるとなると、かなりの規模になりそうですね」

「だろうな。そうと分かれば、なんとかせにゃいかんな」

梧郎は空の盃を手でもてあそびながら、思案のなかへ落ちていった。

# 七

里見梧郎は一か八かの行動に出る決心をした。

ことは幕府が朱子学を正学と決め、それ以外の学派を異学として禁令を出したことにはじまっている。

それまで幕府の学問所としての機能を独占してきた林家は、朱子学派である。その意味では林家に影響は及ばない。

ところが幕府はこのさい、学問の主導権を自分たちの手に移行させようとした。つまりこれまで中心にすわっていた林家は、陪席《ばいせき》に移ることになる。だから朱子学派のなかにも、幕府の方針に従えないとするものがあらわれた。

だが正面切って逆らうことはできない。そこで幕府が計画している新学問所、つまり昌平坂学問所の設置妨害を思いついた。うまくいけば計画の挫折、悪くとも計画の遅延を意図したのである。

そこで反対勢力が打った手は、下柳平四郎を人身御供にし、これを叩くことで、婉《えん》曲《きょく》に幕府への抗議とすることであった。この汚い手の仕掛人が誰か、いまのところ分かっていない。

ただ、蒔《ま》かれた種《たね》は着々と育って、今月二十二日の糾弾行動になろうとしている。なんとしてもこれだけは阻止したい。もし決行されれば、たとえ潔白であろうとも、平四郎が被る打撃《こうむ》は半端《はんぱ》ではないだろう。

新学問所世話心得役の任を解かれるだけならまだいい。彼の醜聞がもとで、幕府の計画が挫折したとなると、相当のお咎めは覚悟しておかねばならない。

いずれにせよ、明らかに無実と分かっている人物を、窮地に追い込むことはできない。

(まずは計画されている大集会を、なんとか回避することだ)

焦った梧郎が行きついた結論は、直接相手の懐に飛び込むことだった。

林家のいまのあるじ林述斎は、人物高潔《こうけつ》と評判の人である。彼が抗議集会の計画に一枚嚙んでいるとは思えない。

直接述斎に逢って、集会を辞めさせるよう説得してもらう。梧郎が考えたのはそれだった。

自信はない。相手がたとえ高潔な人物であっても、身分も明かせない梧郎の言うことに、耳を傾けてくれるだろうか。たとえ身分を明かしても、逢ってもらえるはずのない相手なのだ。

述斎は公用がないかぎり、たいてい馬場先門外八代洲河岸《ばばさきもんがいやよすがし》の居屋敷《いやしき》の離れ屋にいることは、すでに調べて分かっている。

朝靄《あさもや》がまだ消えない早朝、梧郎は高い居屋敷の板塀を乗り越えて、屋敷の庭にもぐり込んだ。塀を越えるのには、安吾の知恵を借りた。

離れ屋は手入れの行きとどいた庭の一隅《いちぐう》にある、小さいが瀟洒《しょうしゃ》な建物だった。

すでに人の気配があった。

梧郎がどう声をかけたものかと迷っていると、張りのある澄んだ声が、離れ屋から聞こえてきた。

「そこにおいでになるのはどなたかな。私に用なら遠慮せずにどうぞ。でなければ早々にお引き取り願いたい」

梧郎は度肝《どぎも》を抜かれた。これから逢おうとしているのが、生半可《なまはんか》な人物でないと分かってつい足がすくむ。

その気後れを振り切るように、梧郎は縁先に近寄った。

「失礼を承知でしのびこみました。誰にも聞かれたくない用件でしたので」

縁の障子がからりと開いた。まだ二十代半ばの、それでいてどこか老成《ろうせい》した感じの人物がすがたを見せる。ふくよかな面相《めんそう》のなかで、目だけがべつの生き物のように光っていた。

「用件とは、どのような？」

「林家の門弟が他の学派のものたちと謀って、幕府への抗議行動を起こそうとしています。それをなんとか思いとどまらせていただけませんか」

「聞き捨てならない話ですな」

述斎はしばらく梧郎の顔に目を当てていたが、その表情から真剣さをくみ取ったようで、

「まあ、おあがりになりませんか。そこでは話がしにくい」

と、梧郎を座敷に招きあげた。

「ただし内密の来訪のようなので、お茶の一杯も出ませんが」

「お気持ちだけで十分です。まずはおれの名前ですが……」

「それは聞かずにおきましょう。こっそり他人の住居にしのび込んできた人に、名乗らせる趣味を私は持たない。とにかく用件だけを簡潔にお願いします」

梧郎はうなずくと、すこし呼吸を整え、

「昌平坂新学問所の世話心得役に任じられた、下柳平四郎の名はご存じでしょうか」

「ああ、下柳どの……」

述斎は聞き知っているようだった。

「お聞き及びかもしれませんが、彼は酒に酔って前後不覚になったところを、お久という女に利用され、手込めにしようとしたとの汚名を着せられました。しかもこの女の主張にさらに誇張して、鳩甲堂という版元が瓦版にして世間にばらまきました」

「………」

「これらがすべてでっち上げである証拠に、鳩甲堂は殺され、お久という女は行方不明になっています。鳩甲堂は虚偽の瓦版を出すよう依頼を受けた相手に、口を封じられたのでしょう。女はそれを知り、身の危険を感じてすがたをくらました」

「あの事件には、そういう裏がありましたか」

「やがて下柳平四郎の不始末を口実に、教育者にあるまじき人物を、新学問所の世話心得役におくことは由々《ゆゆ》しき問題だ。恥を知るならただちにその職を辞せよと、抗議の集団が湯島聖堂に押しかけてくるようになりました。平四郎の役職罷免は口実で、本音はそれでもって、新学問所の進行をとどこおらせることにあるのは明白です」

「いったいどのような人たちなんですかな、その抗議集団とは?」

「おれが聞いているのでは、青葉塾、報徳校、西州塾……」

「それぞれ名の通った学舎ばかりですね。それでそのなかに、私どもの門弟も名を連ねているとおっしゃる……?」

「そのとおりです」

「うかつなことですね。そのような動きがあることに、まったく気がつきませんでした」

述斎は表情を暗くして、畳に目を落とした。

「いま申しあげた青葉塾などの三派に、こちらと亀田鵬斎師の門下生も加わって、この二十二日に麴町で大がかりな集会を開こうとしています。表向きは下柳平四郎の糾弾ですが、ほんとうの狙いは朱子学を正学にと決めた幕府への抗議です」

「それにしても私どもの門弟も参加しているとは……われわれ林家は朱子学を伝えてきた家柄です。それが幕府の正学に採用されることに、なんら異議はないはずなんですが……」

「新学問所の設立に、林家がおいてけぼりにされている。それが我慢ならなかったようです」

「とんでもない。お恥ずかしいことながら、林家のなかには田沼政権に追従《ついしょう》して、教育者にあるまじき行為をとったものもいましてね。だから私は、松平定信さまが老中筆頭にすわられたとき、自らの謹慎を申し出ました。しかし、松平さまからは、幕府が進めようとしている構想に手を貸すようにと言われました。良吏を育成するための教育施設を作るという構想でしたが、私にも異論はありません。だからその改革にわれわれも大いに手をお貸ししているのです。ただ、林家が表面に出ないように気をつけているので、一見、林家がないがしろにされているように見えます。それをわが門弟が、林家が改革の外におかれていると勘違いし、暴走しようとしているとしたら、私の責任はじつに大きい」

述斎は率直《そっちょく》に意見を吐露《とろ》した。相手は思っていた以上に大きな人物かも知れないと、梧郎は認識をあらためた。

「となれば、なんとか二十二日の集会をやめさせるように取りはからっていただけませんか」

「引き受けましょう。すくなくともそういう姑息な行動を、教育に関わるものが取ってはいけない。明日の夕方、もう一度ご足労願えますか。そのときにご返事をさしあげましょう。あ、それから、今度おいでのときは、遠慮なさらず表からどうぞ」

その言葉に甘えて、翌日の夕方、梧郎は居屋敷の玄関から述斎への面会を申し入れた。連絡はついていたようで、すぐ離れ屋に案内された。

述斎は待ちかねていたようで、

「集会は中止されることになりました」

梧郎を見るなり言った。

「ご苦労をかけたのでしょう。ありがとうございました」

梧郎はほっとして、述斎の労に頭をさげた。

「どこも血気にはやる若い塾生たちの先走りで、塾頭や師範などはほとんど状況をつかんでいませんでした。私が申し入れて、はじめて大事を知ったようでしてね」

「そうでしたか」

「亀田鵬斎さまなどはたいへんご立腹でしてね。あの人はいま幕府に対して、堂々と異学禁止への抗議を展開されています。その足下《そっか》で門下生たちによる卑劣な行動が起きれば、抗議そのものにまで僻見《へきけん》を抱《いだ》かせることになる。それが悔しいとおっしゃいましてね。結局、どの学派においても鎮圧に動いてくださることになりました。もう大丈夫ですよ」

「下柳平四郎にその旨を伝えてやりましょう。きっと喜ぶでしょう」

「あ、それから、鳩甲堂とやらを動かして、醜聞を書かせる工作をしたものは、どの学派にもいなかったようですよ。瓦版を読み、それを利用してやろうと考えたというのが真相のようで……そのへんは、どの派も念を入れて調べられたようですから、まちがいありません」

そこまで聞いて梧郎は林家の居屋敷を辞した。

おかしなことになってきたと思った。

朱子学を正学とすることに異を唱えるものが、瓦版を使ってありもしない醜聞を世間に振りまき、下柳平四郎を糾弾することで、幕府への抗議の隠れ蓑《みの》にしようとした。梧郎はそう考えていた。

だが、述斎の話によれば、瓦版を使って卑劣な手段を講じたのは、今回の集会を企図した学徒のなかにはいなかったという。

するといったい、お久を使って平四郎の醜行をでっちあげたのは、どこの誰なのだろう。

あたりはすっかり夜の色に塗りかわっている。東の空にぽっかりと半月が浮いていた。

梧郎は神田橋御門《かんだばしごもん》を抜け、濠端の道を西へと向かった。

その気配に気づいたのは、馬場のあたりにさしかかったときである。一番火除地《ひよけち》のあたりで気配は急接近してきた。

立ち止まると、梧郎は振り向いた。

明らかに食い詰めたとみえる浪人三人が、梧郎を取り囲むようにして立っている。

三人ともすでに抜刀していた。

「何者だ？」

三人は無言である。

「聞いても無駄か。しかし、これだけは答えてもらわねばならぬ。なぜおれの命をねらう？」

返事はもどってこなかった。かわりにじりじりっと、浪人たちは間を詰めてくる。誰かが放った刺客らしい。どの男もかなり遣えると見た。

（斬るか）

梧郎は口のなかでつぶやいた。下手に対処しようとしては、かえってこちらが危ない。月明かりに見た三人の目に、獣のような色があった。金のためなら人の命を奪うことを、屁《へ》とも思わない目の色である。斬るのに容赦のない相手だった。

ただ、一人は生かしておかねばならない。自分を殺《あや》めようとした元凶の名を吐かせるためである。

河内守国助《かわちのかみくにすけ》を引き抜きながら、梧郎はあらためて三人を見た。

正面にいるのは四十に手がとどきそうな、揉みあげの濃い骨太な男である。それに比べると左右にいる二人は三十そこそこで、どちらも華奢《きゃしゃ》な身体つきをしている。

揉みあげが三人の首謀者と見た。

(生かすとすればこの男だな)

梧郎は内心でそう決めた。

以前、そのつもりで生かしておいた浪人が、にわか雇いで、雇い主を知らなかったという経験をしている。だから生かすなら揉みあげである。

三人はさらにじりじりと間を詰めてきた。

頃合いを見て梧郎は、歩を進めると、右手の浪人に襲いかかる様子を見せた。浪人は半身に引いて迎え撃つ恰好になった。

だが、梧郎はその浪人には向かわず、揉みあげの男とのあいだを脱兎《だっと》のごとくすり抜けた。

すり抜けると同時に、大刀を左手にもちかえ、揉みあげの臑を斬り割った。揉みあげは絶叫を発してその場に横転した。

(これでこの男、しばらくは動けまい)

そのあとの梧郎の動きは素早かった。斬り倒した男の脇を通り抜けて、二人の刺客の背後に立った。

二人はあわてる様子もなく振り返った。仲間が斬られたことになんの動揺も見せない。こういう場を何度となく経験している証拠だ。

(どうも手強い相手らしい)

梧郎は国助を下段に構え直した。

二人の刺客はどちらも上段に構えると、じりじりと梧郎との間を詰めてきた。

梧郎は外濠を背にした不利な体勢だった。相手はそれを見越している。

梧郎は一歩まえに踏み出した。その機を逃さず二人は構えた刀を激しく振りおろした。

瞬間、梧郎は地を蹴って後方に飛び退《すさ》っている。

振り下ろされた浪人の刀は、空を切るはずだった。あわてて体勢を立て直す。その一瞬に逆襲をかける。それが梧郎の計算だった。

そうはならなかった。二人は梧郎が襲撃の圏内《けんない》から抜け出たと知ったところで、打ちおろした刀を止めたのである。前方に突き出された刃は、胸のあたりで停止している。

そのまま間髪を入れず、二人は呼吸を合わせて突きの体勢で攻めかかってきた。

逆に飛び退いた梧郎に体勢を立て直す間がなかった。二人の刃が目前に迫っている。背後は濠である。

ふつうなら、もはやこれまでと観念するところだが、梧郎は違った。

地面に触れるほど身を低くすると、そのまま前方に倒れるようにして、胸のあたりで構えた襲撃者の刃の下をすり抜けた。

突きの体勢に入っていたことが刺客の対処を遅らせた。刀を構え直して振り向こうとするのを、すり抜けると同時に立ちあがった梧郎は、国助を振りあげて右手の刺客の首筋を後方から断ち斬った。

つづけてこちらに半身を向けた左手の刺客の、肩口から胸元を斬りさげた。二人はほとんど同時に、枯れ木を倒すように音を立てて大地に落ちた。

そのままぴくとも動かない。

(危ないところだった)

梧郎もほっとした。さすがに呼吸が乱れている。それを整えようとしたとき、

「里見どの、危ない!」

背後で金切り声がした。

驚いて振り向いた梧郎の目に、胸を刺し貫かれた揉みあげの断末魔の表情が見えた。刺し貫いた刀を握りしめているのは、なんと柴田要助だった。

「近くを通りかかったら、暗闇のなかでうごめく人のすがたが見えたものですから……まさか里見どのが襲われているとは……」

「その男は生かしておくつもりだったんだ。殺しを依頼した人物の名を聞くためにな」

悔しさがつい梧郎の口をついた。

「余計なことをしてしまいましたか。この男が膝立ちのまま、背後から里見どのに襲いかかろうとしていましたのでね、つい後先を考えず刺してしまいました。邪魔をしたのならあやまります」

「すんだものを咎めても仕方がない。むしろ救ってもらったことで、こちらから礼をいわねばならん」

「いえ、礼などと……いずれにしても無事でよかった」

柴田は表情をゆるめて言った。

「それにしても、あんた、どうしてこんなところにいたんだ？」

「小川町《おがわまち》に知り合いが住んでいましてね。そこを訪ねた帰りです」

「あんたの住まいはどこだね？」

「湯島聖堂近くの春木町《はるきちょう》です」

「だったら帰る方向が逆じゃないのか」

「そうなんです。ただ、月がきれいだったんで、ついフラフラと外濠端にきて騒ぎに気づいた次第です」

柴田は照れたような笑いを浮かべて言った。

八

客がいなくなったほうせんかの飯台に、里見梧郎は頰杖をついてすわっていた。料理の皿や鉢はあらかた空になっている。

お純がちろりを持って板場からやってくると、銚子に酒を移し、ついでに二つの盃も満たした。

「すると、まったくの振り出しにもどってしまったってわけ？」

お純が聞いた。

「そうなんだ。平四郎糾弾の集会を予定していた連中のなかに、醜聞を工作したものはいなかった。すると仕掛人はいったい誰だったんだ？」

梧郎は苦そうに盃を空けた。

「ねえ、あなたが考えているような、ひねくった動機じゃなくて、もっと単純に、平四郎さんを妬《ねた》むか恨むかしていた誰かがやったんじゃないの？」

「つまり平四郎個人に対して、恨みを持つものが仕組んだというのか？」

「私にはその方が分かりやすい。いないかしら？　平四郎さんのまわりにそういう人が……」

お純の言葉に梧郎は、闇のなかに突然光るものを見た気がした。ずっとそこにあって、当然気づいていいものを見落としている。

梧郎はあわてて頭を振った。

「どうなの？」

「たしかにいたな、そういうのが……」

梧郎の頭に浮かびあがってきた人物は、柴田要助だった。

彼は学問吟味役頭である。平四郎は吟味役副頭であった。順序なら新学問所の世話心得役は柴田に声がかかって当然である。そうすれば学問所が動き出したとき、新しい組織の役職が約束される。学問吟味役でいるかぎり、そこからさきに道はないのである。

柴田が平四郎の出世を妬み、彼を追い落として、その地位を自分のものにしようとした。そのために鳩甲堂を使いお久を使って、平四郎の醜状をでっちあげたのだ。

(どうしてこんな簡単なことに気がつかなかったのだろう)

梧郎は自分のうかつさを罵《ののし》りたくなった。

柴田が見せる、あの底抜けの人の良さの見せかけにだまされていた。

思えば火除地で刺客に襲われたとき、突然あらわれた柴田に疑念を持つべきだった。

刺客を雇い、梧郎を狙わせたのは柴田であろう。

彼は、最初に梧郎が湯島聖堂にあらわれたときから、警戒心を持っていたのだ。

心配は的中した。鳩甲堂を追い詰め、お久の素性を探りはじめた梧郎を、柴田は大きな障害にならぬうちに、葬り去らねばと思うようになった。

もともと柴田は、瓦版の記事をぶつければ、新学問所に反対の勢力が結集するであろうと読んでいた。事実、その方向にものごとは動いていた。そのまま行けば、平四郎の失脚は時間の問題だった。

ところが彼の意に反して、抗議集会は中止と決まった。もくろみがはずれて、にわかに梧郎の存在が柴田の恐怖となった。そこで、その恐怖を取りのぞくために、刺客を雇い、梧郎を襲わせたのだ。

柴田は小川町の知人を訪ね、月に誘われて一ツ橋御門近くまできたと言った。もとより嘘である。彼は梧郎が始末されるのをその目でたしかめようとしたのだ。

ところが期待に反して刺客の方が劣勢だった。若い二人が斬り捨てられるのを見て、彼は揉みあげの浪人を刺し殺し、口を封じた。

まだある。柴田は住まいは春木町だと言った。そこからなら不忍池畔のお花畑までは遠くない。鳩甲堂を連れ出して殺害したのも柴田なのだ。

梧郎は立ちあがった。

「ちょっと出かける」

「こんな時刻に？」

「こんな時刻でなければ獲物はあらわれない」

「獲物？」

「お久のことさ。彼女はちょっと桁を外れた浪費家だった。鳩甲堂に荷担して手に入れた金は、ほとんど使ってしまっている。勤めに出ようにも、身の危険を感じてすがたを隠したんだから、それもできない。金に行き詰まったお久はどうするだろう」

「それを見張ろうと言うわけ？」

「そうだ。行き詰まったお久は、かならず仕掛人のところにあらわれる。彼女にとってそいつは絶好の金づるなんだ」

「くるかしら？　下手すると命を失いかねない相手のところへ？」

「おれはくる方に賭けてみるよ」

その晩から梧郎は春木町の柴田の屋敷を張り込むことにした。この張り込みに昌吉も安吾も手を貸してくれた。

お久がすがたを見せるとしたら夜であろう。

しかし、万が一にも昼間にあらわれる場合を想定して、その方の監視は昌吉が引き受けてくれた。安吾は梧郎を手伝って夜の見張りにつくことになった。

最初の晩は待ちぼうけだった。二日目も三日目も同様だった。

四日目の晩になって動きが出た。寺の鐘が四つ（午後十時）を告げて間もなくである。湯島天神の方角から、夜陰にまぎれるようにして、黒い影がこちらにやってくるのが見えた。影法師は女の形をしていた。

お久にまちがいないと梧郎は確信した。

女の影は武家屋敷の塀際を滑るようにして、柴田要助の屋敷の裏木戸のまえで立ち止まった。すでに連絡はつけていたのだろう。待っていたように裏木戸が開いた。

すがたを見せたのは柴田要助であった。

二人は並んで人気の絶えた通りを南に向かった。互いに無言だった。

やがて影は湯島聖堂裏の川辺に出た。神田川の水音が、深い闇のなかで軽やかに聞こえた。

そこで足を止めると、柴田が聞いた。

「急用ってなんだね」

「あと十両ほど都合してほしいの」

お久はそれが当然のように要求した。

「約束の金はきちんと渡したはずだろ」

「みんな使っちゃったの」

「そんなこと、私の知ったことじゃない」

「あんたが鳩甲堂を殺したってこと、奉行所に訴えて出ようかな。つぎに命を狙われるのは私だってこともいっしょに……」

「滅多なこと、言うんじゃない！」

「ほんとなら暮らしの金くらい働いて稼ぐわよ。でもあんたに命を狙われてちゃ、うっかり稼ぎにも出られない。そこで考えついたの。逃げるのはやめて、逆にあんたから金を貢いでもらおうと……」

「聖堂勤めの小役人に、そんな金があるものか」

「一千石納戸頭《なんどがしら》の跡取りが泣き言を言ったって通用するもんですか。とくにあんたの親父さん、お城へ出入りの業者からがっぽり袖の下を受け取ってるって評判よ」

「いまの時代に、賄賂なんかできようはずがない」

「そうなるまえに、しっかりため込んでたんじゃないの。親父さんにすりゃ十両が二十両でも五十両でも、蚊に刺されたようなものよ。あんたが頼めば出してくれるわよ。

今度の入り用《よう》だってそこから出てるんでしょ」

「いいかげんなことを言うな！　それよりお久、たった一人でこんなところにやってきて、危険だとは思わなかったのか」

「下手すると殺される。それくらいのこと分かってるわよ。ただね、今度のこと、あんたの名前といっしょに一部始終を書き残して、知り合いに預けてあるの。もし私の身になにかあったら、預けた人が奉行所にとどけてくれる段取りになってるわ。だからあんた、私の身体に指一本触れられないの」

お久は勝ち誇ったように言った。

そんなやりとりは、離れた場所にいる梧郎の耳にはとどかなかった。

だが、柴田要助の手が刀の柄にかかるのを、梧郎は見逃さなかった。

すでに梧郎の手には手頃な石が三個握られている。

柴田はなにか叫ぶと、すらりと大刀を引き抜いた。

その瞬間、梧郎の手から石が宙を飛んだ。

石は狙いをはずれたが、思いがけない襲撃に柴田は一瞬手を止めた。

二個目の石が宙を走り、今度は刀を握る柴田の手首に命中した。柴田は思わず刀を取り落とした。

梧郎は身をひるがえすと柴田に駆け寄り、国助の柄頭《つかがしら》を鳩尾《みぞおち》にたたき込んだ。柴田は悲鳴を残して悶絶《もんぜつ》した。

なにが起きたのか分からぬまま、お久はその場から逃げ出していた。梧郎は追わなかった。

やがて安吾は当て身をくらって気を失ったお久を抱えてもどってきた。柴田の横に並べて寝かすと、

「相当な女ですね。草むらに隠れて、二人のやりとりは全部聞かせてもらいましたが、じつに女ってのは怖い」

安吾は言った。

「お久は柴田を強請りにきたんだな。それにしても無鉄砲な女だ。自分から死地に飛び込むようなもんじゃないか」

「悪巧みの始終を書き残して人に預けてあると言ってました」

「それが命取りになったのか。おそらくお久は字が書けなかったんだ。それを知っていた柴田は、すぐ嘘と見破った」

「なるほど。ところでどうします、この二人?」

「そのへんで町駕籠を探してきてくれないか。とりあえず火盗改メまで運ばせよう」


瓦版による醜聞事件は、こうして一段落を迎えた。

下柳平四郎は世話心得役の肩書きはそのままで、新学問所に関わる今後一切の業務を任されることになった。

幕府の政策に端を発し、旗本がからみ、殺人がからむ複雑な事件だったが、最初に手をつけたのが火盗改メということで、長谷川平蔵の預かりとなった。

やっと一息ついた梧郎だったが、そんなある日、ぜひ相談したいことがあると下柳平四郎からの書状がとどいた。梧郎はすぐに紀尾井坂の下柳家に駆けつけた。

待ち構えていた平四郎は、すぐさま自分の居室に梧郎を招き入れると、由佳さえも遠ざけて、こんなことを語り出した。

「この度《たび》のことでは、里見どのにはひとかたならぬお世話になりました。おかげで私の名誉が回復され、お礼の申し上げようもありません。ただ、これまでのいきさつをよくご存じのあなたに、ぜひ聞いていただきたいことがあって、身勝手は承知で足労を願いました」

「なんでしょう、おれに聞いてほしいこととは？」

「本日、新学問所の世話心得役の辞職を、老中方に申し出てきました」

「待ってください。今度の事件は、あなたを陥れるために計画されたものであることははっきりした。それが明らかになったいま、辞めることはないのではありませんか」

梧郎は平四郎の気持ちを解しかねた。

「いいえ、たとえ虚偽《きょぎ》であったにせよ、不品行の汚名を着せられたものに、教育の職をつづけていく資格がないと、誰もが思うでしょう。いったん私の醜状を信じた人のこころに生じた私という男への不信は、そう簡単に消え去るものではありません」

平四郎は曇りのない目をこちらに向けて、強い口調で言った。

「それは考えすぎですよ。他人がどう思おうと、あなたは胸を張っていればいい。そうすれば不信の芽などそのうちに消える」

「いいえ、人がどうであれ、私の場合、おそらくこころにつけられた傷は、永遠に消えることはないでしょう。心に傷を負うたまま、のうのうと生きるなど武士としての潔《いさぎよ》さに欠けると思うのです」

梧郎は返す言葉に詰まった。

ものごとに潔癖な人間ならいくらでもいる。だが、平四郎の潔癖さは病的と言っていいのではないか。

「まだ辞表が受理されたわけではないのですね」

「まだです」

「その結果が出るまで、じっくり考えられたらどうでしょう。あなたの潔癖は、あなた一人の身ならそれを貫かれたらいい。だがあなたには守ってやらねばならない妻がいる。守らねばならない家がある。ここで職を捨てることは、あなただけの問題ではないと思うのです」

「そうでしたね。たしかにわたしひとりの問題ではない。分かりました、もうすこし考えてみます」

平四郎はほほえみを浮かべると言った。だが、彼の目は笑っていなかった。深い沼を見るような目の奥で、いかにも寂しげな、いかにも悲しげな光が揺れていた。

それをこころに引っかけつつ、梧郎は下柳家を出た。

四谷御門から濠端の並木道を北に向かいながら、梧郎はいったいなんのために自分が呼ばれたのかと思い、気持ちが妙にざわついた。

市ヶ谷御門の近くまできたときである。不意に声をかけられた。

振り向くと編笠で顔を隠した長谷川平蔵が立っていた。

「下柳平四郎に呼ばれて出かけたそうだな」

平蔵は知っていた。

「そうです」

「ちょっと気になったので、ここで待ち伏せていたんだ。で、彼の話とはなんだった?」

梧郎はかいつまんで、平四郎が語った内容を話した。

「平四郎は新学問所の世話心得役を辞任すると言ったのか」

「すでに辞表を出したそうです。辞めることはないと諭したのですが、聞き入れてもらえたかどうか」

「罪は消えても、心に受けた傷は残ると言ったんだな」

「言いました」

「のうのうと生きるのは、武士の潔さに欠けるとも言った？」

「たしかに」

「危ないな」

平蔵の声が重みを増した。

「危ない？」

「おまえは、なぜ自分が平四郎に呼ばれたと思った？」

「そこのところが、いっこうに……」

「平四郎はおまえに、遺言を伝えたかったのかもしれん」

「遺言？」

「自分のために一所懸命になってくれたおまえに、最後の心の内を聞いてほしかったんだろう」

梧郎は全身からいっせいに血の引く思いがした。

「すぐに下柳家に引き返せ。もしかすると間に合わんかもしれんが」

平蔵のその一言が胸に突き刺さった。

きびすを返すと、梧郎は一気にいまきた道を駆けもどった。

遺言を伝えるために、呼びつけたのではないかと言った平蔵のひと言が、胸を引き裂いている。信じたくはないが、平四郎の突然の呼び出しの意味が、それで解けるのだ。

（間に合ってくれ！）

祈る気持ちで紀尾井坂に駆けつけた梧郎のまえに、まるで待ち受けていたように由佳が立った。

不吉な予感が梧郎を貫いた。

「由佳どの、どうしてここに？」

彼女に目を向けたとたん、梧郎は自分の目を疑った。

いま目前に立つ由佳は、歯に黒々と鉄漿《かね》をつけているのである。

一瞬息を飲んだ梧郎に、

「主人は……たったいまお腹を召しました」

由佳は言った。その顔は表情を失っている。

「腹を切った？」

「梧郎さまにはこころから感謝している。それが最後に言い残したことばでした。すこしでも早くそれを伝えたくて、私……」

「考え直すように言い、それに同意してくれたと思ったのに、無駄だったんですね」

「瓦版にあのようなことを書かれたときから、潔白が証明されれば腹を召すつもりでいたようです」

「老中のなかに、瓦版が出てまもなく、切腹を口にした人物がいたそうですね。それが平四郎どのの自尊心を傷つけたのでしょうか」

「それとは関わりなく、それ以前にこころは決めていたようです」

「今日、話して分かったことですが、平四郎どのはじつに潔癖な……」

「潔癖というより、子供のような汚れのない心を持った人だったんです。だから私、瓦版の記事をまったく信じませんでした。純真な心を持つ人が、あのような不始末を犯すはずがないと……でも、あの人の持つ値打ちを、いちばん分かっていなかったのは私だったかもしれません。そのことをずっと物足りなく思いつづけていたのですから」

「…………」

「昨夜のことでした。あの人は私を呼んで、武士として汚名をそそぐために腹を切ろうと思うが、同意してくれるかと言いました。驚きました。天地がひっくり返るような思いでした。だから私、必死で翻意《ほんい》させようと説得したのです。でもあの人の決心は動きません。そのうち、私に分かってきたことがありました。この人は生きるということを、いかに死ぬかというところに、重きをおいて考えている人なのだと……」

「………」

「人それぞれで、いかに生きるかに重きをおいて生きている人もいれば、いかに死ぬかを考えて、いまを生きている人もいます。主人がそれでした」

「で、由佳どのはどう答えられたのです？」

「主人は私に、妻としての返事が聞きたいと言いました。そうだ私はこの人の妻だったんだと、そのときはじめて目の覚めた思いがしました。同時に気づいたんです、私はこの人に妻らしいことをなにひとつしてあげられなかったと……だったらいまの私に取るべき道はひとつしかないの。それはこの人の、思いのままにさせてあげることだと……」

「まさか腹を切ることに同意されたのではないでしょうね」

「同意しました。そして思いました。妻という立場はじつに過酷なもので、つらくとも私は妻としてそれに耐えていかねばならないのだと……」

梧郎ははっとして由佳を見た。彼女の口を染めたお歯黒の意味が、はじめて分かった気がした。

平四郎からあまりにも過重《かじゅう》な決断を問われて、由佳は妻としての立場に目覚めたのだ。その目覚めが彼女に鉄漿をつけさせた。

だが、それはあまりにも悲しい目覚めだった。彼女が妻であろうとしたとき、彼女の夫はこの世からいなくなろうとしていたのである。

梧郎に言うべき言葉は残っていなかった。見返した視界のなかで、お歯黒はなんとも悲しい色合いを見せて、由佳の口を染めていた。

「今日、おれはこのまま帰ります。気持ちに整理をつけて、それからあらためて平四郎どのの遺体に逢いにきます」

梧郎は由佳に背中を向けた。

すこし行って振り返ると、おなじ場所に由佳は立ちつくしていた。それを視界から振り切るように、梧郎は紀尾井坂を一気に駆けくだった。

なにもかもが虚《むな》しかった。事件の解決が平四郎に死を運んできたとしたら、その死に手を貸したのは梧郎自身ということになる。その皮肉な結果に、なにに対してということなく、やたら腹が立った。

だが、腹立ちは、今日平四郎に逢ったとき、まったく死の気配を感じなかった自分の鈍感さにも向けられた。あのとき彼はすでに死を決意していたのである。

もしあのとき、その気配を感じていたら、梧郎は身体を張ってでもそれを阻止したであろう。それが平四郎の決意を止められたか、止められなかったかとは関わりなく、そうしていればもうすこし冷静に、平四郎の死を受け止められたはずであった。

そう思うと、自分を殴りつけたいほどに悔しかった。

喰違の土橋を渡りかけたとき、まるで空の底が抜け落ちたように、突然激しい驟《はし》雨《り》がやってきた。

不思議にも冷たいはずの雨が、氷のように冷え切った梧郎の心に浸《し》み込んで、それを溶かした。溶けたあたりがほんのりと暖かくなる。すると死を選んだ平四郎も、それを許した由佳も、妙にいじらしい存在に思えてきた。

驟雨は止むどころかますます激しさを増してくる。その雨は、梧郎のこころから、腹立ちも、悔しさも、一挙に洗い流してくれるようであった。

梧郎はまるで滝浴びをする修行僧のように、なにもかもきれいになりたくて、たたきつけるような雨のなかを、ただひたすらに歩きつづけた。

# 解説

細谷正充

もはやブームを超え、エンターテインメント・ノベルの重要な柱になった感のある、文庫書き下ろし時代小説。いったいなぜ、これほどこのジャンルの人気が高いのか。その理由のひとつとして、作家たちの切磋琢磨が挙げられよう。賑やかなジャンルゆえか、次々と新たな作家が登場しているが、すべての人が生き残るわけではない。ジャンル内での生存競争は、きわめて厳しいのだ。逆にいえば、現在活躍している作家たちは、熾烈な戦いに勝利した強者といえる。まさに精鋭といっていい。もちろん本書の作者である瀬川貴一郎も、正真正銘の精鋭だ。

ベテラン・シナリオライターだった作者は、二〇〇八年七月、徳間文庫より『のらくら同心手控帳』を刊行し、文庫書き下ろし時代小説の世界に飛び込んだ。以後、「のらくら同心手控帳」「かげろう医師　純真剣」シリーズを経て、「空蟬同心隠書」

シリーズを開始。現在に至っている。本書『平蔵誘拐』は、そのシリーズ第四弾だ。

物語の内容に触れる前に、簡単にシリーズのお浚いをしておこう。主人公は、里見梧郎。家は三百石の旗本で、代々、奥祐筆組頭をしている。本来なら病弱な父親に代わり、梧郎が家督を継ぐはずであった。だが、ある事件によって彼の人生は捻じ曲がる。切っかけは、主筋にあたる三千五百石の旗本・下柳家から、香苗という御家人の娘との縁談を持ち込まれたことである。なぜか強引な下柳家に押し切られ、香苗と婚礼を挙げた梧郎。しかし妻に男の影を感じ、やがて相手が下柳家の嗣子の徹平であることを知る。激昂した彼は徹平を斬り、五日後、妻は自害した。この事件に納まらなかったのが、下柳家の当主の太兵衛である。梧郎を切腹させるよう、里見家に執拗に迫った。

それを助けたのが、火付盗賊改方長官の長谷川平蔵であった。梧郎を役宅に引き取った平蔵は、「できるだけ、居るとは気づかせない人になれ」という不思議な言葉と共に、彼を火付盗賊改方の書誌役に据える。平蔵の言い付けを守る梧郎は、居るのか居ないのか分からないようにしているうちに〝空蟬同心〟なる、有り難くない綽名《あだな》を頂戴した。しかし、それこそが平蔵の狙い。自分専用の手駒として、さまざまな事件の探索に、ひそかに当たらせるのだ。

ちなみに、書誌役の部屋から見える木の枝に、何かをぶら下げるのが、平蔵が梧郎に探索を依頼するときの合図である。本書の第一話「私娼狩り」でぶら下がっていたのは、干し柿。探索すべき相手が北町奉行所同心の柿沼曽太郎ということで、その名前に引っかけた、平蔵のお遊びだ。以後、飯屋を切り盛りするお純と親しくなったり、自分を兄の仇と狙う徹平の妹の由佳をあしらいながら、梧郎は江戸の巷を駆け回る。

いつものように詳しいことは教えられぬまま、曽太郎の素行を調べ始めた梧郎。ところがこの男、とんでもない奴だった。老中・松平定信の政策による、私娼禁止令を忠実に実行しているのだが、やり方がなんとも乱暴。さらに平気で賄賂を受け取りながら、気に入らなければ捕まえるなど、もうメチャクチャである。曽太郎に嫌悪感を抱きながら、探索を続ける梧郎だが、やがて彼の上司の不可解な行動が見えてくる。

本作の魅力は、柿沼曽太郎にある。まるで野良犬のように、気に食わない相手には咬みつく。善悪定かならざる、はみだし同心。もし本作がテレビドラマになるのなら、一癖ある演技派が、喜んで引き受けるような役どころだ。読んでいる最中は、あらたなレギュラーになるのかと思ったほどだが、ある理由から、それは絶対に無いことが判明。こういうキャラクターを、一回だけの使い捨てにするところに、作者のプロとしての凄味を感じてしまうのである。

　また事件の黒幕として、過去、梧郎や平蔵にやっつけられた悪党が跳梁。今回の事件の決着からすると、これからもいろいろ悪さをしそう。この悪党、次は何をやってくれるかなどと考えるのも、シリーズ物ならではの楽しみなのである。

　続く第二話「男子の面目」は、三人の侍に絡まれている深川芸者を助けた梧郎が、匂坂慎之介という少年に見込まれる。公金千両を着服した罪で切腹した、旗本家の勘定役だった父の濡れ衣を晴らしてほしいというのだ。一分の金で、これを引き受けた梧郎は、さっそく探索を開始する。

　前作がゲストキャラの魅力なら、こちらは主人公の魅力が爆発。こまっしゃくれた少年の心にある無念を汲んで、たった一分《いちぶ》で旗本家の事件に踏み入っていく、梧郎のお人好しぶりが嬉しいのだ。要所要所に、冒頭の深川芸者が登場し、梧郎を助けてくれる展開もテンポよし。よくできた物語だ。

　第三話「平蔵誘拐」は、冒頭から読者を驚かせてくれる。いきなり長谷川平蔵が、盗賊たちに誘拐されてしまうのだ。ある目的で目黒の権之助坂の通行を、「杉の屋」

という店から見張っていた平蔵。だが「杉の屋」が盗人宿だったことから、こんなことになってしまった。とはいえ、そこは平蔵のこと。結構、囚人暮らしを楽しんでいる。一方、平蔵の妻のひさえに呼び出された梧郎。平蔵が消えたと聞かされ、ひそかに行方を捜し始めるのだった。

前半は、盗賊と誘拐された平蔵とのやり取りが、ユーモラスに綴られていく。囚人の身で盗賊たちを翻弄する平蔵の、飄々とした人柄が愉快痛快だ。しかし物語は、それだけで終わらない。梧郎の探索により、平蔵の居場所だけでなく、わざわざ火付盗賊改方長官が目黒に日参した理由が明らかになっていく。ここで暴かれる犯罪の手口が、切れ味抜群だ。さらに無関係なはずの盗賊たちと、平蔵が見張っていた一件が、思いもかけない方法で結びつく。おまけにラストの着地点は、ついホロリとしてしまう人情ハッピーエンドときたもんだ。いままでのシリーズで積み重ねてきた、長谷川平蔵のキャラクターがあったからこそ可能なのだが、このストーリーの組み立ては凄い。シリーズの中でも上位に推すべき秀作である。

そして第四話「驟雨」では、下柳由佳の夫で、新たに設立された幕府学問所――昌平黌の世話心得役になった平四郎が、スキャンダルに襲われる。料亭の仲居を、酒に酔った勢いで手込めにしたと、瓦版に書かれたのだ。昌平黌に不満を抱く私塾の面々などは、俄然、活気づく。しかし、どうにも事件が、でっちあげ臭い。由佳を心配して、さっそく動き出した梧郎だが、仲居は姿をくらまし、瓦版屋は殺された。平四郎の無実を証明するため梧郎は、仲居の行方を追う。

巻を重ねるごとに、登場人物がどう変化していくか。シリーズ物を読むときの、大きな楽しみである。その意味で一番に注目すべき人物は、下柳由佳であろう。もちろん主人公の里見梧郎も変化している。最初は平蔵の掌の上に居た梧郎だが、いまや事件によっては、火付盗賊改方を利用するまでに成長した。また、生前の香苗への態度に反省する部分もあったと思うようになり、墓参りに出かけたりするようになった。

だが、もっともダイナミックに変化しているのは、やはり由佳だ。過去の一件から梧郎を兄の仇と狙っていたものの、彼が下柳家の窮地を救ってから態度が軟化。さらには一転して、梧郎の探索に協力するようになった。どうやら梧郎に好意を抱いているらしいが、シリーズ第三弾『闇夜の鉄砲』で、平四郎と祝言を挙げ、人妻となったのである。とはいえ、持ち前の気性は変わらない。なにかといえば梧郎の手助けをしている。

本作では、そんな由佳の身に、さらなるショッキングな変化が訪れることになるのだ。しかも爆弾を投下したところで、シリーズは次巻に続く。うはっ、瀬川貴一郎、やってくれる！　最後の最後で、唖然茫然である。

さて、各話の面白さに触れたところで、あらためて本書全体を振り返ってみると、それぞれの読みどころが、一話ごとに変えてあることに気づく。これにより冒頭からラストまで、飽きることなくページを捲ることができるのだ。しかも最後に強烈な〝惹き〟を創り、次巻への興味を盛り上げる。ありとあらゆるテクニックを駆使して、読者をもてなしているのだ。ここまでやってしまうのだから、人気が出るのも当然。なるほど作者は、文庫書き下ろし時代小説の精鋭だと、本書を手にして、しみじみと実感してしまったのである。

二〇一二年三月

この作品は徳間文庫のために書下されました。

徳間文庫

空蟬同心隠書

# 平《へい》蔵《ぞう》誘《ゆう》拐《かい》



2012年5月15日　初刷

著者　瀬《せ》川《がわ》貴《き》一《いち》郎《ろう》

発行者　岩渕　徹

発行所　東京都港区芝大門二―二―二〒105―8055
株式会社　徳間書店

電話　編集〇三(五四〇三)四三五〇
販売〇四八(四五一)五九六〇

振替　〇〇一四〇―〇―四四三九二

印刷　株式会社　廣済堂

製本　ナショナル製本協同組合

ISBN978-4-19-893548-1　（乱丁、落丁本はお取りかえいたします）